BBULMEDIA

http://www.bbulmedia.com

CHAOS OCEAN

카오스
오션

〈완결〉

7

인간시대(人間時代)

CHAOS OCEAN

카오스 오션

미르영 현대 판타지 소설
BBULMEDIA FANTASY STORY

차례

1장.
크림반도의 끝자락

대통령들의 삼자회담을 타격하기 위해 움직인 능력자들은 모두 셋이다.

　동원된 자들이 그들뿐이라고는 장담할 수 없는 상황. 우크라이나가 소속이 두 명, 벨라루스에 속한 자가 한 명이라는 것이 최저선이라고 할 수 있다.

　'형들과 누나라면 충분히 상대가 될 것이다. 전력상으로는 한 명이 더 많으니까.'

　누나와 형들의 전력은 동원된 자들을 상회한다. 물과 불, 그리고 흙의 능력자들과의 상성도 절대적이다. 거기다 혜연의 오버시어까지 가세하면 위험을 피하면서 충분히 대적할 수 있을 것이기에 어느 정도는 안심이 되는 상황이다.

　'그럼, 불러 볼까? 누나와 형들이 깜짝 놀라겠구나.'

시야에 있는 곳으로 공간을 이동하는 것이 가능한 능력자들은 있어 왔다. 인지 범위를 아주 극단적으로 좁힐 수 있기에 가능한 능력이다.

시야를 벗어나면 이동 거리는 거의 제로에 가깝다. 공간 인지 범위를 넘어서기 때문이다. 수천 년의 세월 동안 10킬로미터 가까이 순간 이동하는 자들은 가끔 등장했지만, 그 이상 이동을 했다는 기록은 없다.

기록되어 있는 사실로 확인했을 때 100킬로미터 이상 초장거리 텔레포트를 성공한 이는 아직까지 없다고 알려져 있다. 능력자들 사이에서 100킬로미터를 순간적으로 이동하는 것은 그야말로 꿈의 능력이라고 알려질 만큼 것은 특별한 능력이라고 할 수 있다.

장혁은 지금 누나와 동생들을 데려오려고 하고 있다. 그것도 한국에서 흑해까지 어마어마한 거리의 초장거리 텔레포트를 시키려는 것이다.

네 사람의 능력을 각성시키면서 의식에 각인을 시켜 두었기에 언제든지 동기화시켜 실체를 인지할 수 있다. 지형만 인지할 수 있다면 실체의 정보를 옮기기만 하면 되기에 어느 장소든 이동이 가능하다.

'네 사람의 안전을 위해 베푼 안배였지만 이런 식으로 쓸 줄은 몰랐군. 슬슬 동기화를 시작하자.'

미란의 회사로 누나와 형들이 와 있을 것이기에 장혁은 텔레파시를 보내기로 했다.

—누나, 도착했어?

—그래, 오긴 왔다만 궁금한 것이 많아. 사람들도 그렇고, 도대체 여기는 뭐니?

곧바로 답하는 정신감응에 장혁이 미소를 지었다.

—미안해. 궁금하겠지만 지금은 참아 줘, 누나. 나중에 전부 설명해 줄 테니까 말이야.

—다른 것은 상관없지만 하나만 말해 줄래?

—뭔데?

—여기 있는 여자 말이야. 네가 마음에 두고 있는 여자니?

—으음. 아직 확실한 것은 아니야, 누나.

—그랬구나. 알았다.

확실하지 않은 장혁의 태도에 뭔가 사연이 있음을 짐작한 혜연은 더 이상 묻지 않았다.

—그런데 연락을 한 것을 보면 우리가 그곳으로 가야 하는 것 같은데 어떻게 할 거니? 상황이 급한 모양인 것 같은데 말이야.

—그건, 걱정하지 마. 누나와 형들이 내 의식과 동조만 해 주면 거리는 아무 문제가 되지 않으니까 말이야.

—다들 들었지?

장혁의 말에 혜연이 동생들에게 텔레파시를 보냈다.

—걱정하지 마. 누나하고 많이 연습한 거라서 문제없어.

—어서 부르기나 하라고 하세요.

―장혁아 들었지?

혜연의 물음에 세 사람이 앞다투어 텔레파시를 보내 왔
다.

―알았어, 형들. 준비를 해야 하니까 잠시만 기다려.

정신감응 끊지 않은 채 장혁은 태우를 바라보았다.

"아저씨, 공간 이동을 알아차려서는 곤란하니까 지금부
터 주변을 철저히 감시해 주세요."

"시작하시는 겁니까?"

"예. 잠시 후 사람들이 도착할 겁니다."

"알았습니다."

태우에게 당부를 끝낸 장혁은 다시 혜연과 향들을 호출
했다.

―이제는 됐으니 다들 동기화할 준비를 해 줘. 그쪽에서
는 미란이 준비를 해줄 거야.

―무슨 준비를 하는 건데?

혜연이 물었다.

―공간 이동을 하려면 특별한 방어구가 필요해. 미란이
준비를 했을 테니 다들 그것으로 갈아입으면 될 거야. 연결
을 끊지 않을 테니까 어서 갈아입도록 해 줘.

―알았다.

혜연이 미란을 돌아보았다.

"가주님께서 여러분들을 위해 준비하라고 하신 것이 있
습니다. 저를 따라 오십시오."

"알았어요."

혜연과 세 형제는 미란의 뒤를 따랐다. 그들이 간 곳은 책상하나만 한쪽 옆에 덩그러니 놓여 있는 사무실이었다.

책상 위에는 검은색의 야행복이 놓여 있었다.

"특이하네요?"

아주 작은 비늘을 촘촘히 겹쳐 놓은 무늬가 있는 야행복은 무척이나 특이해 보였기에 혜연의 눈이 반짝였다.

"나노 기술을 이용한 탄소섬유로 만들어진 방호복이죠. 웬만한 총알을 뚫지 못할 뿐 아니라, 상당한 물리적 충격량도 견딜 수 있도록 만들어진 걸 도움이 되실 거예요."

"재미있군요."

"저쪽이 탈의실이니 갈아입고 나오세요."

미란의 설명에 혜연 일행은 한쪽에 마련된 탈의실에 들어가 차례로 옷을 갈아입고 나왔다.

"호호호, 잘 어울리시네요."

여성과 남성을 구분한 것인 듯 약간은 달랐지만 마치 맞춘 듯 네 사람의 복장은 잘 맞았다.

"아주 편하군요."

"기능도 아주 좋답니다. 중앙에 서시면 가주님이 연락을 하실 거예요."

네 사람은 중앙으로 가서 섰다. 미란의 말처럼 곧바로 장혁의 텔레파시가 전해져 왔다.

—오실 준비가 된 건가요?

─그래, 우리 끝났다.

─그럼, 다들 눈을 감으세요.

장혁의 텔레파시에 다들 눈을 감았다.

"눈을 뜨셔도 돼요."

텔레파시가 아닌 목소리에 다들 눈을 떴다.

"벌써 오다니!"

"정말 눈 깜짝할 사이네."

"그러게."

"놀랍다고밖에는 할 말이 없다."

어느새 장혁이 있는 곳에 도착한 네 사람은 다들 한마디 씩 했다. 장혁의 능력에 놀라움을 금할 수 없었기 때문이다.

정신을 차린 혜연이 웃으며 장혁을 바라보았다.

"오랜만이다."

"그러게요. 누나. 하하하, 형들도 다들 잘 계셨죠."

"우리야 물론 잘 있었지. 무심한 녀석 같으니라고."

장혁의 인사에 도영이 먼저 나서서 대답을 했다. 미국에 가 있는 동안에 연락을 자주하지 않은 것이 서운한 듯 도영이 핀잔을 주었다.

"죄송해요."

"아니다. 그냥 놀러가는 것도 아닌데 말이야. 그나저나 이 옷 특별한 방호구라고 하기는 했지만 정말 신기하다. 여기 오니까 색이 하얗게 바뀌었으니 말이야."

꾸지람도 잠시, 도영은 자신이 입고 있는 옷을 바라보며 신기한 듯 말했다.

도영의 말처럼 네 사람이 입고 있는 옷들은 검은색에서 어느새 하얗게 바뀌어 있었다.

"주변 환경에 따라 동화되어 은신 기능을 발휘할 수 있는 방호복이에요. 도움이 좀 될 거예요."

"고맙다. 그런데 저분은 누구시냐?"

경계를 거두고 자신들을 보고 있는 태우를 눈짓으로 가리키며 도영이 물었다.

"저를 도와주시는 분이에요."

"그러냐? 상당한 실력자 같은데……."

"좋은 인연으로 만난 분이에요."

"안녕하십니까? 전 도영이라고 합니다."

"전 혜연입니다. 이렇게 우리 장혁이를 도와주셔서 감사합니다."

"전 민호고, 이 녀석은 창우라고 합니다."

도영이 인사를 하자 뒤를 이어 다들 인사를 했다.

"하하하, 반갑습니다. 전 태우라고 합니다. 보스께는 생각지도 못한 훌륭한 조력자들이 많군요."

태우는 감탄한 눈으로 네 사람을 바라보았다.

'보스가 어떻게 이런 사람들을 알고 있었는지 모르겠구나. 이건 감히 덤벼 볼 엄두도 나지 않으니 말이야.'

네 사람 다 자신의 능력으로는 감지할 수 없을 정도로 높은 실력을 가졌다는 것을 알아차렸기에 태우는 경이롭지 않을 수 없었다. 자신이 몇 차례 마주쳤던 특급 능력자라 할지라도 앞에 서 있는 네 사람에는 한참 미치지 못하다는 것을 본능적으로 알 수 있었던 것이다.

"별말씀을요. 좋게 봐주셔서 고맙습니다."

"하하하."

태우는 혜연의 인사에 멋쩍게 웃음을 보였다.

"그런데 장혁아, 우리가 해야 할 일이 어떤 거니?"

"조금만 기다려. 일단 안전한 곳으로 이동을 한 다음 어떤 일인지는 알려 줄게."

"그래."

장혁은 발걸음을 돌려 바위가 있는 곳으로 갔다. 작은 동굴로 이번 작전을 위해 임시 거처로 삼은 곳이었다.

"누나, 자리에 앉은 후 가부좌를 틀어 줘."

동굴로 들어온 장혁은 혜연에게 가부좌를 틀게 했다.

장혁은 그런 혜연의 머리에 손을 얹고 그간에 일어났던 일들과 앞으로 흑해에서 해야 할 일들을 전했다.

"으음."

정보에 대한 각인이 끝나자 혜연이 신음을 삼켰다.

"힘들지는 않겠니?"

눈을 뜬 혜연이 걱정스러운 표정으로 물었다. 정보를 각인 받아 어느 정도 알기는 했지만 자세한 사항을 듣자 걱정을 지울 수 없었던 것이다.

"이미 시작된 일이라 어쩔 수 없어요."

"나머지 셋은 어떻게 할 생각이니?"

청룡에 해단 히사오를 제거했기에 혜연은 나머지 혈기를 가진 자들에 대해 물었다.

"아직 정체를 모르지만 정보를 모으고 있으니 얼마 있지 않아 찾아낼 수 있을 거예요. 놈들의 정체를 파악하기 전까지는 태륜에 집중할 생각이고요."

"잘 생각했다만, 쉽지 않은 일이 될 것 같구나."

혜연의 얼굴에 근심이 서렸다. 태륜이 결코 쉽지 않은 상대라는 것을 알기 때문이었다.

혜연의 걱정을 짐작한 장혁이 입을 열었다.

"이미 히사오란 자가 가진 혈기가 사라진 일로 인해 다른 자들도 무신의 후예가 세상에 출현했다는 것을 알 거예요. 저도 마음 같아서는 수련을 하고 싶지만 지금은 그럴 수 없을 것 같아요. 놈들이 가만히 있지는 않을 테니까 말이죠. 앞으로 있을 전쟁을 대비하자면 먼저 기반을 만드는 것이 우선이에요."

"알았다. 네가 그리 생각한다면 그렇겠지. 그럼 이번 일이 잘 되어야 하겠구나."

"맞아요. 동유럽에 기반을 다진다면 태륜과 상대하는 일도 훨씬 쉬워질 테니까요."

장혁이 미국에서 준비하는 것과 이번에 동유럽에서 준비하는 일이 잘 되면 태륜이나 혈기를 가진 이들을 상대하는 것이 쉬울 것이라는 것은 혜연도 짐작할 수 있었기에 고개를 끄덕였다.

"그래, 그럼 여기서 우리가 할 일은 뭐니?"

"이번 회담을 방해하기 위해 오는 특급 능력자들을 막아 줬으면 해요."

"우린 실전 경험도 거의 없는데 괜찮을까?"

능력을 각성한 이후에 시력을 키우기 위해 동생들과 실전과 같은 수련을 하기는 했지만 다른 능력자를 상대하는 일은 처음이었기에 혜연은 걱정을 드러냈다.

"걱정하지 마요. 나도 누나와 형들을 위험하게 하고 싶지 않으니까요. 누나와 형들이라면 놈들을 상대하는 것은 그리 어렵지 않을 거예요. 특히나 누나가 가진 능력이라면 손쉽게 사로잡을 수 있을 거구요."

"날 믿어 주니 고맙기는 하다만 행여 실수해서 네가 계획하고 있는 일에 차질을 줄까 봐 조금 두렵기는 하다."

장혁의 설명에도 불구하고 혜연은 쉽게 걱정스러운 마음을 접지 않았다.

"하하하, 누나와 형들이 합공을 하게 되면 저조차 감당하기 힘들어요. 특히나 지금 다가오는 자들의 능력과 형들의 능력이 비슷해 누나가 지휘하면 별다른 문제는 없을 거예요."

공간 이동까지 마음대로 하는 동생이 장담을 하며 말하자 혜연의 얼굴이 근심이 조금 사라졌다.

"알았다. 네가 그렇게까지 생각하고 있다면 별다른 문제가 없을 테지. 하지만 만약의 경우도 있는데 그때는 어떻게 할 생각이니?"

"걱정하지 말아요. 누나를 도와줄 조력자들이 있어요. 실전 경험도 많은 이들이니 그런 사태는 절대로 생기지 않을 거예요."

"호숫가에 있는 별장을 중심으로 은신하고 있는 자들 말이니?"

공간 이동을 도착을 한 직후 은신해 있는 자들의 기운을 느낄 수 있었던 혜연이 물었다.

"역시, 누나의 능력은 특별하네요. 벌써 알아차리시다니 말이죠. 내심 누나의 이목에 걸리지 않기를 바랐는데. 하지만 걱정인데요? 그렇게 쉽게 기척을 들키면 곤란한데 말이죠."

"호호호, 그래도 대단한 자들이었다. 여기 오기 전에 준각성 상태로 준비를 하고 있지 않았다면 나로서도 절대 알아차리지 못했을 테니까 말이다."

"오! 그래요? 누나가 그렇다면 적들은 거의 알아차리지 못하겠군요."

"특급 능력자라면 주변이 약간 이상하다는 것을 알아차리기는 하겠지만, 정확히 어디 있는지 알기는 어려울 거다. 그만큼 탁월하게 숨어 있는 것이니 너무 걱정하지 않아도 될 거다."

"그 정도만 해도 다행이네요. 전 환희가 느껴져서 조금 걱정을 했거든요."

"호호호, 그거야 네 능력이 상상을 초월하는 것이라서 그렇지. 특급 능력자라고 할지라도 네가 가진 능력에 비해서는 초라할 지경이니 말이다."

"누나도, 참!"

겸연쩍어 하는 장혁을 바라보며 혜연은 미소를 지었다.

"그나저나 슬슬 준비할 때가 되지 않았니?"

"그러게요. 회담이 몇 시간 남지 않았으니 이제 준비를 해야 할 거 같아요."

"어디로 가야 하는 거니?"

"알파와 델타 구역의 중간으로 가시면 될 거예요. 거기 계시다가 놈들이 접근하면 누나가 특성에 따라 형들을 움직이시면 될 거예요."

"접근하기 전에 미리 막을 생각이구나?"

근처의 지형에 대한 정보는 이미 각인이 끝난 상태다. 자신과 동생들이 담당할 구역이 별장과는 거리가 상당히 떨어진 지역이라 혜연이 물었다.

"그렇지 않으면 충격파가 회담이 열리는 별장까지 닿을 테니까요."

"하지만 그쪽으로 오지 않을 수도 있지 않니?"

"다른 구역은 걱정하지 말아요. 저도 있고, 태우 아저씨도 있으니까요. 하지만 제 예상으로는 그쪽으로 올 가능성이 제일 높아요. 다른 곳에서 온다면 문제가 생길 수도 있으니 말이죠."

"그렇기는 하겠구나."

능력자들의 출신지로 봤을 때 남쪽인 터키에서 올 가능성이 제일 높았다. 능력자들이라면 흑해를 가로지르는 것은 문제도 아니었기 때문이다.

별장의 위치는 흑해 북쪽인 크림반도에 있다. 크림산맥 끝자락이라 별장까지 침투하는 것이 쉽지 않은 지형이다. 길목 요소요소에 은신한 능력자들이 있다면 오히려 위험할 수도 있는 까닭이다.

흑해를 이용해 침투하는 것이 오히려 쉽다. 잠수정을 이용해 오다가 부상해 곧바로 능력을 펼친다면 막기가 쉽지 않을뿐더러 물의 능력자가 은신 능력을 사용한다면 쉽게 발견되지도 않을 것이기 때문이다. 동쪽은 러시아. 우회해서 침투하는 것도 쉽지 않고, 자칫 흔적이 남기라도 한다면 심각한 문제를 야기할 것이다.

서쪽은 불가리아나, 몰도바, 루마니아가 있는 지역으로 각국의 능력자들이 불을 켜고 있을 것이기에 침투하는 것조차 쉽지 않은 일이었다. 유력한 예상 침투 경로는 남쪽이었다. 더군다나 인공위성을 이용해 감시를 펼치고 있는 레이로부터 터키 측의 미국 쪽 동향이 심상치 않다는 보고를 이미 들은 터라 거의 확정적인 침투 경로였다. 석유 달러를 이용한 소련의 해체 계획은 미국에서도 깊숙이 관여되어 있기 때문이다.

"놈들에 대한 정보는 이미 알려 드렸으니 예상되는 공격 조합을 한 번 구상해 보세요. 형들과 함께 수련을 하셨으니 누나라면 이런 지형에서 쉽게 알아내실 수 있을 테니 상대하는데 도움이 되실 거예요."

"그렇겠지. 불이나 흙의 능력을 가진 자들은 흑해에서 별다른 위력을 발휘하기 힘들 테니 공격의 시발점은 물의 능력을 가진 자일 테고, 나머지는 예상하기 쉽구나. 뒤에 크림산맥이 있으니 말이야."

"역시, 누나도 그렇게 생각하시는군요. 아마도 그럴 확률이 제일 높을 것 같아요."

"그렇다면 아주 쉬울 것 같은데 말이야."

"그렇게 쉽지만은 않을 거예요. 특급 능력자들을 사로잡아야 하니 말이죠."

"죽이는 것이 아니라 살려야 한다는 말이지?"

"죄송하지만 그래야 다음 일이 더욱 쉬워질 것 같아요."

"으음!"

조금은 어려운 일이라 혜연이 고민에 빠졌다.

"누나, 어렵기는 하겠지만 예상되는 조합으로 공격을 해 온다면 쉽게 제압이 가능할 것 같기도 하겠는데……."

도영이 뭔가 생각이 있는 말을 꺼냈다.

"좋은 방법이라도 있니?"

자신을 상대로 공격을 하며 수련을 할 때 기상천외한 공격 방법을 만들어 낸 이가 주로 도영이었기에 혜연이 반색을 하며 물었다.

"그러니까 말이야. 놈들이 공격할 수 있는 조합은 그렇게 많지 않아. 가장 확률이 높은 것은 세 가지인데……."

도영은 자신의 생각을 간단명료하게 말했다. 설명이 이어지자 창우와 민호도 공감하는 듯 연신 고개를 끄덕이며 도영의 의견에 동조했다.

"우와, 형 대단한데! 마지막 방법은 나도 생각하지 못했는데 말이야."

"지형에 대해 많은 고심을 했고, 능력자들이 지키고 있다면 충분히 생각해 볼 수 있는 방법이야. 예전에 충주호에서 수련할 때 누나를 상대로 생각했던 공격 방법에서 조금 변경한 건데, 이런 상황에서라면 충분히 먹힐 수 있을 것 같아서 말이야. 내 예상으로는 실전 경험이 많은 자들이라면 마지막 방법을 택할 것 같아. 그러면 내가 설명한 대로 놈들을 사로잡기는 더욱 쉬울 거야. 나머지는 두말할 것도 없고."

설명을 마무리 하는 도영을 보며 장혁이 엄지를 내밀었다.

"역시, 도영이구나. 열심히 공부하더니 말이야."

혜연이 도영을 칭찬했다. 그동안 도영이 얼마나 많은 노력을 기울였는지 알기 때문이다.

가지고 있는 기운의 성행 때문인지 창우나 민호와는 달

리 공부에 그다지 관심이 없었던 도영은 장혁을 돕기로 작정을 한 이후에 다른 분야에 관심을 갖기 시작했다.

그것은 바로 능력을 사용한 공격 전술에 관한 것이었다. 장혁을 따르다 보면 능력을 사용한 전투가 벌어질 것이라 생각하고, 그것에 대비해 나름대로 노력을 기울였던 것이다. 공부하는 것을 죽기보다 싫어하던 도영은 손자병법을 비롯해 고대 병법서를 독파하고 나더니 현대 전술서를 열심히 파고들었다. 일상적인 공부는 아니었지만 정말 열심히 파고들었고, 자신과의 수련에 항상 적용하려 애써 왔다는 것을 혜연은 알고 있던 것이다.

"좋아, 형의 의견대로 준비를 해 줄게. 주변에 은신해 있는 수하들에게도 작전의 내용을 숙지시켜 놓을 테니까, 놈들을 상대하는 데는 크게 무리가 없을 거야."

"고맙다."

장혁의 말에 인정을 받은 것 같아 도영의 대답이 약간은 들떠 있었다.

"시간이 없을 것 같다. 장혁아. 조금 있으면 대통령들이 도착을 할 테니 이만 맡은 장소로 가 볼게."

"그렇게 하세요, 누나. 형들도 부탁드려요."

"그래, 걱정하지 마라. 그럼 너도 수고하고."

"걱정 붙들어 매라."

혜연과 도영이 동시에 대답을 했고, 창우와 민호는 웃음으로 장혁을 안심시켰다.

―누나, 다른 것은 몰라도 그것은 사용하지 마. 누나도 느꼈겠지만 누군가 이 상황을 만든 것 같으니 말이야.

―알고 있으니 너무 걱정하지 마라. 나보다 떨어지는 거 같으니까.

―알았어, 조심하고.

자신을 걱정하는 장혁의 텔레파시에 혜연은 미소를 지어 보이며 동굴을 떠났다.

"정말 대단한 분들입니다. 특급 능력자라고 단정 짓기에는 뭔가 더 큰 기운을 가진 분들인 것 같으니 말입니다."

혜연 일행이 목적지를 향해 떠나자 동굴 안에 남아 있던 태우가 감탄스러운 목소리로 말했다.

"그럴 거예요. 누나와 형들의 능력은 저도 완전히 파악할 수 없는 수준까지 도달했으니까요."

"습격을 해 올 능력자들은 걱정을 하지 않아도 될 것 같은데, 다른 자들은 어떻게 할까요?"

특급 능력자들은 습격을 하러 온 자들만이 아니었다. 이반의 그늘이라고 불리는 러시아의 능력자들이 아직 남아 있었다. 완전히 믿을 수 없는 존재들이었기에 걱정을 드러낸 것이다.

"대비를 해야 할 겁니다. 별장을 경호한다고는 하지만 어떻게 나올지 아무도 모르니 말입니다. 카린스키 대령은 배신자가 아닌 것 같지만 완전히 믿을 수도 없는 상황이고, 레냐라는 능력자가 브리핑 이후에 잠시 사라진 것을 볼 때

충분한 감시가 필요할 것 같습니다."

어느 정도는 예상하고 있는 일이었기에 태우가 고개를 끄덕였다.

'으음, 카린스키 대령보다는 네 여자가 문제다. 그자의 행동으로 봤을 때 그 여자들은 부리면서도 어느 정도 꺼리는 면이 있었다. 혹시, 다른 계통의 명령을 받기라도 하는 건가?'

자신의 생각대로라면 심각한 사태가 발생할 수도 있었기에 태우는 장혁을 바라보았다.

"레냐라는 여자는 그렇고, 미리내와 비너스라는 여인은 어떻습니까?"

"글쎄요. 성향을 파악하기가 매우 어렵습니다. 하지만 두 명도 반드시 감시를 하고 있어야 할 것 같습니다."

"엘리스라는 여자는 짐을 알아본 것 같으니 문제는 없을 것 같습니다만…… 제 생각으로 두 여자는 감시 범위에 넣어 놓겠습니다."

엘리스라는 여인은 짐을 보자마자 마음을 돌린 것으로 보였다. 지금까지 이곳에 나타나지 않는 것을 보면 거의 확실했다.

아프리카계 능력자라면 악숨의 방패가 가지는 진정한 힘을 알 것이다. 엘리스도 그것을 알았을 것이고, 절대로 보스를 넘보지는 않을 것이 분명했다.

"그리 쉽지는 않을 겁니다. 능력이 보통이 아닌 것 같으니 말입니다."

기를 사용할 수 있는 것으로 보이는 미리내라는 여인의
경우 동양의 무술을 극한까지 익힌 것 같았다. 비너스라는
여인은 특별한 주술을 익힌 것으로 보이는 능력자였다.

"이상 행동만 감시하는 것이니 크게 어려울 것은 없을
것 같습니다. 보스가 데려온 능력자들이라면 말입니다."

"하긴 그렇기는 하군요. 다른 움직임을 보인다면 금방
알 수 있을 테니 말이죠."

은밀가의 요원들의 의식을 연동하는 감시 시스템이 크림
산맥과 흑해에 깔려 있는 상황이다. 감시 시스템이 정상적
으로 작동하는 한 모든 작전 지역 내의 모든 것을 감시할
수 있기에 장혁이 고개를 끄덕였다.

"그럼, 슬슬 준비를 해야겠군요. 놈들 습격을 할 수 있
는 시간대는 한정이 되어 있으니 말입니다."

태우가 몸을 일으켰다. 장혁도 따라서 일어났는데 그와
동시에 장혁의 그림자가 일렁였다.

장혁으로 인해 악숨의 방패의 비기를 깨우친 짐은 그림
자로 화신할 수 있는 능력을 얻었다.

흑해로 이동해 온 이후 지금까지 장혁의 그림자에 숨어
있었던 것이다.

일렁이는 그림자를 보며 태우가 텔레파시를 보냈다.

—보스로 인해 능력이 각성해서 어떠냐?

—기분 최고다. 내가 이런 능력을 가지게 되다니 말이다.

—하지만 좀 무섭다. 미리 알고 있지 않았으면 네가 그런 모습으로 화신해 있다는 것조차 몰랐을 테니까 말이다.

—보스를 잘 지켜라. 그자는 모르지만, 그 계집들은 믿기 힘드니 말이다.

카린스키 대령을 믿을 수 없는 한 레냐를 비롯한 세 여자는 철저히 경계해야 했다. 한시도 감시를 늦출 수 없지만 지켜볼 수 있는 인력이 없는 한 짐만이 유일한 대안이었다.

—알았다. 무슨 짓을 하더라도 보스가 다치는 일은 없을 것이다.

—그래, 믿으마.

짐의 다짐을 들으며 태우 또한 동굴을 나섰다. 밖으로 나온 그는 어느새 모습을 감췄다.

—보스, 어디로 가실 건가요?

—일단, 크림산맥 쪽으로 들어가야겠습니다.

—예상 경로는 모두 흑해 쪽인데도 말입니까?

도영이 예측한 적의 공격 루트는 모두 흑해 쪽이었기에 짐이 물었다.

—꼭 그들만 나타라는 법은 없습니다. 태우 아저씨가 염려하는 세 여자 말고 다른 자가 나타날 확률이 높습니다.

—그렇다면…….

—예, 그 여자들을 부리는 자가 나타날 확률이 높다고 봅니다. 그리고 제 예상대로 그자가 나타난다면 성동격서가 될 확률이 높구요.

—그렇겠군요. 그런데 태우에게는 어째서 이야기를 하시지 않은 겁니까?

—아무래도 오버시어를 가진 능력자가 이번 일을 조정하는 것이 아닌가 하는 생각 때문입니다.

—오버시어요?

—미래를 볼 수 있는 능력입니다. 먼 미래를 아닐지라도 적어도 서너 시간 앞쪽을 내다볼 수 있는 능력자가 있다면 문제가 큽니다. 제가 없을 때 다른 분들 입에서 그에 관한 이야기가 나오면 제 계획을 알아차릴 수도 있는 일이라서 말입니다.

—보스는 괜찮은 겁니까?

—걱정하지 마세요. 오버시어로는 제 미래를 볼 수 없으니 말입니다.

상대가 자신의 움직임을 알게 하지 못하게 하려는 것임을 깨달은 짐은 이해를 했지만, 장혁이 진실을 전부 이야기를 한 것은 아니었다.

'흑해로 오면서 마치 잘 짜여진 연극을 보는 느낌이었다. 누나로 하여금 오버시어를 사용하지 못하게 한 것도 바로 그 때문이지.'

카린스키의 청을 받아들여 이곳으로 온 후 동구권의 능력자들을 움직일 수 있는 존재의 흔적을 느낄 수 있었다. 자신의 움직임을 숨긴 이유 중 가장 큰 것이 그 때문이다. 혜연과 같은 오버시어의 능력을 가진 자의 흔적을 감지할 수 있었다. 누군가 잘 펼쳐 놓은 판인 것이다.

'세븐 시스터즈가 정보 기관들이 협력을 했을 것이다. 튀어나올지 모를 변수는 오버시어를 가진 능력자가 예지했을 테고. 이 모든 것을 조율할 정도면 상당한 능력을 가진 자일 텐데 말이야…… 혹시?'

아무리 생각해도 이반의 그늘을 만든 자가 분명했다.

동구권의 능력자들 대부분이 이반의 그늘의 영향을 받고 있다. 그가 아니면 이제 소속이 달라진 특급 능력자들을 동원해 이런 합동 작전을 꾸밀 수 없을 테니 그것은 거의 확실했다. 습격을 해 오는 이들은 지금은 거의 자국을 위해서만 일을 하지만, 얼마 전까지만 이반의 그늘이라는 하나의 조직에 속해 있는 능력자들이다. 거의 신생국이나 마찬가지인 조국에 충성심이 있을 리 없으니 예상은 크게 벗어나지 않을 터였다.

'카린스키를 제외하면 네 여인이 문제인데 말이야. 하나는 완전히 손을 뗀 것 같으니 괜찮은 것 같지만 셋 다 범상치 않은 능력자들이니 내부에서 일어나는 변수에도 대비를 해야겠구나.'

크림산맥을 경로로 선택한 자 이외에 세 여인이 변수가 될 확률이 매우 높았다. 감시를 붙였다고는 하지만 능력자들이라 어디로 튈지 짐작이 되지 않기에 염두에 둬야 했다.

―가시죠.

―예, 보스.

생각을 굳힌 장혁은 동굴을 나섰다.

파파팟!

나오자마자 신형을 띄운 장혁은 산맥 쪽을 치달렸다. 움직임으로 인해 뒤로 돌아 나가는 경풍이 눈발을 휘날렸지만 계속해서 눈이 내리고 있는 터라 흔적을 지울 필요가 없기에 상관하지 않았다.

점점 허공으로 솟아오른 장혁의 신형이 정상을 향해 날았다. 파공음도 사라지고 흔적 또한 사라져 갔다. 순식간에 별장과 크림산맥이 한눈에 보이는 봉우리의 정상에 올라설 수 있었다. 정상 부근에 하늘 높이 자란 침엽수에 다다른 장혁은 빠르게 꼭대기로 올라선 후 주변을 살폈다.

'이곳이면 모든 것을 살필 수 있겠구나.'

장혁은 기감을 펼쳤다. 명상을 하지 않아도 능숙하게 펼칠 수 있게 된 후라 의지를 지닌 기운의 파편들이 산맥과 흑해를 덮기 시작했다.

스스슷!

기감을 펼치는 것과 동시에 장혁의 신형이 사라져 갔다. 완벽한 은신술에 거센 눈보라가 몰아치는 터라 장혁의 신형을 찾는 것은 불가능한 일이었다. 기감이 덮은 면적은 방원 100킬로미터였다. 크림산맥과 흑해의 전부는 아니었지만 이 정도만 해도 적들의 움직임을 충분히 알아차릴 수 있었다.

제일 먼저 멀리 해안가에서 세 사람의 기운이 느껴졌다.

'누나와 형들은 자리를 잡은 것 같구나.'

도영의 예측을 근거로 혜연 일행은 지금 수면 아래에 있다. 보통 사람이라면 힘들 테지만 혜연이 있기에 가능한 일이었다.

혜연은 공기로 이루어진 구를 만들고, 동생들을 그 안에 넣은 후 수면 아래로 가라 앉혀 놓았던 것이다.

물을 변화시켜 계속 공기를 주입해 주고 있기에 숨이 막힐 리는 없었다.

—누나, 준비를 해야 할 것 같아.

—나도 느꼈으니 걱정하지 말고 잘 지켜보기나 해.

—후후후, 알았어.

기감에 잡힌 기계음에 경고를 보내자 혜연도 느낀 듯 곧바로 텔레파시를 보내 왔다.

—대통령들은 도착한 거니?

—그런 거 같아. 조금 있으면 회담이 시작될 거야. 도착과 동시에 움직이는 것을 보면 예상대로 별장 안에 적들과 동조하고 있는 자가 있는 것이 분명해.

—조심해. 어둠 속에서 화살이 더 무서운 법이니까.

—누나, 그리고 형들. 놈들이 능력을 발휘하기 시작하면 곧바로 막아 줬으면 해. 그래야 안에 있는 자들이 혼란스러울 테니까 말이야.

—사로잡을까? 아니면…….

—죽이지는 마. 누나와 형들이 그런 일까지 하기를 바라

는 것은 아니니까.

—알았다.

도영의 텔레파시에 장혁이 대답을 했다.

—놈들이 이제 시작할 것 같으니 그만 연락을 끊으마.

—조심해.

장혁도 느꼈기에 기감만 남겨 둔 채 텔레파시를 끊었다. 집중해야 할 네 사람을 방해하지 않기 위해서였다.

도영과 장혁의 나눈 대화의 내용처럼 잠항해 접근해 오던 잠수함이 천천히 멈추고 있었다. 아조프해와 흑해의 경계인 세르치 해협의 수면 10미터 아래 멈춰 선 잠수함의 한쪽이 열리더니 잠수복을 입은 세 사람이 잠영을 하며 물속으로 들어섰다.

그중 두 사람이 빠르게 지면으로 향했다. 한 명은 빠르게 내려서더니 양발을 개펄 안으로 박아 넣었고, 다른 한 명은 그의 어깨 위로 올라서더니 양손을 크림산맥 쪽으로 향했다.

쿠르르르르.

지진이 인 것처럼 개펄이 요동을 치기 시작했다. 지면에 발을 박은 공간의 20여 미터를 제외하고 지면에 금이 갔다.

쩌— 저저저적!

가장 큰 균열이 크림산맥을 향해 생겼고, 크기를 키워 가며 빠르게 뻗어 나갔다. 금이 가는 위쪽에는 바닷물이 빠르게 회전하며 수평으로 회오리를 형성하고, 각종 부유물들이 그 안으로 빨려 들어가고 있었다.

드릴처럼 형상을 갖춘 물의 회오리는 점점 크기를 키워 갔고, 지면의 균열도 마찬가지였다. 엄청난 일이 수면 아래서 벌어지고 있지만, 바깥은 그런 흔적이 전혀 나타나지 않고 있었다. 두 사람의 특급 능력자들이 힘을 조절하고 있었기 때문이었다. 조용히 그렇지만 빠르게 다가가는 그림자들이 별장 앞 10킬로미터쯤 이르렀을 때였다.

—시작하자.

혜연이 감았던 눈을 뜨며 도영 등에게 텔레파시를 보냈다.

제일 먼저 움직인 것은 민호였다. 천천히 가라앉아 지면에 이른 민호는 토기를 일으켰다. 민호의 기운에 자연의 토기가 반응했다. 산맥과 인접한 곳이라 상당한 기운을 함유하고 있었기에 거대한 기운을 끌어올 수 있었다.

완전히 각성을 이룬 이후에 네 사람이 중점을 둔 수련은 자연의 기운을 끌어다 쓰는 것이었다. 지니고 있는 기운이 특급 능력자보다 많았지만 이렇게 자연의 기운을 이어받아 적을 상대하는 것이 더 나았기 때문이다. 매개체 역할만으로 상당한 힘을 쓸 수 있는 것이다.

—난 끝났다.

—그럼 내 차례인가?

민호의 텔레파시에 창우가 힘을 발휘했다.

바다 속이라 민호처럼 자연의 기운을 끌어오는 것은 무척이나 쉬웠다.

—힘을 잘 조절해라. 너무 강한 기운이라서 적들이 눈치챌 수 있다.

—걱정하지 마, 누나. 놈들이 있는 곳으로 이미 보냈는데도 아직 알아차리지 못했으니까 말이야.

—호호, 많이 늘었네. 벌써 이동을 시키다니 말이야. 날 놀라게 해 주려고 숨기고 있었던 모양이구나.

창우의 대답에 혜연은 동생들의 실력이 전보다 더 늘어났다는 것을 깨달을 수 있었다.

전에는 보여 준 적이 없던 능력이었다. 적들이 능력을 발휘하는 곳까지의 거리는 대략 10킬로미터. 의지만으로 거리를 격해 능력을 발휘한다는 것이 쉽지 않은 일이다.

아마도 자신을 놀랍게 해 주려고 숨기고 있었던 것이 분명했다.

—장혁이 녀석한테 단단히 대가를 받아야겠어. 누나를 이길 수 있을지도 모를 비장의 카드를 공개했으니 말이야.

—그래라. 이 정도면 나도 대처하기 상당히 곤란한 능력이지 말이야. 그런데 이곳 방어는 괜찮은 거니?

—아직 범위 밖이라 그렇지 넘어오기만 하면 막을 수 있어. 누나가 우리에게 했던 것 보다는 많이 떨어진 위력이니까 충분히 막을 수 있을 거야.

—막는 것이 문제가 아니야. 아예 흔적이 남지 않도록

해야 해. 바깥에 있는 자들이 알아차리지 못할 정도로 말이야.

—알았어. 이제 이야기를 그만해야 할 것 같아. 가까워진 것 같으니 말이야.

—조심해라. 그리고 도영이도 준비하고.

—그러게 재미있는 자네. 드릴처럼 소용돌이를 타고 오다니 말이야. 셋 중에 가장 파괴력이 높은 능력을 가지고 있다고 했으니 재미있겠군.

혜연의 경고가 아니더라도 도영은 이미 준비를 하고 있었다.

수인을 맺는 손길을 따라 빠르게 물이 끓어오르고 있었다. 수증기로 변한 탓에 팽창해 커지는 방울들이 도영의 주변에 빠르게 생겨났다.

2장.

이반의 그늘

팟!

별장을 향해 나아가고 있는 소용돌이의 끝점에 있던 인영의 잠수복이 터져 나갔다. 이제는 수면으로 솟아오를 때였기 때문이다.

'뭐지?'

화염으로 온도를 올린 더운 공기를 타고 올라가야 하건만 수면으로 솟아오르지 못했기에 타른은 곤혹스러웠다.

크림산맥 깊숙이 파고든 지진의 여파가 산사태를 불러오고 별장을 향해 노도처럼 밀려 내려올 것이다. 휩쓸려 온 나무들에 불을 붙여 일대를 화염의 지옥으로 만들어 빠져나가는 자들을 막아야 하는 것이 자신의 임무지만 이대로는 수행할 수 없을 것 같았다.

'역시, 전해진 정보대로 우리와 비슷한 능력자들이 지키고 있다는 것인가?'

타른은 잠수함에 탄 후 전해진 정보가 떠올랐다. 자신들을 막아설 존재들이 있다는 것이었다. 당시에는 콧방귀를 뀌었지만, 자신을 막는 힘으로 볼 때 무시할 수 없었다.

'후후후, 그렇다고 이번 상황이 변하지는 않는다.'

화염을 끌어 올렸다. 놀랍게도 타른이 능력을 발휘하자 물속에서 붉은 화염이 치솟았다.

─기다리고 있는 놈들이 있다. 이 정도만 예측했을 테니 너희들도 가속해라.

─알았다.

─그렇게 하도록 하지.

타른의 텔레파시에 요베른과 카스파가 응답을 해 왔다.

콰르르르!

쩌저저저적!

소용돌이는 미쳐 날뛰며 광폭해졌고, 지면의 균열을 더욱 빠르게 이어졌다. 동료들이 힘을 가속하자 타른도 가속을 시작했다. 그의 주변에 일던 붉은 불꽃이 푸르게 타올랐다. 거미줄보다 질긴 무형의 그물이 몸을 감쌌지만 역시 특급 능력자답게 저항을 뚫고 수면 위로 부상하기 시작했다.

팟!

수면 위로 오르자마자 저항이 사라졌고, 타른은 빠르게 허공으로 치솟았다. 의도했던 일들을 일어나지 않았다. 산을 무너트리는 지진도 없었고, 해일 또한 생기지 않았다.

'으음, 이토록 잠잠하다니, 첫 번째 공격은 실패했군.'

놀라운 일이기에 타른은 자신이 본 상황을 동료들에게 염상(念想)으로 보냈다.

―이건 있을 수 없는 일이다. 분명히 내 힘은 크림산맥 깊숙이 힘이 전달됐다. 그런데 아무 일이 없다니 이상한 일이다.

―물도 내 뜻대로 움직였다, 그런데 해일이 일어나지 않았다면 무엇인가 우리 힘을 막은 것이 분명하다.

요베른과 카스파가 동시에 텔레파시를 보냈다.

―우리와 비슷한 능력자가 있는 것이 분명하다. 그렇지 않다면 이렇게 잠잠할 리 없으니 말이다.

―정보가 사실이라는 말이냐?

타른의 전언에 요베른이 반문했다.

―사실인 것 같다. 작전을 바꾸도록 한다. 아무래도 별장 주변으로 결계를 치고 우리를 기다린 것 같으니 말이다.

―으음, 우리가 주의를 끄는 역할을 맡을 수도 있다고 하더니. 그럴 수도 있겠군.

―최소한 세 명이 기다리고 있는 것이 분명한 것 같으니, 이리로 와라.

―알았다. 기다려라.

파팟!

텔레파시가 끝나기 무섭게 요베른과 카스파가 카른의 주

위에 나타났다. 긴 거리는 아니지만 시야가 닿은 곳까지 이동할 수 있는 공간 이동이었다.

—어떤 놈들인지 찾아보자.

요베른의 말에 세 사람 모두 기감을 퍼트렸다.

—으음, 걸리는 것이 없다니.

—예상외의 능력자들이다.

—무서운 자들이다.

세 사람의 등에는 소름이 들었다. 특급 능력자인 자신들의 이목을 완벽하게 속이고 있는 이들의 능력 때문이었다.

스스스스!

세 사람은 재빨리 원형을 그리며 뭉쳤다. 넘실거리는 기운들이 자신들을 포위하고 있다는 것을 깨달았기 때문이다. 보이지 않지만 불과 물, 그리고 흙의 기운이 허공에 떠 있는 세 사람을 포위하고 있었다.

"으음."

타른의 입에서 신음이 흘러나왔다.

—우리가 가진 것 보다 순순한 기운이다, 이런 능력을 가진 자들을 들어 본 적이 없는데…….

비록 전력을 다한 것은 아니지만, 두 사람이 동시에 발휘한 힘을 흔적도 없이 소멸시킨 자들이라 만만히 볼 수 없었다.

"뭐, 뭐지?"

조금 전의 놀람은 아무것도 아니었다. 서서히 흑해를 덮

어 가는 알 수 없는 기운에 타른이 기겁을 했다. 자신들을
에워싼 기운이 완벽하게 공간을 단절시키고 있었기 때문이
다.

스스슷!

도영과 민호 창우가 세 사람을 둘러싸며 나타났다.

"참 치사한 놈들이지?"

"그러게. 이런 능력을 가지고 있으면서 숨어 들어와 기
습이나 하려고 하다니 말이야."

비아냥거리는 도영의 말을 창우가 받았다.

"그런 놈들에게는 매가 약이겠지?"

민호가 기세를 올리며 세 사람을 바라보았다.

"으음."

한국말이라 무슨 뜻인지 알아듣지 못하지만 타른은 세
사람이 자신들을 하찮게 여기고 있다는 것은 느낄 수 있었
다. 하지만 움직일 수가 없었다. 요베른과 카스파 또한 마
찬가지였다. 창우 등이 포위하고 있는 모습이 심상치 않았
던 것이다.

창우는 물로 만들어진 용 머리 위에 서 있었고, 민호는
거대한 흙기둥이 다리를 떠받치고 있었다. 그리고 도영은
넘실거리는 불꽃을 타고 있었던 것이다.

—너희들도 우리와 같은 능력을 지녔다고 들었는데 아니
던가?

말이 통하지 않기에 도영이 텔레파시를 보냈다.

―어떻게 능력을 형상화시켜 물리력을 발휘할 수 있는 것이지?

본연의 능력을 이용해 허공에 떠 있는 것은 같았지만 방식이 틀렸기에 요베른이 텔레파시를 보냈다.

―아직 능력을 완전히 형상화시키지 못하는 모양이군.

―느, 능력을 물질화시킬 수 있다는 말이냐?

―후후후, 아직 못하는 모양이지. 그렇다면 우리에게 잡혀 줘야 되겠어. 물론, 도망칠 생각은 하지 않는 것이 좋을 거야.

퓨슈슈슈!

텔레파시가 끝나기도 전에 요베른이 물로 만들어진 화살을 세 사람에게 날렸다. 드릴처럼 회전을 하고 있는데다가 안쪽에는 흙가루들이 들어 있어 매우 위험한 공격이었다.

화살이 생겨남과 동시에 민호가 손을 휘둘렀고, 석판이 만들어지더니 물 화살을 막았다.

퍼퍼퍼퍽!

파파팟!

사방으로 비산하는 물줄기들을 따라 세 사람이 방향을 달리 해 신형을 날렸다.

―쯧! 쯧!

화르르르르!

거대한 화염의 구체가 여섯 사람을 감싸 안았다. 능력의 차이를 실감하고 도주하려던 세 사람은 멈출 수밖에 없었다.

"어, 어떻게?"

타른은 믿을 수가 없었다. 자신들을 가둔 화염의 구체 때문이다.

화염의 두께는 거의 10미터가 넘었고, 열기로 봤을 때 4,000도가 넘었다. 뛰어드는 순간 그대로 재로 변할 것이 분명했다. 무엇보다도 백색으로 불타오르는 화염의 크기였다. 직경이 거의 500미터가 넘었던 것이다.

자신이라고 해도 만들 수 있는 구체는 100미터를 넘지 못한다. 그것도 이렇게 안쪽이 공처럼 텅 빈 구체는 만들 수가 없었다. 자신들을 막아선 상대들은 도저히 상대할 수 없는 능력을 가진 존재들이었다.

퍼퍼퍽!

타른을 비롯한 세 사람의 전신에 그들이 가지고 있는 능력의 특성과 같은 기운이 꽂혔다. 타른의 주위로는 백색의 화염이 둘러쌌고, 요베른과 카스파는 물과 흙이 둘러쌌다.

―경고하지만 움직이는 순간 너희들을 둘러싸고 있는 기운들과 동화될 거다. 인간이 아니라 너희들이 쓰고 있는 능력의 주체와 같은 모습으로 변하는 거지.

싸늘한 도영의 텔레파시에 세 사람은 움직임을 멈추었다.

스스스슷!

마치 옷처럼 둘러싸고 있는 기운이 세 사람의 신체로 스며들었다.

─스며든 기운들은 너희들을 금제할 것이다. 우리와 의지가 연결된 것이라 다른 생각을 하는 순간에 곧바로 발동해 너희를 소멸시킬 것이다. 그러니 쓸데없는 생각을 하지 말기를 바란다.

츠츠츠츠!

도영의 말이 끝남과 동시에 주변을 가두었던 결계가 사라졌다. 결계의 끝에는 안색이 창백해진 혜연이 여섯 사람을 바라보고 있었다.

─누나, 어서 몸을 회복시켜.

─그래, 나 좀 지켜 줄래.

자신만의 공간을 만들어 내느라 힘을 대부분 소진한 혜연은 지친 표정으로 그대로 가부좌를 틀었다.

─누나를 지킬 테니 공격해 오는 자들을 막아라.

도영은 세 사람에게 명령을 내렸다. 타른을 비롯한 세 사람은 처연한 표정으로 혜연의 주변에 포진했다.

도영 등은 이미 그들의 안쪽에서 혜연을 지키고 있었다.

─누나가 무리한 것 같지?

─그러게. 잘못했으면 우리가 당할 뻔했으니 말이야.

요베른과 카스파가 펼친 힘의 파장이 생각보다 컸기에 잘못했으면 막을 수 없을 뻔했다. 두 사람이 능력을 가속시킨 것으로 인해 세 사람의 의지로 물질화시킨 능력이 흔들렸다. 커진 힘의 파장을 견디지 못하고 흩어지려 했던 것이다.

특히 타른이 도영이 펼친 화염의 그물을 뚫을 때가 위험했다. 절정에 다다른 힘이 막 터지려 할 때여서 도영 등이 미리 만들어 놓은 능력들이 가진 의지의 한계를 넘어 버린 탓이었다.

탈출하려던 물과 흙의 힘을 막은 것은 혜연이었다. 자신만의 공간을 만들어 힘을 소멸시켜 버린 것이다.

혜연이 가진 힘을 대부분 쏟은 탓인지 결과가 좋았다. 공간 안에서 도영 등은 평소에 쓸 수 있는 힘을 몇 배나 초월해 능력을 발휘할 수 있었고, 세 사람을 간단히 사로잡을 수 있었던 것이다.

―너무 위험했다.

잠시 명상에 잠겨 힘을 회복한 혜연이 가부좌를 풀며 말했다.

―누나 수고했어. 누나가 아니었으면 큰일 날 뻔했어.

―실전과 같이 수련을 했다고는 하지만 진짜 실전과는 다른 거니까. 놈들이 마지막에 힘을 가속할지 몰랐던 것이 문제였다. 다음부터는 실수하지 마라.

―알았어, 누나.

도영은 혜연의 말에 고개를 끄덕였다. 혜연의 말대로 자신이 방심한 탓이었다.

―혁이에게는 연락을 했니?

―저기서 보고 있는걸!

도영의 눈이 크림산맥 정상으로 향했다.

결계를 쳤다고는 하지만 혁이라면 모든 상황을 파악했을 것이 분명했다.

—음, 보고 있는 것을 보니 다 알고 있겠구나. 이제 놈들을 잡았으니 여기서 기다리면 되는 거니?

—별장에서 소요가 일 테니까 여기서 기다려야 할 거야, 누나. 대통령들을 납치해 빠져나갈 수 있는 곳은 이 경로뿐이니까 말이야.

—정말 크림산맥 쪽에서 움직임이 있을까?

—분명히 있을걸.

—이런 자들을 성동격서에 사용할 정도면 아주 대단한 능력자일 텐데, 혁이를 도와주지 않아도 괜찮을지 모르겠다.

혜연의 걱정에 도영이 바로 대답을 했다.

—하하하, 누나. 우리의 능력을 각성시켜 준 게 누구인지 잊은 거야? 이곳에 와서 혁이를 처음 봤을 때를 생각해 봐.

—그렇지, 아무 일 없겠지?

—그래, 아무 일 없을 거야. 우리도 그렇지만 누나의 힘으로도 꿰뚫어 볼 수 없는 능력을 가진 것이 혁이니까 말이야.

—그냥 기다리기 뭐하니까. 잠수함이나 잡아 놓을까?

—걱정하지 마. 민호가 이미 잡아 놨으니까 말이야.

잠수함은 민호가 능력을 발휘해 잡아 놓았다. 잠수함 주변을 10미터의 두께의 바위로 감싸 해저에 가라앉혀 놓았던 것이다.

―그래, 벌써 손을 썼구나.

―어떤 자가 움직일지 모르지만 저 별장을 벗어날 수는 없을 거야. 유일한 탈출구가 봉쇄되었으니 말이야.

―그럼, 우리 막내가 얼마나 컸는지 한번 지켜볼까.

혜연은 자신들이 맡은 것을 완벽하게 끝냈다는 생각에 여유가 생겼다. 자신의 오늘을 만들어 준 동생의 성장을 지켜보는 것도 색다른 즐거움이었다.

―하하하, 누나. 지켜보라고.

네 사람의 대화를 듣고 있던 장혁이 텔레파시를 보냈다.

―우리 이야기를 들을 수 있는 거니?

―누나와 형들이 동기화를 끊지 않아서 들을 수 있었어.

―어쩐지.

다른 이의 텔레파시를 듣는다는 것은 생각만큼 쉬운 일이 아니기에 혜연이 고개를 끄덕였다.

―그런데 예상대로니?

―그런 거 같아. 다가오고 있는 자가 있으니 말이야. 누나, 하나 부탁 좀 하자.

―뭔데?

―방해를 해 줬으면 하는 게 있는데 말이야.

―방해?

―오버시어는 여간 귀찮은 것이 아니니 말이야.

―적들 중에 오버시어를 사용할 줄 아는 자가 있다는 말이니?

　―그런 것 같아.

　―좋아. 그리 어려운 일은 아니니까 말이야. 하지만 너한테는 오버시어도 소용이 없지 않니?

　―그렇기는 한데. 다른 사람들 때문에 말이야.

　―무슨 말인지 알겠다. 그렇게 해 줄게.

　다른 이의 미래를 보고 상황을 유추할 수도 있기에 혜연은 장혁이 원하는 것이 무엇인지 알 수 있었다.

　―누나, 온 거 같으니 부탁해.

　―알았어.

　결계를 치는 것은 어렵지 않은 일이다. 그리 많은 힘이 필요한 것이 아니기 때문이다.

　혜연은 자신의 텔레파시를 사방으로 뿌렸다.

　별장을 중심으로 사방 100킬로미터에 생각의 파편을 뿌린 터라 오버시어를 사용할 수 있는 이라 할지라도 정확한 미래를 짚기는 곤란할 것이 분명했다.

　혜연이 공간 전역에 결계를 치자 장혁은 빠르게 별장으로 다가갔다. 특이한 기운을 가진 자들이 갑자기 나타나더니 별장을 향해 치달리고 있었기 때문이다.

　'근접 공간 이동을 통해 이동시킨 특수부대원들을 먼저 투입시키는 건가?'

　별장을 향해 접근하고 있는 자들은 모두 30여 명이었다.

전부가 한꺼번에 나타났다. 공간의 일그러짐을 느끼지 않았다면 어떤 식으로 나타났는지 모를 정도로 은밀한 움직임이었다.

'공간 이동 능력자들이 거의 없다고 했는데, 이 정도 규모를 한꺼번에 이동시킬 정도면 그런 것 같지도 않구나.'

자신과 같이 원거리를 이동시키는 능력은 아닌 것 같지만 이외였다. 대규모 매스 텔레포트는 자신이라 할지라도 쉽지 않은 일이기 때문이다.

빠르게 내려오자 별장을 포위하며 접근하는 자들을 확인할 수 있었다. 전신을 흰색의 특수한 옷으로 감싼 특수부대원들이었다.

'으음, 강화 슈트까지 착용한 것을 보면 능력사들까지 감안한 것 같은데 말이야.'

피피피핏!

외곽을 경계하는 경호원들을 향해 특수부대원들의 손에서 흰색의 물체가 날았다.

외곽을 방호하던 경호원들이 일제히 쓰러졌다. 다들 상당한 실력자임에도 불구하고 맥없이 쓰러지는 모습이 정말 의외였다.

'으음, 얼음 화살이라니……'

경호원들을 쓰러트린 것은 분명히 손가락 굵기 만한 얼음으로 만들어진 수리검이었다. 꺼낸 것도 아니고, 그냥 갑자기 생겨난 것으로, 능력자가 아니면 일어날 수 없는 상황이었다. 능력자가 아님에도 능력을 사용하고 있는 것이다.

'일반인도 능력을 발휘할 수 있는 아티펙트라도 가지고 있는 건가? 그렇지 않으면 설명이 불가능한데 말이야.'

다른 곳에는 아무런 변화가 없었지만 손에서만 변화가 일어났다. 강한 기운이 맺히더니 얼음으로 만들어진 수리검이 생겨난 것이다. 특수한 물건에 능력을 담아 사용할 수 있도록 한 것이 분명했다.

경호원들을 쓰러트린 자들은 재빨리 별장의 경계선 안으로 들어섰다. 장혁도 소리 없이 뒤를 따랐다.

'저 여자들이 먼저 나서…….'

레냐와 비너스, 미리내라는 여자가 별장 문을 열고 나오는 것을 보며 침입자들을 상대하기 위해서라고 생각했지만 곧장 수정해야 했다. 카린스키가 대통령들을 총으로 위협하며 별장을 나서고 있었기 때문이다.

전신을 슈트로 감싼 자들이 빠르게 다가가 대통령들의 목덜미에 주사기 같은 것을 꽂았다. 마취제인 듯 대통령들이 곧바로 쓰러졌다.

"빠르게 이동시켜야 한다."

카린스키에 명령에 침입자들 중 세 명이 대통령들을 어깨에 들쳐 멨다.

'저들밖에는 없는 건가?'

분명히 다른 자가 주관을 하고 있을 텐데 나타난 것은 카린스키 대령과 세 여자뿐이었다. 특수부대원들이 있기는 하지만 능력자들은 아니었다.

—태우 아저씨, 주변 상황은 어때요?

—아무것도 걸리는 것이 없습니다.

태우에게 텔레파시를 보내 보고를 들은 장혁은 혜연에게 연락을 취했다.

—누나, 그곳은 어때?

—잠수함을 제외하고는 아무런 반응이 없어.

—알았어.

태우와 혜연의 대답을 통해 움직임이 없다는 것을 확인한 장혁은 아쉬운 생각이 들었다.

'나타나지 않고 멀리서 이번 일을 주관하나 보군. 으음, 굉장히 몸을 사리는 자다. 이곳에 대한 감시는 어려울 테니 이쯤에서 끝내야겠구나.'

주관자를 잡을 수 없다는 것이 아쉬웠지만, 이쯤에서 상황을 정리하는 것이 나았다.

장혁은 신형을 드러낸 후 별장으로 향했다. 눈발을 헤치며 나타난 장혁의 모습에 특수부대원들이 총구가 일제히 겨눠졌다.

"그만."

카린스키는 손을 들어 말린 후 장혁을 바라보았다.

"의외로군, 외곽을 경계하고 있을 줄 알았는데 말이야."

"아무래도 꼼수가 있을 것 같아서 왔는데 생각이 맞았군. 어째서 대통령들을 납치하려는 거지?"

"이야기해 주면 좋겠지만, 우리도 사정이 있어서 말이야. 자네가 모르기를 바랐는데 어쩔 수 없군."

"후후후, 나를 끌어들인 것은 네놈 대신 책임질 사람이 필요했던 것이로군."

"역시, 눈치가 빨라서 좋아. 굳이 이야기하지 않아도 알 아들으니 말이야."

"네놈 뜻대로 될까?"

"후후후, 이반의 그늘이 어떤 조직인지 모르는 자들은 자신의 능력을 과신하지. 그런 자들의 최후는 오직 하나뿐 이었고 말이야."

아주 재미있는 말이었다.

그리고 카린스키의 비아냥을 들으며 장혁은 새로운 사실 을 알 수 있었다.

"후후후, 이반의 그늘을 주재를 하는 자가 누구인지 궁 금했는데 바로 네놈이었군."

"이런이런! 벌써 거기까지 짐작을 했나?"

"네놈의 거느린 특수부대원들이 공간 이동을 했다고 생 각했는데 그것이 아니라는 것을 금방 깨달았지. 공간이 비 틀어지기 시작한 지점이 바로 이곳이라는 사실에서 말이야. 공간 이동이 아니라 공간을 비틀어 저자들을 숨겨 놓았다는 결론을 내릴 수 있었지."

"호오, 그것만 가지고서 그런 추측이 가능한가?"

"아니, 오버시어의 능력을 가진 존재가 왜 필요한지도

알게 돼서. 오버시어가 필요한 것은 우리의 움직임을 예측하기 위해서가 아니라 우리가 이곳의 움직임을 알아차릴 수 있어서 움직인 것이 아니었나?"

"정확하군. 미국에서 처음 봤을 때 느꼈지만 역시나 자네도 오버시어의 능력을 가지고 있는 모양이군."

"어째서 나에게 이번 일을 맡긴 거지? 그럴 필요가 없었을 텐데 말이야."

"그거야 자네가 이곳에 있다면 이반의 그늘을 숨길 수 있어서였지."

"이상한 논리로군."

"후후후, 자네의 정체가 아직도 감춰져 있다고 생각하나?"

카린스키는 눈동자를 빛내며 말했다.

"내 정체?"

"미국에서 움직임을 나만이 알 것이라고 생각하지 마라. 장미 쪽이나 사원, 그리고 기사단 쪽에서도 너에 대해 어느 정도는 알고 있으니 말이야."

"재미있는 말이로군."

"세력을 넓히고 싶어 하는 너라면 대통령들에게 관심을 가졌다고 쉽게 생각할 수 있지. 계획대로 진행이 됐으면 좋았을 텐데 아쉽군."

"그들이 내가 대통령들을 납치해 세뇌를 했다고 생각하게 만들 생각이었군."

"후후후, 맞네. 반나절 정도면 되었지. 많은 시간이 필요한 것이 아니니 말이야."

카린스키는 웃으며 손짓을 했다.

대통령들을 이동시키라는 명령에 특수부대원들은 흑해 쪽으로 향했지만 장혁은 상관하지 않았다.

"암중으로 세력을 형성할 생각이었군. 막대한 지하자원을 재원으로 해서 말이야. 후후후, 그런데 어떻게 하지?"

"무슨 소리냐?"

자신과 같은 생각을 가진 것인지 떠봤는데 과민한 반응을 보이는 카린스키를 보며 장혁은 그의 정체를 유추할 수 있었다.

"나도 그런 생각을 했거든."

"하하하하하!"

되지도 않는다는 듯 카린스키가 웃었지만 당혹감을 지울 수는 없었다.

"농담하지 말게. 한번은 들어 줄 수 있지만, 영 재미가 없으니 말이야."

"글쎄, 그게 농담일까? 모든 것이 당신 뜻대로 되지 않을 것 같다는 게 내 생각인데, 당신은 어떻게 생각하지? 이반, 당신 말이야."

"과대망상이로군. 내가 이반이라니 말이야."

카린스키는 표정을 굳히며 장혁을 노려보았다.

"당신, 말이야. 아직도 아닌 척하다니, 아주 능구렁이야.

이제는 갈라진 나라의 특급 능력자와 러시아의 특수부대인 알파를 마음대로 부릴 수 있는 존재는 이반밖에 없다는 것을 간단히 예측할 수 있는데 아니라고 하니 조금 어이가 없군."

"그럴 수도 있겠지. 이반이 아니라면 어려운 일이니까. 그런데 어떻게 내가 이반이라고 확신하지? 다른 이도 있을 텐데 말이야."

"나를 바람막이 삼아 이곳에서 자신은 쏙 빠져나가려는 행동 말이야. 남에게 뒤집어씌우는 전술은 평소 이반이 즐겨 쓰던 것이지. 그리고 무엇보다도 말이야. 잠수함에서 대통령들을 세뇌하려는 것에서 확신을 갖게 됐지. 그 짧은 시간에 약물을 동원하지 않고 사람을 완벽하게 세뇌할 수 있는 존재는 오직 이반밖에는 없으니 말이야."

"하하하! 제법이야. 기사단에 괜히 지켜보고 있는 것이 아니었다는 것을 이제 확실히 알겠군."

정체가 발각당하자 이내 기세를 피워 올리는 카린스키였다. 살려 놓는 것이 유리했지만, 자신의 정체를 들킨 이상, 장혁은 반드시 제거해야 할 대상이었다.

살심을 굳혔다는 것을 알았기에 카린스키를 바라보는 장혁의 눈빛도 싸늘히 식었다.

"이제 결심을 굳힌 모양이군. 나를 제거하기로 말이야. 그런데 말이야…… 후후, 그게 아마 쉬운 일은 아니지?"

"더러운 자본주의자 놈들이 그러더군. 이반의 그늘이

가진 힘은 보잘 것 없다고 말이야. 너도 그들의 정보를 열람했을 테니 그렇게 알고 있을 것이고 말이야. 그것이 얼마나 헛된 생각인지 알려 주도록 하지. 네 목숨으로 말이야."

이반의 그늘이 소비에트 연방이 성립된 이후에 만들어졌다고 세상은 잘못 알고 있다. 240년간의 몽골의 지배를 벗어날 수 있도록 한 그 힘을 한낱 실험을 통해 만들어진 능력이라고 알고 있는 것이다. 카잔한국을 물리치고 러시아를 독립시킨 이반 대제의 숨은 힘이 바로 카린스키가 이어받은 힘임을 모르는 것이다.

비록 쇠퇴하기는 했다지만 중원 무림을 초토화시킨 청랑족의 무지막지한 힘을 물리친 것이 이반의 그늘이다. 카린스키는 오늘 그 위대한 힘을 선보이려 하고 있었다. 너무도 시린 하얀빛이 카린스키를 감쌌다.

'으음, 사실이었군. 청랑의 힘을 물리친 이반 대제의 권능이 아직까지 이어지고 있었어.'

백색의 광휘가 카린스키를 덮는 모습을 보며 장혁은 무신으로부터 전해진 기억의 한 자락이 사실임을 확인할 수 있었다. 히사오로부터 회수한 혈주를 얻게 된 기억이었다.

몽골의 수많은 기마대와 강철보다 단단한 육체를 지닌 청랑족을 괴멸시키다시피 한 것이 공간을 잘라 내는 백색의 칼날이다. 사신 중 백호가 가진 힘의 근원이다. 카린스키가 힘이 아니라 권능을 지니고 있다는 것을 확인한 장혁의 신체도 붉게 물들기 시작했다. 백호의 권능을 사용하는 자를 상대하는 방법은 권능뿐이었다.

부르르르르!

혈광으로 뒤덮인 장혁의 모습을 보면서 카린스키는 몸이 떨리기 시작했다. 두려워서 떠는 것이 아니라 본질에 대한 동조 때문이었다.

'어, 어떻게 된 일이지? 전혀 내 의지를 따르지 않는다.'

근원을 향한 회귀의 본능이 발현한 탓에 백색의 칼날이 공명하며 떨고 있었다. 아무리 의지를 부여해도 진정이 되지 않아 카린스키로서도 당혹스럽지 않을 수 없었다.

—당혹스럽나? 배반자여!

—무, 무슨 소리냐?

'나에 대해 전혀 알아차리지를 못하고 있었군. 권능을 접해 보지 못해 그런 것인가?'

미국에 만났을 때에도 카린스키는 무신의 진전을 이었다는 것을 알지 못하는 것 같았다. 일본에서 히사오에게 혈주를 얻은 후라 더욱 알아보지 못하고 있는 것이 분명했다.

'삼신기를 통해 권능의 본질에 대해 어느 정도 알고 있던 백가밀의 인물들과는 달리 다른 이의 권능을 전혀 접해 보지 못했을 수도 있으니 모를 수도 있겠군.'

히사오와는 달리 모르고 있으니 다행이었다.

'일단 결계를 치자.'

장혁은 이반과 그의 수족이라고 할 수 있는 세 여자가 도주할 수 없도록 결계를 치기 시작했다. 은밀가의 수하들과 연동이 되는 것이라 어느 정도 만족할 만한 결계가 쳐졌다.

'이로서 백호가 가진 혈주도 얻게 되는 것인가?'

혈주를 얻어야 하는데 이반 본인일 수 있는 카린스키가 도주하는 경우가 가장 당혹스러운 사태였다. 결계를 쳤으니 그럴 염려는 하지 않아도 될 것 같았다.

—무신을 배반해 놓고도 모른다는 뜻인가?

—무, 무신! 그렇다면?

—그래, 내가 바로 무신의 후예다. 네놈들이 배반으로 영겁의 세월 동안 영어의 몸이 되었던!

'뜻밖의 횡재로군. 무신의 남은 힘을 얻는다면 그들과도 해볼 만하다.'

백호의 힘은 이미 자신의 힘으로 만든 지 오래다. 특급을 넘어서는 초월자가 되기는 했지만 장미나 사원, 기사단에 비해서는 전반적인 전력이 열세일 수밖에 없는 상황이다. 이런 상황에서 무신의 출현은 반가운 일이었다. 무신이 가진 권능의 본질을 취할 수 있는 기회가 생긴 것이다.

대부분의 힘을 사신에게 나누어 주고 간혀 버린 무신.

본래의 권능을 찾을 수 없는 상태이니 회복이 되었다 하더라도 자신의 상대가 될 수 없었다. 그래도 혹시나 몰라 아무리 살펴봤지만 힘의 크기는 미약하기 그지없었다.

어째서 자신 앞에 나섰는지 모르지만 상관이 없었다. 준비를 했다할지라도 지금의 자신이라면 문제가 될 리도 없었다. 절호의 기회인 것이다.

'무신은 사용할 수 없는 권능의 본질을 취할 수만 있다면 지금 가지고 있는 힘을 수백 배나 증폭시킬 수 있다.'

절정의 시기에 무신이 사용했던 권능과 같은 위력을 발휘할 수도 있다는 생각에 욕심이 생겼다.

—하하하하! 잘됐군. 그렇지 않아도 찜찜했었는데 말이야.

카린스키가 흥분한 듯 텔레파시를 보냈다.

—후후, 욕심이 생긴 모양이지?

—당연하지 않나? 신의 반열에 들어갈 수도 있는 일인데.

—그럼 해 보도록. 네 뜻대로 될 수 있을지 말이야.

—자신감이 대단하군. 하지만 오늘 너는 생각하지 못한 적을 보게 될 것이다. 그리고 그들로 인해 후회를 하게 될 것이다.

장혁의 도발에 카린스키가 굳은 어조로 텔레파시를 보냈다.

'역시, 저 여자들이 문제인가?'

텔레파시가 끝나기 무섭게 레냐와, 미리내, 그리고 비너스의 기운이 변하기 시작했다.

'으음, 사신의 기운을 주입하고 지금까지 키워 온 모양

이군. 어떻게 저 여자들에게 다른 능력의 본질인 권능을 심을 수 있었던 거지?'

세 여자의 기운이 변했다. 현무와 청룡, 그리고 주작의 기운이 세 여자의 몸에 서리고 있었다. 무신이 가진 고유의 권능.

비록 나누어 주기는 했지만 의지를 이어받지 않는 한 있을 수 없는 일이었다.

'후후후, 무신의 유진을 이어받은 자가 이렇게 내 앞에 나타나다니!'

갑자기 머리가 복잡해진 장혁과는 달리 카린스키의 마음은 두근거리지 않을 수 없었다. 자신이 그토록 바라고 바라던 순간이 도래했기 때문이다.

'하늘이 나를 도우시는구나. 엘리스가 빠지기는 했지만 저자의 권능을 빼앗아 오는 데는 문제가 없을 것이다. 이곳에서 권능을 빼앗아 잔재를 소멸시키고 내가 새로운 무신으로 거듭나는 것이다.'

청룡의 권능을 가진 엘리스가 어쩐 일인지 합류하지 못했지만, 카린스키는 자신 있었다. 이런 상황을 대비해서 그동안 철저히 준비를 해 왔던 탓이었다.

현대에 들어와 가장 먼저 능력자에 대해 연구를 한 것이 소비에트 연방이다. 세계대전의 와중에서 이반의 그늘은 특별한 작전 하나를 펼쳤다.

바로 능력자들의 납치였다. 당시에도 영국의 로즈 소드,

미국의 템플 나이트, 일본의 백가밀, 중국의 대륙천안 등이 있었지만, 세계대전의 와중이라 어수선한 탓에 이반의 그늘이 펼치는 작전을 아무도 알아차리지 못했다. 이반의 그늘이 납치한 능력자들은 발전만 한다면 권능까지 발휘할 정도로 소속된 집단의 가장 본질적인 능력을 가진 이들이었다.

이능력자들 간의 전쟁이 발발할 만한 사건이지만 이반의 그늘이 과감히 이런 작전을 펼친 것은 독일 때문이었다. 세계대전을 시작한 이후 나치는 이능력자들을 상대하기 위한 비밀스러운 실험을 계속하고 있었고, 이반의 그늘은 이에 대한 상세한 내용을 알아냈던 것이다.

이반의 그늘에서는 나치가 유대인을 대상으로 권능의 이전에 대한 비밀 실험을 진행하는 곳에 능력자를 침투시켰고, 연구가 거의 성공 단계에 이르자 과감히 능력자들을 납치했던 것이다. 2차 세계대전이 독일의 패전으로 끝나자 숨어든 능력자를 이용해 자료를 재빨리 빼돌린 이반의 그늘은 납치한 능력자들을 대상으로 무수한 실험을 해 왔고, 얼마 있지 않아 성공을 할 수 있었다.

계획은 상당히 좋은 것이지만 권능의 이전에 대한 연구가 완성되기까지는 많은 시간이 지나야 했다. 본질에 대한 연구가 난해한 까닭에 세계대전이 끝나고도 한참이 지나 겨우 몇 년 전에야 끝이 날 수 있었다.

연구가 끝이 났지만 실행에 옮길 수는 없었다. 이미 완전한 체계를 갖추고 있는 세계의 능력자 집단들이었기에 능력자들을 납치할 때처럼 행동하기에는 무리가 있었기 때문이었다. 특히나 막대한 자본으로 무장하고, 능력의 개발뿐만 아니라 보조할 수 있는 과학 기술들을 개발하는 이들을 상대한다는 것은 무척이나 어려운 일이었다.

계획을 바꾸지 않을 수 없었고, 고민하는 와중에 자원에 대한 선점을 통해 막대한 자본을 구축하는 것을 선행하기로 하고 이번 계획을 진행하는 중이었다. 그 와중에 장혁의 등장은 카린스키로서는 호재가 아닐 수 없었다.

권능의 근원을 가진 능력자들을 찾을 필요도 없이 장혁만 있으면 잠재되어 있는 것들을 전이시켜 수많은 능력자들을 양성할 수 있을 것이기 때문이다.

—힘들기는 하겠지만 저자를 사로잡기로 한다. 저자의 능력을 빼앗는다면 너희들은 언제나 내 왼편이 설 것이다.

—잘 됐군요. 걱정하지 마세요.

장혁으로 인해 봉변을 당했던 레냐가 싸늘한 어조로 대답을 했다. 권능의 힘이 봉인된 때문에 수치를 당했지만 이제는 복수할 수 있는 기회였다.

—저자를 제압하면 권능을 또 얻을 수 있는 건가요?

—그렇다.

—재미있네요. 저와 비너스는 찬성이에요.

권능을 더할 수 있다는 대답에 미리내 또한 전력을 다하기로 했다.

조금 전과는 마음이 달라진 탓인지 세 여자의 몸에서

백색의 광휘와는 달리 황금색의 빛이 흘러나오기 시작했다.

'완전히 특성화되지 않았지만 세 여자의 기운이 상당한 수준에 이르렀구나.'

장혁도 긴장하지 않을 수 없었다. 세 여자가 내뿜기 시작한 기세는 형들을 넘어서 혜연에 육박하고 있었다. 거기다가 공간을 가르는 칼날을 가지고 있는 카린스키까지 있었다. 쉽게 생각했다가는 당할 우려가 있었다.

'어쩌면 내가 가진 능력을 전부 꺼내야 할지도 모르겠구나. 하지만 히사오에게서 얻은 혈주의 능력은 숨겨 두자. 아무래도 이상하니 말이다.'

이반이 너무 쉽게 모습을 드러낸 상황이라 만약의 사태를 대비해 히든 카드는 숨겨 둔 장현은 서서히 힘을 끌어올렸다.

투명하지만 분명히 느낄 수 있는 권능의 파장이 장혁의 몸을 따라 흐르기 시작했다.

'하아, 권능을 사용하지는 않지만 이 정도로 압박감을 줄 수 있다니 대단한 힘이다.'

권능의 힘을 둘렀는데도 불구하고 온몸이 저릿했다.

장혁이 가진 힘의 크기를 보게 된 카린스키의 눈에 희열이 스쳤다.

'권능이 감소할 것을 알면서도 거짓을 말하지는 않았을 것이다. 저 정도의 힘이라면 분명히 권능을 더할 수 있을

것이다. 그리고 엘리스가 말한 것도, 호호호. 엘리스의 말대로 속박에서 드디어 벗어나는 것인가?'

카린스키와 마찬가지로 미리내의 눈빛도 반짝였다.

오랜 세월 동안 자신을 구속해 온 굴레를 벗어던질 수 있다는 생각에 전율이 흘렀다.

드디어 꿈을 이룰 순간이 다가온 것이다.

3장.

백호, 신수가 되다

장혁은 기감을 끌어 올렸다. 명상에 들지 않아도 새로운 세계에 눈을 뜰 수 있었다. 무신이 남겨 준 권능이 아니라 스스로 터득한 것이라서 그런지 눈앞에 있는 권능자들은 느끼지 못하고 있었다.

'싸워 볼 만하다.'

쉽지 않은 싸움이 될 테지만 자신을 얕보고 있는 것이 분명한 이상 두렵지는 않았다.

'체술로 승부를 건다.'

권능을 가진 자들이지만 체술로 승부를 걸기로 했다. 생각과 스승으로부터 지환신환결이 움직였다. 대사백에게 배운 비기가 더해진 터라 일반적인 체술과는 달랐다.

먼저 움직인 것은 레냐였다. 황금빛이 붉게 달아오르더

니 축구공만 하게 분리되며 장혁을 향해 달려들었다.

휘리리릭!

장혁의 두 손이 회전하듯 움직이며 황금빛 구체를 끌어안더니 한 바퀴 돌려 레냐를 향해 튕겨 보냈다.

쾅!

화르르르르!

붉은 빛이 감도는 두 기운이 충돌하는 순간, 지면을 덮고 있던 눈들이 순식간에 증발하며 대지가 타올랐다.

"으음."

뒤로 다섯 걸음이나 물러난 레냐는 비틀거리다가 답답한 신음을 흘리며 몸을 세웠다.

'어떻게 권능을 되돌릴 수 있는 거지?'

레냐는 당황스러웠다.

보통 이능력도 아니고 권능이었다. 세상의 근원을 비트는 힘을 되돌렸다. 그것도 같은 권능이 아니라 평범해 보이기 만하는 체술로 되돌린 것이다. 카린스키와 미리내, 그리고 비너스도 당혹스럽지 않을 수 없었다.

'역시, 지환신환결이다.'

완벽한 지환신환결이 생각대로 힘을 발휘했다. 혼돈지기는 근원보다 깊은 곳에 존재하는 기운이다. 혼돈지기를 바탕으로 하는 지환신환결은 권능에 비견되는 능력을 발휘하고 있는 것이다.

'당황하는구나.'

레냐가 당하는 것을 보는 두 여자는 섣불리 공격을 할 생각을 하지 못하고 있었다. 장혁이 발휘한 인과율을 벗어나는 힘의 정체를 파악할 수 없었기 때문이다. 세 여자와는 달리 카린스키는 장혁이 가진 힘의 정체를 대충 알아차릴 수 있었기에 자신의 권능을 발휘했다.

번쩍!

하얀빛이 번쩍이며 장혁이 서 있던 공간을 격자형으로 갈랐다. 격자형으로 이루어진 빛으로 만들어진 그물이 공간을 휩쓸고 지나갔다. 공간이 조각조각 갈라지더니 흩어지며 장혁의 신형 또한 서서히 부셔졌다.

"으음."

기습에 가까운 공격이 성공했지만 카린스키의 인상은 더 굳어졌다. 부셔져 내리는 장혁의 신형이 잔상임을 아는 까닭이었다.

─놈이 숨었다. 부상을 입었을 테니 빨리 찾아라.

─소멸된 것이 아니라는 말입니까?

─놈은 우리가 만들어 낸 카오스와 같은 기운을 가지고 있다. 내가 한 공격은 이미 놈이 흡수해 버렸다.

권능을 전이시키기 위해서는 본질을 카오스로 돌려야 했다. 카오스를 권능을 물려받을 대상자에게 고착시킨 후에 다시금 특성을 가진 기운으로 돌리는 것이 이반이 만들어 낸 권능의 이전이다. 혼돈에 가까운 기운은 특성을 가진 권능이 소멸시킬 수 없는 것은 당연했다. 부딪치는 순간에 곧바로 카오스로 흡수되어 버리기 때문이다.

　—어떻게 그럴 수가 있는 거죠?

　변화한 카오스에 다른 것이 섞이면 본래의 모습으로 돌아가지 못한다. 존재의 의미를 잃어버린다는 것은 절대에 있어서 안 될 일이기에 레냐는 의문이 아닐 수 없었다.

　—놈은 카오스를 의지로 다스릴 수 있는 것 같다. 내 생각이 맞다면 지금 정도의 공격으로는 절대 죽일 수 없다. 어서 기운을 추스르고 놈을 상대할 준비해라.

　—으음.

　카린스키가 자신에게 기회를 주는 것임을 알 수 있었기에 레냐는 신음을 흘렸다.

　'정말 아쉽구나. 엘리스가 있었다면 어떻게 해볼 수 있을 텐데⋯⋯.'

　미리내와 비너스가 힘을 합쳐 공격한다고 해도 성공한다는 보장이 없었다. 엘리스가 빠져 사신의 힘이 균형이 맞지 않기 때문이다. 이번 공격이 실패한다면 카린스키는 자신들의 권능을 회수할 것이 분명했다. 평범한 인간으로 돌아가는 것이다.

　그나마 그것으로 끝난다면 다행이다. 어쩌면 이대로 소멸할 수도 있는 일이었기에 두렵지 않을 수 없었다. 엘리스가 빠진 빈자리가 너무 컸다.

　—레냐, 권능을 끌어 올리면서 내 말을 들어.

혼란스러운 레냐에게 미리내가 텔레파시를 보내 왔다.

—무, 무슨 말이니?

—레냐, 엘리스가 한 말을 너도 들었지? 아마도 엘리스는 저분의 진실한 힘을 그때 느꼈던 것 같아.

미리내가 장혁을 존대하는 것도 알아차리지 못하고 두려움에 물든 레냐는 비행기 안에 엘리스가 들려주었던 말을 상기했다.

"그분은 제황이야. 그것도 깊고 깊은 어둠의 제황! 그분의 분노를 산다면 세상은 종말을 맞아. 그러니 하지 말아야 해. 신향을 피웠다가는 단번에 죽어 우리뿐만이 아니라. 대령님과 형제들, 그리고 우리와 관련된 모든 사람들이 말이야."

어둠의 제황이라는 그 말이 가슴 깊이 다가왔다. 카오스의 힘을 느꼈던 것이 분명했다. 너무도 깊어 끝을 알 수 없는 심연의 힘을 자신도 보았다.

—그럼, 어떻게 하자는 거니?

—우리들은 이미 호랑이 등에 올라탄 형국이나 마찬가지야. 이번 공격이 실패한다면 카린스키는 우리를 흡수할 것이 분명해. 저자에게 이기기 위해서라도 우리의 모든 것을 가져갈 테니까.

—바, 방법이 없는 거니?

—엘리스가 가르쳐 준 방법이 있기는 해.

―뭐니?

―중단하지 말고 계속 권능을 끌어 올려.

미리내는 방법이 있다는 소리에 멈칫하는 레냐를 다그쳤다.

―아, 알았어.

―비너스와는 이미 이야기가 끝났어. 그런데 너도 한 가지 약속을 해 줘야 해.

―뭐니?

―카린스키! 아니, 이반에 대한 네 마음을 접어.

―으음.

자신이 이반을 좋아한다는 것을 알고 있었다는 사실에 신음을 삼켰다.

―레냐, 그는 우리를 소모품으로밖에는 생각하지 않아. 권능을 주기는 했지만, 상황이 불리해지자 곧바로 우리를 흡수하려 하니 말이야.

―그렇지만······.

―빨리, 결정해. 시간이 없으니까 말이야. 접으려면 마음에서 완전히 몰아내야 해. 그렇지 않으면 실패할 테니까.

―알았어. 이반은 포기할게.

미리내의 재촉에 레냐도 할 수 없이 승낙을 했다. 그리고 마음속에서 이반에 대한 것을 지워 버렸다. 권능을 전해 받으며 의식을 스스로 통제할 수 있는 법을 배운 터라 마음을 접어 지우는 것은 무척이나 쉬웠다.

―좋아. 완전히 지웠구나. 그러면 지금부터 엘리스가 가르쳐 준 방법을 알려 줄게.

―어서 이야기해 봐.

―엘리스가 이곳에 오지 못하는 이유가 있어. 엘리스는 같이 오기를 포기한 것이 아니라 이미 이곳에 와 있어. 바로 내 의식 속에 말이야.

―무슨 말이니?

당황스러운 이야기에 레냐가 다시 멈출 뻔했다.

―멈추지 말고 계속 끌어 올려.

―미안해. 이제는 됐으니 계속 이야기를 해 봐.

―그녀는 육체를 포기했어. 그리고 정신체에 가까운 상태로 변화했지. 이반이 가한 금제를 피하기 위해서 말이야.

―우리도 정신체로 변화하자는 말이니, 하지만 그것은 살아도 산 것이 아니잖아?

금제를 벗어나는 길이기는 하지만, 인간으로서의 삶은 포기하는 것이기에 레냐는 거부감을 느꼈다.

―레냐, 방법이 있어. 그것은 우리가 저분에게 종속되는 거야.

―조, 종속이라니?

―엘리스가 말했어. 저분의 능력이라면 정신체로 변한 우리에게 누구에게도 구속되지 않은 육체를 줄 수 있다고 말이야.

―나, 나는 그 말을 믿을 수가 없어.

레냐는 강하게 부정을 했다. 영혼이나 마찬가지인 정신체에 새로운 육체를 만들어 주는 것은 신이나 가능한 일이었다.

―너도 들은 적이 있을 거야. 이반이 최종적으로 원하는 권능의 주인이 누구인지 말이야.

―그, 그럼.

―맞아. 저분은 무신의 유진를 얻었어. 우리가 가진 권능이 더해진다면 저분의 권능이 깨어나. 신의 권능이 말이야.

―아!

모든 신들이 두려워했던 전신이다.

인간으로서 신의 반열에 올라 동서양에 존재했던 무수한 신들이 소멸시킨 장본인이 무신.

남아 있는 신들이 자신의 권능을 포기하며 무신을 가두었다고 했지만, 그것은 사실이 아니다.

신들을 소멸시키며 그들의 권능을 흡수하고, 신성을 넘어서는 차원이 다른 존재로 거듭난 무신. 신들이 음모를 꾸미고 있다는 것을 알면서도 세상에 대해 더 이상 미련이 없어 제자들에게 자신의 권능을 네 조각으로 나누어 준 후 영겁의 뇌옥에 가두어졌다. 신들은 모든 것을 소멸시키는 혼돈을 가두었다고 생각했겠지만, 무신은 스스로 속박을 당한 것이다. 무신이 가진 권능이 살아난다면 육체를 만드는 것은 아무것도 아니다. 신을 뛰어 넘는 권능을 가졌던 존재이기 때문이다.

—하, 하지만 우리에게 그런 축복을 허락해 줄까?

—걱정하지 마. 엘리스의 능력을 믿어. 예언을 했던 것이 한 번도 틀린 적이 없잖아.

—알았어. 그렇게 할게.

미리내의 말처럼 엘리스의 예언은 한 번도 틀린 적이 없었다. 비행기 안에서 장혁에게 신향을 뿌리려던 것을 바로 포기한 것도 그 때문이었다. 스스로 정신체가 될 정도라면 그녀의 예언대로 될 것이 분명했다.

—권능을 완전히 끌어 올린 후 바로 종속의 인을 받으면 되는 거니?

—그렇게 하면 실패할 수도 있어. 이반이 가만히 있지 않을 테니까 말이야. 그냥 정신체로 화한 후에 저분에게 뛰어들어. 간절히 염원한다면 우리의 소망을 들어줄 거라고 엘리스가 예언했어.

—알았어. 그렇게 할게.

많은 것이 오갔지만 생각을 교환하는 것이나 마찬가지였기에 미리내와 레냐가 나눈 대화의 시간은 무척이나 짧은 것이었다.

'저 자식은 느끼지 못하고 있지만 뭔가가 달라졌다.'

공간 속에 숨어 잔뜩 끌어 올리는 세 여자를 바라보는 장혁은 변화가 있음을 직감했다.

'셋이 아니라, 넷이다. 그리고 공격을 하려는 것이 아니다.'

빛으로 이루어진 구체가 만들어지고 있지만, 조금 전에 공격을 해 오던 것과는 달랐다. 그리고 미리내가 만들어 내고 있는 구체 속에서 또 다른 기운을 느낄 수 있었다.

'뭔가 할 준비를 했는데 망설이는 것을 보면 날 찾지 못하고 있구나.'

빛으로 만들어진 구체에서 초조함이 느껴졌다. 초조함의 근원은 카린스키였다. 그가 변화를 알아차릴까 봐 두려워하는 것이 분명했다.

'내 쪽으로 유도해 보자.'

장혁은 세 여자의 변화가 마음에 걸려 자신의 존재를 카린스키에게는 감춘 채 드러내기로 했다.

피피핏!

피피피핏!

존재를 느끼자마자 구체가 날아들었다. 분명히 세 개였는데 중간에 미리내가 쏘아 보낸 구체가 갈라져 네 개가 되었다. 장혁은 지환신환결을 돌리며 구체를 튕겨 낼 준비를 했다.

퍼퍼퍼퍽!

거의 동시에 다다른 구체를 연이어 붙잡으며 한 바퀴 돌려 튕겨 내려는 순간 변화가 일어났다.

'이런!'

장혁은 물론이고, 카린스키도 그 모습을 보며 놀라지 않을 수 없었다. 양손에서 맴돌던 사색의 구체가 빠르게 장혁의 손으로 흡수되어 버린 것이다.

"으드득! 이년들이!"

육체를 포기하며 자신의 금제를 벗어난 네 여자의 정신체를 느끼며 카린스키는 이를 갈았다.

"이럴 수는 없다. 이럴 수는!! 크아아아아아!"

부정하는 몸짓과 함께 포효와 같은 고함을 지르는 카린스키의 몸에서 줄기줄기 흰빛이 뻗어 나왔다.

콰지지직!

정신체가 사라져 버린 세 여자의 육체가 갈가리 찢겨 나갔다. 분노가 넘친 탓인지 주변에 있던 특수부대원들은 조각조각 잘려 나가 한 줌 재로 변해 버렸다.

그뿐만이 아니었다.

주변의 모든 것이 갈라졌다. 별장이 무너져 내리고 뒤편에 있는 나무와 바위 언덕이 산산이 부셔져 내렸다. 카린스키는 분노를 넘어 폭주하고 있었다. 수백 년을 준비해 온 한순간에 물거품이 되어 버린 것이었다.

사신의 권능 중 일부를 갖고 있기는 하지만, 카린스키에게는 아주 중요한 존재들이 네 여자다. 혼자서는 감당할 수가 없어 네 여자에게 보관을 시켜 놓았는데 혼돈 속으로 흡수되어 버렸다. 순수를 잃어버리고 자신의 의지가 섞이지 않게 된 사신의 기운은 더 이상 흡수할 수 없는 것이기에 분노를 이기지 못하고 폭주할 수밖에 없었던 것이다.

'혈주와 백호의 기운이 완전히 하나가 된 상태일지도 모른다. 그 힘이 완전히 폭주해 버리는 북반구의 삼분지의 일이 날아가 버린다.'

백호는 금의 기운을 가지고 있다. 굳세고 강성한 기운이 공간을 토막 내 버린다. 너무도 강력한 힘이었다. 의지를 잃어버리는 백호의 기운이 폭주해 버리면 흑해를 중심으로 반경 1,000킬로미터가 휩쓸리게 될 것이고, 유라시아가 단번에 초토화될 것이 분명했다.

무엇보다 공간의 힘에서 벗어날 수 있는 존재가 없었다. 폭주의 중심에서 벗어나 있는 특별한 능력자라면 살아날 수도 있기는 하겠지만, 그것도 얼마 가지 못할 터였다.

금기에 오염된 자연은 생물이 존재할 수 없는 곳으로 변해 버린다. 살아 있는 존재들은 금기의 영향으로 본질이 변이를 일으켜 살아갈 수 없게 되는 것이다. 그런 금기가 대지에 오랫동안 남아 영향을 미치기 때문에 불모지로 변해 버리는 것이다.

그야 말로 백호의 폭주는 가히 메가톤급 핵폭탄이 터진 재앙이나 다름없었다.

'골치 아프게 됐군. 감당할 수 있을지 모르겠다.'

목적이 실패했다는 상실감에 폭주해 버린 카린스키를 바라보며 장혁은 당혹스러웠다.

'이럴 때가 아니다. 최대한 막아야 한다.'

당혹감도 잠시, 장혁은 자신이 가지고 있는 힘을 모두 끌어모았다.

콰드드득!

히사오로부터 얻은 혈주를 배제한 장혁이 가진 권능과 카린스키의 권능이 부딪치며 대지가 비틀렸다. 권능이 가져온 충격을 견디지 못하고 지반이 비틀려 버린 것이다.

쏴아아아!

엄청난 바닷물이 거대한 폭포처럼 갈라진 지반 사이로 쏟아져 들어갔다.

―위험하니 모두 피하세요.

소멸을 도외시한 카린스키의 폭주에 장혁은 의식으로 연결된 모든 이에게 텔레파시를 보냈다.

―혀, 혁아!

―누나, 어서 피해. 사람들이 피해야 나도 몸을 뺄 수 있으니까 말이야. 최소한 반경 오십 킬로미터는 벗어나야 할 테니, 서둘러 줘, 누나.

안타까운 혜연의 응답에 장혁은 빠르게 텔레파시를 보냈다.

―아, 알았다.

텔레파시를 끊은 혜연은 동생들과 함께 장혁을 따르는 사람들을 대피시키기 위해 빠르게 움직였다.

―누나, 괜찮겠어?

사람들이 은신해 있는 크림산맥을 향해 전력으로 달리며

도영이 물었다.

그리 먼 거리는 아니지만 시야가 닿은 곳까지는 대규모의 공간 이동을 할 수 있는 혜연이다.

그러나 대규모 공간 이동이라고 해 봐야 겨우 20명 정도고, 할 수 있는 회수도 두 번 정도 밖에 되지 않기에 걱정스러웠던 것이다.

─혼자서는 힘들지만 너희들이 도와준다면 충분히 가능하다. 혁이가 데려온 수하들이 50명이 넘지 않으니까 충분할 거야.

─돕기는 하겠지만…….

─너희들만 실력이 늘어난 것이 아니니, 걱정하지 마.

─실력이 늘어났다고 해도, 조금 전에 너무 많은 힘을 썼잖아. 괜찮겠어?

─할 수 있으니 걱정할 거 없어. 그보다는 혁이가 말한 거리를 벗어난 후에 충격파를 막을 수 있는 결계를 곧바로 펼쳐야 하니까, 태우 아저씨에게 연락을 해. 난 지금부터 집중을 해야 하니 말이야.

─알았어, 누나.

혜연이 무리를 해서라도 장혁이 한 당부를 이행하려고 이미 확고한 결심이 선 것을 알았기에 도영은 더 이상 말릴 수가 없었다.

─할 수 없다. 최선을 다해 누나를 돕는 수밖에. 너희들도 최선을 다해 줘야 한다.

—걱정하지 마.

　—어차피 그 방법 밖에는 없으니 최선을 다하는 수밖에.

　도영의 생각과 같은 것인지 창우와 민호 또한 동조의 눈빛을 보냈다.

　—태우 아저씨! 사람들을 모아 줘요. 공간 이동을 통해 빠져나간 후에 곧바로 결계를 쳐야 하니 준비도 해 주시고요. 혁이의 수하들뿐만 아니라 그자들도 데리고 가야 하니 잊지 마시고 말입니다.

　—대통령들은 이미 잡아 놨다. 그리고 결계도 준비하고 있는 중이다. 사람들을 불러들였으니 도착할 때쯤이면 모두 모일 것이다.

　—고마워요. 저도 금방 갈게요.

　후이이이이익!

　태우의 텔레파시를 들으며 네 사람은 날아가는 속도를 높였다.

　'크으으윽!'

　거리를 벌릴 때까지 폭주가 확산되는 것을 막아야 하기에 최선을 다했지만 장혁은 가중되는 압력에 신음을 흘려야만 했다.

　'너무 강한 기세라 뚫고 들어가 소멸시킬 수도 없는 상황이다. 어떻게 하지?'

　—저희들이 도와드리겠습니다.

　답답한 마음에 방법을 찾고자 생각을 굴리는 장혁의 뇌

리로 고운 음성이 들려왔다.

—당신은?

—엘리스라고 합니다. 태초의 무녀 중 하나입니다.

—신녀의 맥을 이은 존재인가?

—그렇습니다.

단순한 대답이었지만 장혁은 세 여자가 갑자기 정신체로 변화된 것과 미리내의 정신체가 분화된 이유를 알 수 있었다.

—육체의 속박을 풀고 싶어서 일을 저질렀나 본데, 너무 성급했다.

장혁은 엘리스를 질책했다.

—아닙니다. 이반을 자처하는 카린스키는 이미 저희들을 흡수하려는 마음을 굳혔었습니다. 강화된 권능을 통해 무신의 유진을 차지하려고 했지요. 만약 그가 저희들을 흡수했다면 지금보다 더 큰 사태를 불러왔을 겁니다.

—그런가? 좋아, 그건 그렇고. 어떻게 돕겠다는 말이냐?

—저희들이 가진 권능을 흡수하세요. 그러면 카린스키를 막을 수 있는 권능을 얻으실 수 있을 겁니다.

—그렇게 하면 너희들의 의지가 소멸되어 사라지진 않나?

—당신께서 저희들을 살릴 의지만 있으시면 소멸되지 않을 겁니다. 새로운 육체를 얻는 것이야 아직은 먼 이야기고, 저희들의 권능을 흡수해 카린스키를 막아 주십

시오.

—으음, 그렇다면 그렇게 하지. 너희들의 의식을 잠시 가두어 두겠다. 혼돈의 무저갱에 갇히게 되겠지만 권능이 회복된 후에는 너희들을 살릴 수 있을 것 같으니 말이다.

—네, 알겠습니다.

권능의 본질을 가지고 있는 존재들이다.

그런 존재들의 도움을 얻는다면 카린스키의 폭주를 저지하고 이번 사태를 진정시킬 수 있을 것 같았다.

장혁의 허락이 떨어지자 엘리스를 비롯한 네 여인은 자신들이 가진 권능을 장혁의 혼돈지기로 쏟아부었다.

'으음, 대단하다. 가히 혈주에 버금가는 힘이다.'

압력이 서서히 줄고 있었다. 폭주하는 금기를 벗어날 수 있을 정도로 권능의 힘이 늘어난 탓이었다.

—카오스 임팩트!

장혁은 곧바로 카오스 임팩트를 펼쳤다.

콰지지직!

의지는 물론, 모든 것을 거부하는 백호의 금기였다.

정신을 집중하자 지금까지 퍼져 나가기만 하던 금기에 금이 가기 시작했다.

장혁은 자그마한 틈을 통해 파고들 수 있었다. 폭주하느라 제대로 된 의지가 남지 않은 카린스키의 의식 속으로 침투해 들어간 장혁은 카린스키의 영혼이 사라진 것을 알 수 있었다.

'영혼이 사라져 버렸다. 폭주하는 금기에 잡혀 먹혀 버린 것이 분명하다.'

일반적인 폭주와는 달리 거대한 자연의 변화를 이끌어낸 이유를 알 수 있었다.

권능은 의지와 영혼으로부터 나온다.

영혼은 에너지원이고, 의지는 그것을 사용하는 열쇠라고 할 수 있다. 의지를 잃자 영혼이 모조리 금기의 에너지원으로 사용되어 격변에 가까운 폭주를 일으킨 것이다.

'으음, 영혼은 사라졌지만, 백이 남아 있으니 어쩌면 막을 수 있을 지도 모른다.'

백호가 권능을 얻게 된 것은 무신의 본질 중 하나를 얻었기 때문이다. 거기다가 무신이 피치 못하게 남긴 혈주가 동화되어 강력한 힘을 가지게 된 것 같았다.

본질은 영혼과 관계되어 있고, 사념과 같은 혈주는 백과 관계되어 있었다. 완전히 동화되어 있었다면 백도 폭주하는 금기에 잡아먹혀 한낱 에너지로 전환되어야 했지만, 그렇지 못한 것이 틀림없었다. 카린스키가 생각한 것처럼 혈주가 백호와 완전히 동화된 것이 아닐 수도 있는 것이다.

'으음, 틀림없다. 완전히 동화되지도 않았고, 의지를 신지도 못했다.'

이리저리 휘둘리고 있었다.

아무리 백호의 권능이 큰 것이라고 해도 혈주에 의지를 부여하면 폭주를 진정시킬 수 있음에도 카린스키는 그대로 폭주해 버렸다.

그렇다는 것은 백호의 금기가 혈주와 완전히 동화되지 못했음을 반증하는 것이나 다름없었다.

'위험할 수도 있지만 세 여자의 권능이 더해졌으니 내가 가진 혈주에 의지를 부여해 다스려 보자.'

의지를 부여할 수 있는 혈주를 가지고 있으니 회수하게 되면 충분히 감당할 수 있을 것 같았다. 모두가 세 여인이 전해 준 권능 때문에 가능한 일이었다.

장혁은 혈주를 불러내 자신의 의지를 심었다.

―내 뜻을 따라라!

―크어어헝!

의지를 전하자 거대한 외침이 메아리쳤다.

'제기랄! 폭주하는 것만이 아니었구나.'

생각하지도 못한 사태였다.

폭주하는 것만이 아니라 놀랍게도 금기는 천지의 기운을 끌어들여 영성을 형성하고 있었다.

'스스로 영성을 형성해 가던 금기가 나로 인해 방해를 받자 노여워 포효를 내지른 것이 분명하다. 그렇다면 이미 영성을 형성한 것이 분명한데……'

신화 속에서나 나오는 신수가 다시 태어났다. 아니, 신들이 자신의 권능을 포기하며 무신을 가두어 둔 후 소멸됐던 신수가 다시 모습을 보인 것이다. 황금빛이 사라지며 은빛으로 반짝이는 거대한 대호의 형상이 별장 위로 나타났다. 폭주하는 금기가 빠르게 회수되며 백호로 빨려 들어가자 부서지며 폐허가 되어 가던 산과 바다가 몸살을 멈췄다. 정상을 되찾은 것은 아니지만 더 이상의 변화는 없을 것 같았기에 장혁은 새롭게 나타난 거대한 백호 형상을 바라보았다.

'격변이 사라져서 좋기는 하지만 이상하군. 이미 형상을 완성했는데 미진한 느낌이 들다니 말이야.'

백호는 이미 완전한 모습을 갖추었지만 어딘가 이상했다. 거대한 크기와는 달리 뭔가 비어 있는 느낌이 들었던 것이다.

'의지는 있지만 힘이 없구나.'

폭주와 동시에 많은 에너지가 빠져 나갔다. 형상을 찾는 것에 남아 있는 힘을 다 써 버린 것이 분명했다.

—신수가 가진 힘의 근원이 되어 주시면 다스릴 수 있어요.

카오스와 섞여 들어간 미리내의 의지가 전해져 왔다.

—가능한 건가?

—가능해요. 백호는 우리가 없는 한 아무것도 할 수 없어요.

—당신들이 없다면 빈껍데기라는 소리로군.

—맞아요. 우리는 백호로부터 분화된 존재예요. 이제는

완전히 다른 권능을 지닌 존재로 변해 버려 힘의 근원이 될 수는 없어요. 그러니 지금 나타난 백호는 허깨비에 지나지 않아요. 하지만 당신이시라면 백호가 권능을 발현할 수 있는 근원이 될 수 있어요.

─내가 당신들의 권능을 흡수한 때문인 건가?

─그래요. 힘의 근원을 만들어 주면 백호는 당신을 따를 수밖에 없어요. 신화시대 이후에 사라진 신수의 주인이 되는 것이죠.

─하지만 난 저놈이 가지고 있는 혈주를 얻어야 한다. 무신의 권능을 찾아야 하니 말이다.

신수가 탐이 나기는 하지만 무신이 남긴 것을 얻어야 한다. 형상을 유지하고 있는 근원이 혈주인 것이 분명한 이상 소멸시켜야 하는 까닭에 장혁은 고개를 저었다.

─걱정하지 말아요. 도와드린다고 했었죠. 제 말대로 백호에게 당신의 힘을 빌려 주세요. 그러면 원하는 것을 얻을 수 있을 거예요.

─으음……

정신체로 화해 스스로 자신에게 속박된 미리내였다. 자신이 다친다면 같은 타격을 받는 까닭에 미리내가 거짓을 말할 염려는 없었지만 장혁은 고민이 되지 않을 수 없었다.

─제 말을 믿어 주세요. 당신이 천호의 꿈을 이은 존재라면 제 말을 믿어 주셔야 해요.

—다, 당신도 천호인가?

놀라운 사실에 장혁이 반문했다.

—그래요. 둘로 갈라져 북으로 올라간 천호의 맥을 이은 존재가 저예요. 그러니 제 말 대로 해 주세요.

미리내가 급하게 사정했다. 형상을 유지할 수 있는 힘이 없자 백호의 모습이 점점 투명하게 변해 가고 있었기 때문이다.

팟!

장혁은 빠르게 앞으로 몸을 날려서 백호의 다리 쪽으로 다가갔다. 손을 다리에 댄 장혁은 자신이 가지고 있는 힘을 불어넣기 시작했다. 투명하게 변하던 백호의 몸체가 제 모습을 찾으며 크기가 점점 줄어들기 시작했다.

장혁은 계속해서 자신의 힘을 불어넣었다. 작은 고양이만 한 크기까지 줄었을 때 범종 소리보다 크게 울리며 강한 의지가 머릿속으로 전해졌다. 힘을 찾은 백호의 의지였다.

—오랜만입니다.

—무신을 지금까지 잊지 않았었던 건가?

—그렇습니다. 덕분에 본래의 기억과 의지를 찾을 수 있었습니다.

신화시대가 저물 때 사라진 존재가 백호였다. 그 오랜 세월 동안 무신에 대한 기억을 간직하고 있었다는 것이 놀라웠다.

—죄송하지만 오른손을 내밀어 주십시오.

　—그러지.

　퍽!

　백호의 형상이 장혁의 오른손으로 빨려 들어가자 특수복이 터져 나갔다.

　백호의 형상이 사라진 후에 검은색과 은색으로 이루어진 호랑이가 문신처럼 장혁의 피부에 나타났다.

　—당분간은 주인님의 힘을 흡수해야 합니다.

　—정상적인 상태를 되찾기 위해서인가?

　—그렇기도 하지만 주인님을 노리는 자들이 많을 것 같으니 반드시 필요한 일입니다.

　—으음.

　—처음에는 많은 힘이 소요되겠지만 어느 정도 추스르고 나면 괜찮을 겁니다. 별달리 주인님의 힘을 주시지 않으셔도 저 스스로 힘을 되찾을 수 있으니 말입니다.

　—그 점은 다행이군. 허락한다.

　걱정이 되는 점은 없지 않았지만 상관하지 않기로 했다. 빠른 시일 내에 완전해지지는 않겠지만 종속된 신수가 있다면 상황을 더욱 유리하게 이끌 수 있기 때문이었다.

　—주인님, 고향에 돌아온 것 같이 편안합니다. 그런데 청룡은 깨우지 않은 겁니까?

　—아직 깨울 시간이 되지 않았기 때문이다.

　—그렇군요. 그럼 전 지금부터 시작하겠습니다. 잠시 어

지러울 겁니다.

—알았다.

백호와의 교감이 끊어졌다. 완전해지기 위해 힘의 근원 속으로 침잠해 들어간 것이 틀림없었다.

'다행히 모르는 것 같구나.'

히사오에게 빼앗은 혈주의 존재를 알아차린 것 같았지만, 힘의 근원에 대해서는 아직 자세한 모르는 것이 분명했다. 청룡은 사라진 것이 아니다. 카린스키가 백만 남은 것과는 달리 히사오로부터는 영혼과 백의 일부를 취할 수 있었다. 본래부터 백호와 대등한 힘을 가진 존재가 바로 청룡이다. 백호가 힘을 찾기 시작하면 청룡의 근원 또한 자극을 받을 것이고, 어쩌면 신수로 거듭날 수도 있겠지만 그 또한 나쁜 일이 아니었다. 이미 종속이 된 상태라 백호처럼 폭주할 염 려도 없고, 완전한 신수가 되는 시간도 훨씬 짧을 것이기 때문이었다.

'이제 거의 다 왔다.'

격변이라고 할 수 있는 자연재해도 잦아들고, 안정감을 찾기 시작했다. 사신 중 둘을 찾았으니 주작과 현무를 상대 하는 것도 쉬울 테니 장혁은 안도할 수 있었다.

'북쪽의 일도 마무리를 지어야 한다.'

백호와 관련된 일이 끝났기에 장혁은 미리내의 말이 생 각났다. 천호의 나머지 뿌리가 북쪽에 있고, 미리내와 밀접 한 관계가 있음을 알기에 텔레파시를 보냈다.

─천호의 형제라고 했나?

─그렇습니다.

─어떻게 백호와 알게 된 거지?

─스승님께서는 북에서 러시아 쪽으로 왔습니다. 그리고 이반의 그늘에 대해 아시고는 많은 준비를 하셨고, 저는 안배에 따라 카린스키 대령과 함께할 수 있었습니다.

─일부지만 각자 사신의 권능 중 일부를 가지고 있던데 어떻게 된 일이지?

─세계대전이 발발하자 이반의 그늘은 권능을 얻기 위해 능력자 집단의 인물들을 납치를 계획했고, 스승님께서는 그 일에 주도적으로 관여했습니다. 스승님께서는 오랫동안 사신을 찾아오셨습니다. 그리고 권능이 능력자 집단으로 흘러 들어갔다는 것을 아시고는 이반의 그늘을 이용하셨던 거지요. 그러면서 카린스키 대령, 바로 이반이라고 불리는 그가 사신의 권능을 가지지 못하도록 안배를 하셨습니다.

─그렇게 된 것이로군.

─스승님께서는 당신을 오랫동안 기다려 오셨습니다.

─나를?

─예, 당신께서 나누신 사신의 권능이 이제는 합쳐져야 한다고 말씀하셨습니다.

─어째서 그런 생각을 한 거지?

─원래 백호의 권능을 얻으신 분은 스승님이십니다. 그

분께서는 무신께서 영어의 몸에서 풀려났다는 것을 아시고
는 욕심을 접으셨습니다. 사신의 권능을 얻었다고는 하지만
무신께서 존재하는 이상, 아무런 의미가 없다는 것을 아셨
기 때문입니다.

─재미있군.

장혁은 미리내의 전언에 묘한 기시감을 느꼈다.

─스승님은 당신께서 사신의 권능을 얻으면 오롯이 홀
로 존재할 수 있을 것이라고 말씀 하셨습니다. 당신을 막
기 위해 신성을 포기한 이들은 다시는 회복할 수 없으니
그것을 막을 수 있는 존재는 어디에도 없다고도 말씀하셨
습니다.

─무신이 풀려났다는 것을 알고는 포기를 했다는 소리로
군.

─그렇습니다. 당신께서 세상에 다시 모습을 드러내신
곳에 스승님도 계셨습니다. 백두의 하늘 아래에서 무신의
존재를 느꼈을 뿐만 아니라 새로운 능력을 각성하시게 됐다
고 합니다.

─새로운 능력이라면 무엇이지?

─천기를 읽으실 수 있게 됐다고 하셨습니다.

─으음.

미리내의 스승이 천기를 읽었다는 것이 예사롭게 들리지
않았다.

'어쩌면 내가 부활한 것도 미리내의 스승이라는 사숙이

관여했을 수도 있겠군. 할아버지께서 내가 태어난 곳이 북한이라고 하셨으니 말이다.'

장혁이 태어난 곳은 대한민국이 아니었다. 아버지가 역사를 지키는 다른 가문을 찾기 위해 몰래 북한에 들어갔고, 그곳에서 한 여인을 만나 사랑에 빠져 자신을 낳았다는 것을 들었던 것이다.

'난 북한의 정치범 수용소의 강제 노역장에서 태어났고, 비밀리에 연락을 받은 할아버지께서는 지인에게 도움을 요청해 구출해 데려왔다고 했다. 정말 재미있군. 그곳에서 무슨 일이 있었던 것이지? 그리고 사숙의 정체는 또 무엇이고?'

태륜도 복잡한데 또 다시 새로운 비밀을 알게 되어 머리가 아파 왔다.

'일단 한 가지만 확인하자.'

백호를 처리했으니 이곳의 상황을 정리하는 것이 먼저였기에 급한 것부터 확인을 해야 했다.

─백두에서 다른 자들을 보았다는 이야기는 하지 않았나?

─스승님께서는 당신께서 자신을 느끼셨을 수도 있다고 말씀하셨는데. 역시, 알고 계셨던 모양이군요. 맞습니다. 스승님께서는 나머지 사신을 볼 수 있으셨다고 합니다.

덕분에 권능의 본질을 가지고 있는 존재들을 찾기 쉬웠

다고 하셨습니다.

─놈들을 추적했나 보군, 그렇다면 현무와 주작이 어디에 있는지도 알고 있겠군.

─아마도 알고 계실 겁니다.

─당신 스승은 어디에 있지?

─지금은 북한에 계실 겁니다. 이곳에서의 일이 끝나시면 저와 함께 스승님을 만나 주셨으면 합니다.

─스승이 나를 보고 싶어 하는 모양이로군.

─그렇습니다. 이곳의 일이 끝나면 저와 함께 가 주시지 않으시겠습니까?

─그렇게 하도록 하지. 나도 궁금한 것이 많으니 말이야. 그렇지만 이곳에 일을 마무리 하자면 시간이 많이 걸릴 텐데. 그래도 괜찮나?

─괜찮습니다. 그리고 고맙습니다. 시간을 단축시키기 위해서라도 저희들이 돕겠습니다. 이반의 그늘에 대한 정보는 물론이고, 삼국이 가지고 있는 자원에 대한 정보도 함께 알려 드리겠습니다.

─그렇게 해 준다면 금방 끝나겠군.

미리내와 레냐 등이 도와준다면 시간을 많이 단축시킬 수 있어 좋았다.

─누나, 그자들을 데리고 와 줘. 최대한 빨리 일을 끝내야 하니 말이야. 내 힘을 조금 나눠 줄 테니까. 순간 이동을 써 줘.

―알았어.

혜연의 대답에 장혁은 자신의 힘을 전송시켰다.

동기화가 완전히 끝난 후라 지친 혜연을 회복시켜 줄 힘
을 전송하는 것은 그리 어렵지 않았다.

4장.

누군가 있다

스스스스!

전면에 아릿한 아지랑이와 함께 사람들의 모습이 나타났다. 익히 알고 있던 대통령들이었다.

힘을 회복한 혜연이 공간 이동을 통해 대통령들과 함께 이동해 온 것이다.

—누나, 급한 일이 있으니 질문은 나중에 해 줘.

—알았다.

파파팟!

장혁은 혜연에게 양해를 구하고는 어리둥절한 대통령들에게 카오스 임팩트를 걸었다.

'간단하군. 쉽게 카오스 임팩트를 걸 수 있다니 말이야.'

백호가 의식 속에 침잠해 자신의 힘을 천천히 흡수하고

있는 상태지만 권능에 가까운 카오스 임팩트를 거는 데는 무리가 없었다. 백호라는 신수를 종속시킨 탓인지 전보다 힘을 덜 소모하면서 아주 빠른 시간 안에 걸 수 있었다.

'완전한 종속은 아니지만 각인만 끝내면 배반을 하지 않는 동반자로서 같이 할 정도는 될 것이다.'

미간 사이로 자신의 의지와 기운을 불어넣은 것이지만 의식의 저편까지 영향을 받을 터였다.

능력자들에게 했던 것과는 달리 가볍게 건 것이지만 죽을 때까지 영혼과 의식에 각인되어 장혁을 따르게 될 것이 분명했다.

장혁은 가볍게 숨을 고른 후 의식을 집중했다.

─이제부터 내 수하들이 너희들을 보좌할 것이다. 그들의 뜻을 따라 국정을 처리해라. 그것이 내 뜻을 따르는 것이다. 너희 나라에도 손해는 가지 않을 것이다. 나는 너희들을 부리려고 하는 것이 아니기 때문이다.

의지를 실은 명령이 빠르게 각인이 되었다. 행여 거부를 할 수도 있었지만, 카오스 임팩트가 잘 걸린 탓인지 따르겠다는 생각이 곧바로 전해져 왔다. 아주 약하게 건 것이지만 충심으로 따르겠다는 의지가 분명했다.

'이 정도라면 서로가 이득을 얻을 수 있을 것이다. 그만한 잠재력을 가진 나라들이니까.'

체제가 붕괴된 것이나 다름없는 상황에서는 엉뚱한 자들이 부와 권력을 차지하기가 십상이다.

나라가 안정되고 새로운 미래를 바라보기 위해서는 강력한 지도자와 그를 따르는 힘이 뒷받침 되어야 한다. 세 대통령을 종속이나 다름없는 상태로 만든 탓에 많은 이득을 얻기는 하겠지만 장혁은 홀로 독차지할 생각이 없었다. 자신의 지지기반으로서 같이 상생하고자 하는 마음을 먹고 있었던 것이다.

'이 정도로 충분하지는 않다. 판을 뒤엎을 자들이 존재하니 말이다. 될 수만 있다면 이반의 그늘에 속해 있는 능력자들을 휘하로 거두어 들여야 한다. 이미 그들과 손을 잡은 자들이 있을 테지만 카오스 임팩트가 있으니 염려할 것도 없으니 말이다.'

수하들을 딸려 보낸다고는 하지만 위험이 가신 것은 아니다. 카린스키가 소멸됐다고는 하지만 아직도 동유럽 전역에 거대한 영향력을 행사하고 있는 이반의 그늘이 남아 있었다. 일순위로 처리할 대상이었다.

—미리내, 이반의 그늘에 속해 있는 능력자들을 한곳으로 모을 수 있나?

—이번 작전이 성공할 것으로 생각하고 이미 소집 명령을 내려 둔 상태입니다. 장미나 사원, 그리고 기사단 쪽으로 완전히 돌아선 이들은 모르겠지만 거의 대부분 모일 겁니다.

—그날이 언제지?

—사흘 후, 크레믈린입니다.

─카린스키는 이번 작전이 성공할 것이라고 이미 결론을 내렸었나 보군.

─많이 갈라졌다고는 하나, 이반의 그늘이 가진 영향력을 아직도 동유럽 전역에 영향을 미치고 있습니다. 카린스키는 총수였으니 자신하고 있었을 겁니다.

─좋아. 다시 연락을 취해서 이곳에서 세 명의 특급 능력자가 이반의 그늘로 다시 속했다고 알려라. 그리고 반드시 소집에 응하도록 해라. 소집에 응하지 않으면 이반의 그늘에서 벗어나려 한다고 간주할 것이고, 배신자에게는 그만한 대가를 치르게 할 것이라고도 전하고.

─이곳에 침입해 온 자들을 생포하신 겁니까?

─그렇다. 그들도 휘하에 둘 작정이다.

─그들이 이반에 다시 속하고 싶어 한다는 것이 알려진다면 하나도 빠짐없이 모두 모일 겁니다. 평소 카린스키의 행동을 안다면 말입니다.

─안심이군.

이반의 그늘을 정리하느라 쓸데없는 시간 낭비와 힘을 빼지 않을 것 같아 마음에 들었다.

─좋아, 그렇다면 대통령들에 대한 조치를 끝내고 최대한 빨리 돌려보내야 할 것 같은데 말이야.

─염려하지 마십시오. 카린스키 대령이 죽은 이상, 수하들이 처리할 수 있을 겁니다.

─그렇기는 하지만 괜찮을까?

—염려하지 마십시오.

—그렇게 장담하니 맡기지.

—고맙습니다.

—내가 내린 명령을 수행하려면 아무래도 육체가 필요할 테니 주겠다.

—저, 정말이십니까?

상당한 시간이 흐른 뒤에나 가능할 것 같았던 일이 눈앞에 다가오자 미리내가 놀라 물었다.

—내 힘과 의지로 만들어진 육체라 그리 오래가지는 않을 것이다.

—그것만으로도 감사합니다.

장혁은 정신체로 변화한 미리내에게 일정 부분 자유를 주기로 했다. 후속 조치를 취하기 위해서는 필요한 일이었다.

'시작해 볼까.'

의지가 일어나자 전면에 발가벗은 여인의 모습이 서서히 나타났다. 장혁이 가진 카오스 에너지로 만들어진 육체지만 인간의 육체와 다르지 않았다.

'공간 이동을 한 것이 아니다. 그냥 만들어진 거다. 혁이가 저런 능력까지 가진 건가?'

갑작스럽게 사람이 나타나는 것을 보며 혜연을 놀라지 않을 수 없었다. 방금 일어난 현상은 창조에 가까운 행위이며, 그것을 행한 것은 장혁이었다. 인간을 벗어난 능력을 지녔다는 것은 익히 알고 있었지만, 신만이 가능한 창조의 능력을 장혁이 가지고 있을 줄은 혜연으로서도 몰랐던 것이다.

"누나, 별장이 완전히 부셔지지는 않았으니 입을 만한 옷을 찾아서 여기 미리내에게 건네줘."

상상을 불허하는 일이라 머리가 어지러운 혜연을 향해 장혁이 말했다. 미리내의 육체는 아직 완전하지 않은 것이라 능력을 발휘할 수 없기에 혜연에게 부탁을 한 것이다.

"아, 알았다."

대부분이 부셔졌지만 반 정도는 남아 있는 별장이었다.

옷가지 정도는 가져왔을 것이기에 혜연은 염력을 발휘해 별장의 잔해를 치웠다.

"저기 제 가방이 있네요."

하나하나 별장의 잔해가 치워지고 얼마 있지 않아 미리내가 말했다. 그녀가 가리킨 곳에 은회색의 여행용 가방이 드러나 있었다.

"저거 말인가요?"

"예, 제 가방입니다."

스르르르!

툭!

혜연은 염력으로 가방을 들어 올려 미리내 앞에 떨구었다.

"고맙습니다."

벌거벗은 것이 창피하지도 않은지 미리내는 아무렇지 않은 표정으로 가방을 열고는 옷을 갈아입었다.

"자, 여기!"

미리내가 옷을 다 입자 장혁이 상반신을 감쌀 만한 커다란 점퍼를 내밀었다. 별장이 박살나며 산산이 흩어진 가방에서 그나마 괜찮은 점퍼를 찾아 준비한 것이었다.

"고맙습니다."

"괜찮은 건가?"

"만들어 주신 육체가 전보다 훨씬 좋습니다."

"다행이군."

"그럼 지시하신 일부터 처리를 하겠습니다."

"내 수하들을 대통령과 함께 딸려 보내야 할 테니 그에 대한 조치도 빼먹지 않았으면 좋겠군."

"알겠습니다."

미리내는 곧바로 텔레파시를 보냈다. 자연재해에 버금가는 사태가 발생했으니 다음 단계를 준비하고 있는 수하들도 동요하고 있을 것이 분명했기에 빠른 조치가 필요했던 것이다.

장혁은 옆에 서서 미리내가 조치를 끝낼 때까지 기다렸다. 미리내의 지시가 끝나자 살아남은 특수부대원들이 움직이기 시작했다. 장혁으로서는 재빠른 일처리가 마음에 들었다.

"수하들에 대한 통제가 확실하군."

"카린스키 대령은 자신이 이반의 그늘을 지배하고 있는 이반이라는 것이 알려지는 것을 무척이나 꺼려했습니다. 그래서 그가 통제하는 것은 저희뿐입니다. 나머지 수하들은 저희들이 각자 독립부대로 지휘하고 있는 중입니다. 오늘 작전에 참가한 자들은 모두 제 휘하에 소속된 이들입니다."

통제가 쉬웠던 이유를 알 수 있었기에 고개를 끄덕였다.

"이반의 그늘이 모이기까지 얼마나 걸리지?"

"이틀이면 전부 모일 겁니다."

"그럼 우리도 곧바로 크레믈린으로 가도록 하지."

"헬리콥터를 준비시키도록 하겠습니다."

"그럼 시간을 절약할 수 있겠군. 그런데 이곳에 대한 조치는 어떻게 할 생각인가?"

"지진이 발생했다는 것으로 무마할 생각입니다."

"지진파가 발생하지 않았으니 믿지 않을 텐데?"

"믿지 않을 겁니다. 아마도 비밀 핵실험을 했으려니 하겠지요. 하지만 그걸 알아내려면 상당한 시간이 걸릴 겁니다. 동구권이 격변하고 있는 시기에 핵실험을 진행한 이유를 알려고 능력자들도 파견할 가능성이 많으니 이목을 흐릴 수도 있고 말입니다."

"그렇겠군."

장혁은 미리내의 머리가 상당히 좋다는 것을 알 수 있었다.

나중에 알게 된 일이지만 이반의 그늘이 진행하는 비밀

작전의 대부분이 미리내의 머리에서 입안 된 것들이었다.

　투투투투!

　멀리서 대기를 훼치는 파열음이 들려왔다.

　"헬리콥터가 오는 모양이군."

　"미리 연락을 보내 두었습니다."

　이내 휑하니 공터로 변해 버린 별장 상공으로 헬리콥터가 나타났고 천천히 내려앉았다.

　―누나, 형들과 대통령들을 이곳으로 옮겨 줘.

　―알았다.

　이동 수단이 확보되자 장현은 혜연에게 부탁을 했고, 얼마 지나지 않아 헬리콥터 인근에 여섯 사람이 모습을 드러냈다.

　'진정을 시켜야겠군.'

　장혁은 곧바로 대통령들에게로 다가갔다. 대통령들은 갑자기 주변의 환경이 바뀐 탓에 겁을 먹은 듯 눈동자가 흔들리고 있었다.

　'카오스 임팩트를 걸기 쉽겠구나.'

　불안정한 정신 상태라면 힘들이지 않고 세뇌를 할 수 있기에 장혁은 세 사람에게 곧바로 카오스 임팩트를 걸었다. 짧은 시간이었지만 세 사람의 의식에 자신이 원하는 바를 각인시킬 수 있었다.

　"헬리콥터를 타면 각자의 나라로 돌아갈 수 있을 겁니다. 제가 말씀드린 대로 움직이시면 귀국이나 저에게 상당한 이

익이 돌아갈 겁니다. 필요하신 무력은 새로운 보좌관들이
제공할 테니 염려하지 마시고 말입니다."

카오스 임팩트를 마친 장혁은 유창한 러시아어로 세 대
통령에게 자신의 뜻을 전했다.

"알겠소. 귀하와의 합작이라면 러시아도 새롭게 태어나
리라고 믿소."

먼저 나선 것은 옐친이었다. 완전히 세뇌가 된 것인지 조
금 전까지와는 다르게 자신감이 넘치는 눈빛이었다.

"이반을 이렇게 직접 볼 수 있다니 영광이오. 귀하와 협
력이 무척이나 기대가 되오."

"나 또한 그대를 믿겠소."

크라브추크와 슈슈케비치가 동시에 호감을 표시해 왔다.
이들 또한 이미 장혁에게 완전히 세뇌가 되어 있었다.

"하하하! 여러분들의 뜻에 어긋나지 않도록 이반의 그늘
이 최대한 협조할 것입니다. 타시죠."

웃음과 함께 협력을 약속하는 장혁의 말에 세 대통령도
환하게 웃어 보인 뒤 헬리콥터에 올라탔다.

―혁아, 네가 이반이라니 어떻게 된 일이니?

―소련의 능력자 집단을 이반의 그늘이라고 부르는데,
세 사람을 세뇌할 때 내가 그곳의 수장이라고 알려 줬어.

―하지만 네가 이반은 아니잖아.

―걱정하지 마. 크레믈린에서 이반의 그늘을 내 것으로
만들 것이니까 말이야.

—하지만…….

—이제는 능력자라 할지라도 세뇌할 수가 있어. 그리고 이반의 그늘을 실질적으로 장악하고 있는 이들을 휘하로 두었으니 그리 어렵지는 않을 거야.

—벌써 조치를 취한 거니?

—맞아. 미리내라는 저 여자가 수뇌부 중 하나야. 그리고 누나와 형들이 제압한 자들도 내 말을 따르게 될 거야. 그러면 최소한 세 나라의 능력자들은 휘하로 거둘 수 있어.

—너를 따라 다니면 흥미로운 일이 생길 거라고 생각은 했지만, 이 정도까지라니 정말 놀랍다.

—후후, 앞으로 놀랄 일이 더 생길 텐데, 각오를 단단히 해 둬. 누나.

—호호호, 알았다.

장난스러운 장혁의 텔레파시에 불안감이 사라진 혜연은 웃음으로 화답했다.

헬리콥터는 곧바로 비행장으로 이동을 했다. 그곳에서 두 대통령을 각자 다른 비행기에 태워 그들의 나라로 돌려보냈고, 다른 비행기에 옐친과 동석한 장혁은 모스크바로 향했다. 두 대통령을 보좌하기 상당한 인원을 보냈음에도 비행기 안에는 상당히 많은 수의 인원이 타고 있었다.

—태우야, 대단하지 않냐?

오랜만에 장혁의 그림자에서 벗어나 비행기 좌석에 앉은 짐이 텔레파시를 보냈다.

—나도 놀라고 있는 중이다. 보스의 능력도 엄청나고, 수하들의 능력도 대단하니 말이다. 특히나 누나라는 분과 형들의 능력은 나로서도 감당불가다.

—그러게. 보스께서 우리들의 능력을 업그레이드시켜 줬는데도 감히 잡히지 않는 것을 보면 특급 능력자를 넘어선 것 같다.

—저런 대단한 분을 보스로 모시게 되다니. 참 사람 팔자가 재미있다, 짐.

얼마 전까지 쫓기던 신세에서 이제는 그 누구도 함부로 할 수 없는 조직의 일원이 된 것이 믿기지 않는 듯 태우가 고개를 저었다.

—앞으로 더 재미있어질 거다.

—나도 기대가 된다. 보스의 최종 기착지가 한국이고, 그곳에서 세상을 경영할 테니 말이야.

—그전에 끝내야 할 것도 있지만 그렇겠지. 앞으로 한국을 무시할 나라는 없을 거다.

—네 고향에도 손을 쓰신다고 했으니 복 받은 거다.

태우의 말처럼 평생을 호위하는 대가로 에디오피아의 부흥을 약속받은 짐이었다.

고향을 떠나며 언제나 마음 한구석에 남아 있던 짐이었는데, 보스의 능력을 직접 확인하니 그저 꿈으로 끝나지는 않을 것이라는 확신이 들었기에 짐 또한 마음이 한결 가벼웠다.

—그래, 천 년 왕국이 드디어 빛을 보게 됐다.

　—보스가 손을 쓴 모양이구나.

　—그래, 비행장에서 휘하에 있는 이들 중에 능력자들을 몇 에디오피아로 보내셨다. 아랍의 일이 끝난 후에 곧바로 손을 쓰시겠다고 하더구나.

　비행장에 도착한 후 은밀가의 인물들을 에디오피아로 보내며 지시하는 것을 들었던 짐은 들뜬 어조로 대답했다.

　—하하하, 아프리카까지 손에 넣으실 생각이신가 보구나.

　—그러신 것 같다. 보스 같은 분이 도와주신다면 서구 열강에게 피만 빨리던 아프리카가 다시 태어날 수 있을 거다.

　—후후후, 그렇겠지. 우리야 좋지만 다른 놈들에게는 보스가 악몽일 거다. 보스의 능력은 이미 인간의 범주를 벗어난 것 같으니 말이다.

　—맞다. 내가 본 보스는 신이시다.

　—신?

　—그래, 잘은 모르겠지만 상대했던 자들이 그렇게 여기는 것 같았다. 나 또한 그렇게 여기고 있고.

　비밀을 지켜 달라는 보스의 말에 태우에게는 진실을 이야기해 줄 수 없었지만 신수를 보았던 짐은 장혁을 반쯤 신으로 여기고 있었다.

　—녀석, 보스에게 단단히 빠졌구나?

—그래, 충심으로 충성을 바치고 싶은 분이시다. 그러니 너도 그렇게 해라. 그러면 너의 뜻을 이룰 수 있을 거다.

—으음.

태우가 자신도 모르게 신음을 흘렸다. 짐이 자신의 진정한 정체를 알고 있는 것 같아서였다.

—충고하는 거다. 보스에게 충성을 다해라. 비밀 같은 것은 갖지 말고 말이다.

—보, 보스에게 해가 되는 일은 없을 거다.

자신이 무엇인가를 감추고 있다는 것을 알고 있으리라 짐작하지 못했던 태우의 목소리가 떨렸다.

—네가 무엇을 얻으려고 하는지는 몰라도 보스에게 해가 되는 일은 없게 해라. 아무리 너라고 해도 가만히 있지는 않을 테니까 말이다.

—아, 알았다.

경고에 가까운 짐의 말에 태우가 고개를 끄덕였다.

—그렇다면 됐다. 그리고 조만간 네 사정을 보스에게 고백하도록 해라. 더 이상 감추는 것은 좋지 않을 것 같으니 말이다.

—고민해 보마.

그냥 하는 충고가 아닐 것이라는 생각에 태우는 생각해 보기로 했다.

'언젠가는 밝혀야겠다고 생각을 하기는 했지만 그때가 이렇게 빨리 올 줄이야.'

짐이 이렇게 말할 정도면 장혁도 어느 정도는 눈치를 채고 있는 것이 분명했다. 아마도 먼저 이야기를 해 주기를 바라고 있는 것 같았다.

'그래, 태륜을 상대하는 것이 목적이라고 했으니 믿어 보기로 하자. 확인할 것이 남아 있기는 하지만 지금까지의 행보를 보면 틀림없는 것 같으니 말이다. 그리고 이제는 돌아갈 때도 되었다. 내 고향으로 말이야.'

한 가지 확인이 끝난 후에 비밀을 밝히게 되면, 고향 땅을 밟게 될 것이다. 오랜 시간 동안 가 보지 못했던 곳이기에 마음이 뒤숭숭해졌다.

'으음, 도착을 했나 보군.'

기수가 아래로 꺾어지며 회전하는 것이 느껴졌다. 착륙을 위해 선회하는 것이 틀림없었다.

끼이이익!

착륙이 성공한 듯 잠시 뒤에 마찰음과 함께 몸이 흔들렸다. 얼마 지나지 않아 활주로를 달린 비행기가 공항 청사 근처에 도착했다.

"모두 내리십시오."

미리내의 말에 안전띠를 푼 일행이 공항에 내리기 시작했다. 일행이 내린 곳은 공항 청사 근처 비행기 격납고였다. 아직 새벽이라 사람이 많지 않기는 하지만 모습을 보이기 곤란했기에 따로 떨어진 곳에 내린 것이다.

격납고 앞에는 차량들이 대기하고 있었다.

―KGB인가?

―예, KGB는 엘리스가 관할하고 있어요.

―KGB는 통제가 잘되지 않는 모양이군.

곳곳에 저격수가 숨어 있었다. 능력자가 은신을 시켜 준 것 같지만 장혁의 이목을 벗어날 수 없었다.

―나름 대단한 능력자들이 속해 있는 곳이라서 보스께 반항을 하려는 모양이군요. 단단히 손을 봐야겠어요.

―누나에게 부탁을 해 보지. 누나!

―저것들을 처리하라는 말이지?

공항 청사 지붕 위와 격납고의 은밀한 곳에 숨어 있는 저격수들의 총구가 미리내와 장혁에게로 집중되어 있는 탓에 화가 나 있던 혜연이 곧바로 대답을 했다,

―죽이지는 말아 줘. 나름 쓸모가 있는 자들이니 말이야.

―그래도 널 겨눴으니 뜨거운 맛을 보여 줘야겠다.

혜연의 대답이 끝남과 동시에 숨어 있던 저격수들의 몸이 공중으로 솟아올랐다.

누군가에게 멱살이 잡힌 것처럼 버둥거리고 있었다. 저격수들은 자신의 목줄기를 잡은 투명한 힘을 팔을 뻗어 떼어 내려 했지만 그럴 수가 없었다. 저격수들이 비행기 앞으로 날아왔다. 완전히 숨통이 막히지 않은 듯 겨우 숨을 쉬고 있었다. 하얗게 질린 안색으로 장혁 일행을 바라보는 저격수들의 얼굴에는 공포가 물들어 있었다.

―보스, 저들은 제가 처리를 할게요.

의지에 침잠해 있는 엘리스가 나섰다.

―더 이상 피를 보고 싶지는 않으니 그렇게 해 줘.

―걱정하지 마세요.

엘리스는 저격수들을 지휘하고 있는 자에게 곧바로 텔레파시를 보냈다.

―안나, 그만해.

―어, 언니. 어디 계시는 거예요.

대기하고 있는 차 안에 있던 안나는 갑자기 들려온 엘리스의 텔레파시에 놀라 물었다.

―안나, 나는 이미 이분에게 속해 있어. 그러니 펼쳐져 있는 함정을 거둬. 어차피 그런 함정은 이분에게는 소용이 없으니 말이야.

―하지만…….

―나는 정신체로 이분에게 종속이 된 상태다, 안나. 그리고 전술 핵 같은 것은 이분에게 아무 영향도 미치지 못해. 터트리지도 못하겠지만 터지더라도 피해를 입는 것은 모스크바의 시민들뿐이야.

―알았어. 그렇게 할게.

안나는 품 안에 들고 있던 전술 핵 배낭의 예비 가동 스위치를 내렸다. 누구보다 믿는 엘리스의 부탁 때문이었다.

스르르르.

아무것도 없는 것으로 보였던 안나의 모습이 차 안에서 나타났다. 지금까지 환상을 이용해 모습을 숨기고 있었던 것이다.

"죄송합니다."

차에서 내린 안나는 장혁에게로 다가와 고개를 구십 도로 숙이며 사죄를 했다.

쏴아아아!

엄청난 기세가 안나에게 집중했다.

'크으! 어, 언니의 말이 사실이었어.'

엘리스에게서도 느끼지 못했던 기운이었다.

특급 능력자들을 감시하며 배신자가 발생했을 때 처리하는 것이 임무였던 자신이 단번에 발각이 된 것도 이해가 갔다.

특급 능력자인 자신의 능력을 초월한 장혁의 힘은 안나로서도 처음 느껴 보는 두려움이었다.

찡!

한순간 머릿속이 울렸다.

"커억!"

정신적인 충격으로 인해 울혈이 생긴 안나는 입으로 각혈을 했다.

"괜찮을 거다. 그럴 수도 있는 일이었으니 상관하지 않겠다. 그렇지만 다시 이런 일이 발생하면 너 하나로는 끝나지 않을 것이다."

"아, 알겠습니다."

피를 토한 후 가슴이 시원해졌다. 용서를 해 주었다는 생각에 안도할 수 있었다.

"크레믈린으로 갈 수는 있는 것인가?"

"곧바로 출발하시면 됩니다."

안나는 장혁을 공손히 차로 안내했다.

─다행이다, 안나. 이분께서 내 부탁을 들어주셔서 말이야.

─언니가 부탁을 한 거야?

─맞아. 그렇지 않았다면 저격수들뿐만 아니라 너도 곧바로 소멸됐을 거야. 수하들을 아끼는 분이라 전술 핵이 터지는 것을 원하지 않으셨을 테니 말이야.

─그, 그랬구나.

엘리스의 부탁이 아니었더라면 이 세상에서 한순간에 사라져 버릴 수도 있었다는 것을 깨들은 안나는 다리가 떨렸다.

─앞으로 잘해 드려. 그러면 될 거야.

─알았어. 뭔지는 모르겠지만, 나도 이분을 도와야 한다고 생각하고 있으니까 말이야.

─호호호, 그럼 다행이다.

─잠깐만! 언니.

차에 도착한 안나는 곧바로 차문을 열었다. 장혁을 비롯한 혜연이에 차에 오르자 안나도 탔다.

─안나야, 그런데 누가 이런 지시를 내린 거니? 너 혼자 생각으로 움직이지는 않았을 텐데 말이야.

―푸틴이야.

―그 자가?

―그래, 언니가 당했다고 하면서 이 자리에서 모두 없애라고 했어. 나야 폭발 범위를 바로 벗어날 수 있으니 말이야.

―으음, 안 되겠구나. 전부터 반골 기질이 있더니 곧바로 이빨을 드러내다니 말이야.

―특급 능력을 가지고 있어서인지 그에게 많은 능력자들이 붙었어.

―걱정하지 마. 아무리 토끼가 많아도 호랑이를 이길 수는 없을 테니까 말이야.

―언니가 그렇게 말하니 걱정은 하지 않을게. 그런데 괜찮은 거야?

염려는 가셨지만 엘리스가 정신체로 변한 뒤 종속이 되었다는 사실이 걱정스러운지 물었다.

―염려할 것 없어. 머지않아 보게 될 테니까 말이야.

―그, 그게 무슨 말이야.

육체가 소멸한 것이나 다름없는 상태인데 다시 보게 된다는 말에 안나가 놀라 물었다.

―엘리스가 육체를 다시 얻는다는 말이다.

두 사이의 텔레파시를 듣고 있던 장혁이 대답을 했다.

"무, 무슨 말인가요?

너무 놀란 안나가 육성으로 물었다.

"엘리스가 본래의 육체를 가지고 부활한다는 뜻이다."

"어, 어떻게 그럴 수가?"

─안나, 이분 말이 맞아. 미리내도 나와 같은 상태였다가 저분의 힘으로 새롭게 육체를 얻었어. 이미 인간의 경지를 초월해 거의 신의 반열에 드신 분이야. 그래서 네가 준비한 것이 소용이 없다고 말한 거고.

─그, 그랬구나.

─너도 이분에게 종속이 되지 않을래?

─하지만······.

─네가 푸틴에게 금제를 당했다는 것을 알아. 하지만 이분이라면 아무 문제가 없이 금제를 풀어 줄 거야. 그리고 우리처럼 육체가 소멸되지 않고도 말이야.

─그게 가능해?

─후후후, 푸틴이 아무리 그자의 진전을 이었다고 해도 이분에게는 소용이 없어. 라스푸틴 본인이라 해도 이분에게는 쥐새끼에 지나지 않으니 말이야.

푸틴은 제정 러시아를 멸망으로 이끈 괴승 라스푸틴의 진전을 이어받은 자다. 러시아를 수호하던 특급 능력자 10명이 달려들어서야 겨우 제거할 수 있었던 자의 능력을 고스란히 물려받은 푸틴의 금제를 제거할 수 있다는 말이 믿어지지 않았다.

"사실인가요?"

"엘리스의 말대로다. 네 의지가 허락한다면 그까짓 심연의 금제는 바로 풀 수 있다."

"그렇다면 풀어 주세요."

"그럼 너의 모든 것을 나에게 맡겨라."

"알았어요."

장혁의 말에 안나는 경계심을 풀었다.

스윽!

장혁의 손이 안나의 머리 위에 얹어졌다.

번쩍!

뇌리로 번개가 쳤다. 그리고 의식을 얽매던 그물들이 한 순간에 불타올랐다.

─끝났다. 이상이 있는 확인해 보도록!

너무 짧은 순간이었지만 확인해 보지 않아도 금제가 사라졌음을 알 수 있었다.

"고, 고맙습니다."

"푸틴이라는 자의 금제를 풀기는 했지만, 나에게 종속이 된 상태인데 괜찮겠나?"

"괜찮습니다. 악마의 그림자가 제거한 상태로 그냥 둔다면 제 육체가 그대로 붕괴할 테니 말입니다."

"알고 있었군,"

"그자의 금제를 풀려고 노력을 많이 했습니다. 저 스스로도 풀 수는 있었지만 소멸을 면하지 못하기에 그동안 아무런 조치도 취할 수 없었으니 말입니다."

"그랬군. 그런데 어떻게 그런 자가 KGB에 숨어 있었던 거지?"

"이반의 그늘은 라스푸틴을 소멸시켰다고 생각했지만 그렇지 못했습니다. 그는 엄청난 부상을 입은 후 가까스로 정신체로 변해 살아남았고, 레닌에게 기생을 했습니다. 나중에는 스탈린에게 기생을 하기 시작해 수많은 피를 통해 본래의 힘을 어느 정도 되찾았습니다. 시간이 흐르며 힘을 거의 되찾은 그는 푸틴, 그자에게 다시 기생을 하기 시작했습니다. 레닌이나 스탈린과는 달리 완전히 동화된 상태로 말입니다. 이제 그자는 석년의 라스푸틴이나 마찬가지입니다."

푸틴의 금제를 받으며 동기화를 유지했던 터라 라스푸틴의 행적을 알게 된 안나는 알고 있는 사실들을 말해 주었다.

"이반의 그늘을 얻기가 쉽지만은 않겠군."

"장미와 기사단을 끌어들인 것도 그자입니다. 제가 가진 전술 핵이 터지지 않았으니 아마도 크레믈린에서 단단히 준비를 하고 있을 겁니다."

"상관없다. 그자만 제압하면 모든 것이 끝날 테니까."

안나도 장혁의 의견에 고개를 끄덕였다.

"그렇습니다. 배반의 길을 걷는 자들 대부분이 그의 금제에 걸린 상태니. 푸틴, 그자만 제거하면 이반의 그늘을 장악하는 것은 쉬울 겁니다."

"그나저나 대담한 자군. 자신의 계획이 실패했는데도 크레믈린에서 우리를 기다리고 있다니 말이야."

"라스푸틴의 정신체를 스스로의 의지로 동화하도록 만든 자입니다. 능력만큼이나 야망이 큰 자입니다. 능력자들뿐만 아니라 이제는 KGB의 대부분 요원들이 그들 따르고 있을 정도로 신망이 크기도 하고 말입니다."

"대단하군."

안나에게 걸린 의식의 금제는 혜연 정도의 능력자나 가능한 것이었다.

특급 능력자 10명의 능력을 감당할 정도의 능력을 가진 라스푸틴을 스스로의 의지로 동화시켰다면 대단한 능력이 아닐 수 없었다. 거기다가 엘리스가 지배하는 KGB요원들을 단숨에 장악한 능력으로 볼 때 거두고 싶은 자였다.

'실질적인 장악력이 클 테니 종속만 시킨다면 옐친보다 나을 수 있겠군.'

백호가 실제로 모습을 드러낸 이상 세상의 능력자들이 본격적으로 움직일 것이 분명했다. 계획한 일들을 빠르게 진행할 필요가 있었다. 푸틴 같은 능력자를 확보할 수만 있다면 앞으로 계획을 진행하는 것이 한결 쉬워질 터라 장혁은 푸틴을 종속시키기로 마음을 먹었다.

크레믈린에 도착하자 경비병들이 일행을 맞았다. 신분을 확인하려는 경비병의 모습에 안나가 차창 밖으로 고개를 내밀자 곧장 들어갈 수 있었다.

끼이익!

출입구 앞에 차가 멈추었다. 제일 먼저 차에서 내린 장혁은 뒤이어 내리려던 일행을 손으로 제지 했다.

"왜 그러니?"

"누나, 다른 이들과 이대로 크레믈린 밖으로 빠져나가."

"무, 무슨 일이 있는 거니?"

굳은 표정의 장혁을 보며 혜연이 물었다.

"큰 싸움이 있을 거 같아. 태우 아저씨가 안가로 안내할 거야."

"하지만……."

"누나 마음은 나도 알지만, 안에서 기다리고 있는 자가 내가 생각하는 상태라면 도움이 되지를 않을 거야."

"으음."

"괜찮으니 걱정하지 마."

장혁은 신음을 흘리는 혜연을 다독였다.

"태우 아저씨, 누나와 형들을 부탁해요."

"알겠습니다, 보스."

"그래, 갈게. 하지만 무사히 돌아와야 한다."

"알았어요, 누나."

탁!

혜연이 수긍을 하자 장혁은 차문을 닫았다.

"차량을 한 대 놓아 두고 가겠습니다. 일이 끝나신 후에 타고 오시면 될 겁니다."

혜연과는 달리 안나는 별다른 걱정이 없는 듯 장혁에게

말을 건넸다.

"알았다."

부르릉!

시동을 건 후 이내 머리를 돌린 차량들이 곧바로 크레믈린을 빠져나갔다.

남아 있는 것은 장혁이 타고 갈 차 한 대뿐이었다.

'후후, 올라가 볼까.'

장혁은 거침없이 계단을 올랐다. 끝에 다다른 후 거대한 출입문을 손으로 밀어서 연 장혁은 자신을 기다리고 있는 존재를 찾아 안으로 들어갔다. 기감이 인도하는 대로 대회의실로 들어서자 누군가가 의자에 앉아 자신을 기다리고 있었다.

"하하하하! 이반께서 이리 왕림하시다니 영광입니다."

듬직한 체구의 사내가 의자에서 일어서며 장혁을 반겼다.

"나도 반갑군. 어둠의 그림자!"

장혁의 대답에 푸틴의 눈빛이 흔들렸다. 자신의 진실한 신분을 알고 있는 까닭이었다.

"어떻게 알았는지는 모르겠지만 재미있군. 일단은 그 자리에 앉아라. 이야기할 것이 많을 것 같으니 말이야."

"고맙군."

장혁은 푸틴이 권하는 의자에 앉았다.

"어떻게 알았나?"

자신이 동기화시켰던 안나와의 끈이 끊어진 것을 알았기

에 푸틴이 의자에 앉으며 물었다.

"여기 있는 안나의 금제를 풀면서 알게 됐지."

"그럴 것이라고 생각했지만, 재미있군. 그리 쉽게 끊을 수 있는 것이 아닌데 말이야."

"그래, 이제는 어떻게 할 생각인가?"

"난 언제나 인민의 편이었지. 황가와 귀족들을 농락하기는 했지만 앞으로도 그럴 생각이고."

"역시나, 그랬었군. 제정 러시아 시대의 이반이 당신이었어."

귀족들의 초청을 받아 파티에 참석하여 암살하기 위한 것인 것을 알면서도 청산가리가 든 과자를 먹고 난 후 와인까지 마시며 노래를 부른 라스푸틴이었다.

보다 못한 귀족들이 촛대로 두개골을 부수고는 돌을 달아 강에 빠트렸었다. 귀족들은 죽었다고 생각했지만 훗날 검시 결과 폐에 물이 차 있는 것을 보고 그때까지도 죽지 않았다는 것을 알 수 있었다. 성호까지 그린 모습이었다고 하니 대단한 능력자였던 것이 분명했다.

라스푸틴에 대한 이야기를 들으며 그가 당시의 이반이었을지도 모른다고 생각하고 있었는데 당사자의 입으로 사실이었다.

"그것까지 짐작하다니 대단하군."

"당신에 대한 이야기를 안나로부터 들었지. 아무리 생각해도 이반이 아니면 그럴 수 없다는 결론이 나오더군. 특히나 당신이 러시아 황제에게 보낸 편지에서 확신을 얻었지."

"그것까지 알고 있었나?"

"대충은 짐작이 갔지. 백성에 손에 죽게 되면 황제와 귀족이 권세를 누릴 것이고, 귀족의 손에 죽게 되면 황제와 귀족이 모두 멸망하리라는 예언 같은 편지라고 해서 말이야."

"그럼 내가 무엇을 찾고 있었는지 알고 있겠군."

"당신이 그런 죽음을 택한 것은 적을 찾기 위해서라고 생각하는데, 내 생각이 틀린 건가?"

"하하하하!"

감탄한 것 같은 표정을 지어 보인 푸틴이 대소를 터트렸다. 장혁이 정확하게 자신의 생각을 알아맞혔던 것이다.

"당신이 이렇게 모습을 드러낸 것도 이해가 가는군. 대적자를 내가 죽였으니 모습을 드러내고 싶었겠지."

"키키키, 그것까지 알고 있었나? 이제 보니 내가 계획하고 있던 일을 모두 알고 있나 보군."

푸틴이 기괴한 웃음을 흘리며 장혁을 바라보았다.

"카린스키를 아주 손쉽게 제압했을 때부터 누군가 막후에 있다는 것을 알았지."

"호오! 그래?"

"뜻밖의 것을 얻기는 했지만 너무 손쉬웠거든. 여기 오면서 내내 고민을 해 봤지. 무신의 잔재를 가진 존재는 누구일까 하고 말이야."

"고작 그것 가지고 결론을 내렸다는 것인가?"

"아니, 그 정도 가지고 확신을 내릴 수는 없는 일이지. 이곳에 오면서 때마침 안나라는 여인을 만나게 됐고, 그녀의 금제를 풀면서 확인할 수가 있었지. 위험한 선택을 즐기는 것을 보면 혈주의 힘을 가진 존재가 바로 당신이라는 것을 말이야."

안나가 가지고 있던 전술 핵은 자신의 존재를 알리기 위한 메시지였다.

돌아가는 정황상 안나가 그것을 폭발시키지는 못하리라는 것도 이미 알고 있었다.

자신의 생각하고 있는 존재라면 안나를 제어할 것이라는 것을 짐작하고 있었던 것이다.

설사 전술 핵이 터지더라도 상관은 없었다. 자신에게 위협이 될 만한 존재들을 모스크바로 모이도록 했고, 터지면 일거에 쓸어버릴 수 있는 기회였기 때문이다.

5장.

푸틴의 혈주

짝! 짝! 짝!

푸틴은 딱딱 끊으면 박수를 쳤다. 거대한 대회의실 안이 박수 소리로 울렸다.

"정확하게 맞추다니 말이야. 역시, 무신의 진전을 이어받은 전승자라서 그런 건가?"

"후후후, 그럴 수도 있고."

꼭 무신의 진전을 이어서 알게 된 것은 아니지만 그렇게 생각해도 무방한 일이어서 장혁은 긍정도 부정도 하지 않았다.

자신의 모호한 태도에 이채가 서린 푸틴의 눈빛을 바라보며 장혁이 미소를 지었다.

"좋아. 당신이 백호를 버리고 혈주를 택한 것은 이해가

가. 그것에 대해서는 더 이상 할 말도 없고 말이야. 이제 허심탄회하게 이야기해 보지. 그래, 나에게 원하는 것이 무엇이지?"

"혈주를 얻고 싶어. 너의 혈주를 말이야."

카린스키가 혈주를 완전히 자신의 것이 아니라고 확신한 장혁은 자신을 초대한 이유를 단도직입적으로 물었고, 푸틴도 자신이 원하는 바를 감추지 않았다.

"완전히 동화시킨 모양이군."

"그래, 오래 걸렸지. 붉은 혁명 때 흐른 피도 나에겐 모자랐지. 세계대전을 통해 수많은 피를 모았지만 그것도 모자라서 갈증에 허덕여야 했지. 원인을 밝혀야 했어. 그리고 마침내 알았지. 백호의 힘이 혈주의 힘을 약화시킨다는 것을 말이야."

과거의 기억을 읊조리는 푸틴의 눈이 붉게 물들었다. 불길한 기운이 그의 눈동자에 머물렀다. 장혁을 한 번 바라본 푸틴은 이야기를 멈추지 않았다.

"마리오네트에게 백호의 기운을 넘기느라 많은 힘을 소모해야 했지만, 결과는 만족스러웠어. 권능의 힘을 소모한 까닭에 힘이 절반으로 줄어들었지만 새로운 사실을 알아냈거든."

"뭐지?"

"능력자들의 피가 훨씬 도움이 된다는 것을 깨달았지. 그 후로도 많은 피를 모아야 했지만 전보다는 그리 많은 양이었어. 스탈린그라드 전투에서 모았던 이백만 명의 피보다 능력자 이백 명이 내게 더 힘을 주었거든. 하지만 조심해야 했지. 완성되지 않은 상태라 능력자들이 눈치를 채면 위험했거든. 내 손가락 끝을 따라 움직여야 할 마리오네트에게 생각지도 못한 이빨이 생겼으니 말이야."

"그럼, 이제는 동화가 끝난 건가?"

"그래, 이반의 그늘이 뿔뿔이 흩어지고 난 뒤에 능력자들의 피를 취했지. 이빨이 돋아난 마리오네트도 다른 것에 정신이 팔려 있어서 아주 쉬운 일이었지. 그리고 네 덕분에 더 쉬워졌다. 이반의 그늘을 모으도록 한 덕분에 단번에 힘을 얻을 수 있었으니 말이야."

"으음."

미리내를 통해 이반의 그늘에 속한 자들을 모이도록 했다. 푸틴 이외에 한 명이라도 있어야 하건만 사람이 하나도 없는 이유를 알 수 있었다. 푸틴이 새로운 존재로 거듭나는 데 필요한 제물이 된 것이 분명했다.

—많아야, 이십 명 내외일 겁니다.

엘리스의 텔레파시가 들려왔다.

—이반의 그늘을 그야말로 뿔뿔이 흩어졌습니다. 연락을 받고 온다고 해도 기껏해야 모스크바에 숨어 있던 자들뿐일 겁니다. 교통 사정이 좋지 못하니 다른 곳에서 아무리 빨리 온다고 해도 내일이나 도착할 테니 말입니다.

—다행이군.

급격하게 나빠진 경제 사정으로 인해 사회 기간 시설이 마비 지경에 이른 것이 다행이 아닐 수 없었다.

―그래도 걱정입니다. 모스크바에 있던 인물들 중에 특급에 속하는 능력자 두 명도 포함이 되어 있으니 말입니다. 거기다가 나머지도 대부분 일급 능력자였습니다. 저자의 능력이 얼마나 상승했을지 상상이 되지 않으니 말입니다.

엘리스는 걱정을 숨기지 않았다. 붉은빛으로 물들어 가는 푸틴에게서 심상치 않은 기운이 흘러나오고 있었고, 장혁의 의식 속에 속해 있음에도 공포를 느낄 수 있었기 때문이었다.

―저자와 맞붙으면 좋지 않을 수도 있으니 잠시 봉인을 했으면 하는데.

―저희들이 방해가 될 수도 있으니 그렇게 하십시오.

정신체로 화신한 세 여자가 수긍하자 장혁은 의식을 봉인했다. 혈주의 파장으로 인해 본질이 변하는 것을 막기 위해서였다.

"호오! 그 계집들이 자네에게 종속된 모양이군."

엘리스 등의 흔적을 느낀 것인지 푸틴이 입맛을 다시며 말했다.

"그렇게 되었지만 욕심을 내 봐야 소용없는 일이다."

"후후후, 욕심이라."

"혈주의 힘을 완전히 가졌다고 해서 착각하는 것 같은데.

미안하지만 그렇다고 해서 권능의 힘을 아무렇지 않게 흡수할 수 있는 것은 아니다."

"오오! 혈주에 나도 모르는 비밀이 있었나?"

"완전히 동화되었다면 무슨 비밀인지 알 텐데?"

이어지는 반문에 푸틴의 눈빛이 흔들렸다. 붉은 광채에 가려져 있었지만 장혁은 똑똑하게 볼 수 있었다.

"넌 너무 빨리 백호를 버렸다. 네가 조금 더 피를 모았다면 충분히 둘 다 흡수할 수 있을 텐데 말이야."

"무슨 말이냐?"

"백호보다는 혈주가 무신의 본질에 가까운 것이었다. 혈주의 기운이 더 커지면 백호의 기운은 자연히 흡수할 수 있지. 하지만 지금은 어려울 거다. 네가 버린 백호가 새로운 존재로 거듭났으니 말이다."

"새로운 존재라니? 카린스키가 폭주하면서 함께 소멸한 것이 아니었나?"

"역시, 카린스키의 폭주를 유도한 것이 당신의 작품이로군. 하지만 당신은 실수한 것이 있어. 카린스키가 어떻게 힘을 키웠는지 몰랐으니 말이야."

'내가 그놈에 대해 모르는 것이 있었던 건가?'

이반의 그늘에 자신의 정체를 들키지 않기 위해 KGB에 숨었다. 능력자들의 피를 통해 그들이 가진 힘을 흡수하면서 철저히 정체를 숨겼다. 아무래도 거리를 둔 것이 문제인 것 같았다.

"무슨 소리냐?"

"카린스키는 권능을 모았다. 아니, 정확히 말하자면 권능의 본질을 모았다고 해야지."

"권능을 모으다니, 미친 소리!"

"후후후, 측근조차 모르게 했으니 당신도 알 수 없었겠지. 카린스키는 권능을 전이시킬 수 있는 방법을 알아냈다."

"헛소리 하지 마라."

"아직도 믿을 수 없는 모양이군. 하지만 알 수 있을 텐데 내 의식 안에 봉인된 여인들이 어떤 존재인지 말이야."

"으음."

푸틴이 신음을 흘렸다. 장혁의 말대로 정신체로 변화한 세 여인에게서 다른 능력자들과는 다른 힘을 느꼈었기 때문이다.

"그렇다고 변하는 것은 없다."

"내가 조금 전에 말했을 텐데, 네가 버린 백호가 다른 존재로 변했다고 말이야."

―크허허허헝!!

장혁의 말이 끝나기 무섭게 푸틴의 뇌리를 울리는 포효가 터져 나왔다.

"크으윽!"

정신을 헤집는 충격에 푸틴은 신음을 흘리며 비틀거렸다.

"크으, 어떻게."

무신의 혈주를 완전히 동화시켰다.

　의식과 의지에 세상에 다시없을 철옹성을 쌓았다고 있었
는데 백호의 포효 한 번에 흔들리자 믿을 수가 없었다.

　"백호의 권능이 방해가 된다고 했나? 후후후, 본질을 버
린 쭉정이가 제대로 설 수 있다고 생각했나?"

　"무, 무슨 말이냐?"

　심령을 압박하는 장혁의 말에 푸틴의 목소리가 떨렸다.
권능이라고 할 수 있는 언령이 담겨 있었기에 흔들림이 더
했다.

　"너의 실수는 사신인 백호가 혈주를 얻는 것에 방해가
된다고 생각한 것이다. 사신은 무신의 정화가 응집된 것이
고, 혈주는 무신이 가진 사념의 찌꺼기에 지나지 않으니 말
이다."

　"무슨 헛소리냐?"

　푸틴을 악을 쓰며 소리를 질렀다.

　"무신은 오롯이 홀로선 존재로 거듭날 때 어두운 부분
을 덜어 내야 했다. 그것이 바로 혈주지. 그렇게 완전한
존재가 된 무신이 자신의 권능을 정확히 사 등분 해 만든
것이 바로 사신이다. 그러니 네 선택이 잘못됐다고 말할
수밖에!"

　"믿을 수 없는 소리다. 혈주에 담겨 있는 힘은 백호를
능가하는 것이었다. 수백 년을 살아오며 내가 확인했단 말
이다."

"후후후, 아직도 믿지 않는군. 그렇다면 보여 주지. 네가 믿고 있는 혈주의 허상을 말이다."

장혁이 손바닥을 활짝 편 채 푸틴을 향해 뻗었다.

주르르르!

이제는 붉은 화염으로 휩싸여 허공으로 떠오르고 있던 푸틴의 신형이 부들부들 떨렸다. 칭칭 감겨 오는 혈주의 힘을 느낀 푸틴은 안간힘을 다했으나 소용이 없었다. 자신의 것보다 강대한 혈주의 힘이 시간이 지날수록 더욱 옭아매고 있었다.

"커억!"

압착기에 눌린 것 같은 압력에 답답한 비명을 토했다.

'크으, 이대로는 죽는다.'

죽는다는 생각에 혈주의 힘에 의지를 불어넣었다. 간절함 때문이지 잠시간 속박에서 벗어난 푸틴의 육체가 변하기 시작했다.

화르르르!

붉은 기운이 선명한 거대한 불로 화신했다.

"제법이군. 견뎌 내다니 말이야. 하지만 그뿐이다."

"크으윽!"

장혁의 말대로였다. 육체를 변화시켰음에도 그저 견딜 뿐이었다. 자신을 옭아맨 혈주의 속박은 풀리지 않았다.

"너도 지금은 느낄 수 있을 것이다. 지금 네 육체를 구속하고 있는 것이 너의 것과는 차원이 다른 혈주의 힘임을 말이다."

"으으으으!"

믿을 수 없게도 혈주의 힘이 맞았다.

자신이 이룩한 경지를 훨씬 뛰어넘는 혈주의 힘이 그물처럼 전신을 감싸고 있었다.

"이제 보고 느껴라. 백호의 위대한 권능에 대해서 말이다."

─크아아아앙!!

포효와 함께 찬란한 황금빛 서광이 장혁의 장심을 타고 뻗어 나와 푸틴을 향했다.

커다란 입을 벌린 백호의 모습이 나타났고, 어느새 거대한 앞발이 푸틴의 신형을 눌렀다.

"컥!"

가슴을 압박하는 대호의 발이 안쪽으로 밀려 들어오자 답답한 신음이 흘러나왔다.

찬연한 기운이 불로 화신한 혈주의 진체를 파고들어 근원부터 하나씩 부수기 시작했다.

"끄아아아악!"

작은 화염들이 연신 사방으로 튀어 올랐다. 푸틴은 고통에 몸부림치며 비명을 질러 댔다. 최선을 다해 저항을 해 보았지만 소용이 없었다. 어찌 된 일인지 혈주가 더 이상은 힘을 발휘하지 못하고 있었다.

'한낱 곁가지나 다름없는 혈주에 취해 자신이 가진 모든

것을 버려 버린 것은 너의 실수다.'

비명을 지르며 떨고 있는 푸틴을 보며 장혁은 한심한 생각이 들었다. 예상과는 달리 혈주를 제압하며 아무런 저항조차 느낄 수 없는 까닭이었다.

'이렇게 쉽게 제압이 가능하다면 굳이 소멸시킬 필요는 없을 것 같다.'

이반의 그늘을 제외한 러시아의 핵심 권력들을 차지한 것이 바로 푸틴. 양지로 드러나지 않았지만 그가 가진 힘은 막강했다. 소멸시키는 것보다는 살려 둔 후 이용하는 것이 훨씬 가치 있는 일이었다.

'완전히 종속을 시켜야 이용할 수 있을 테니……'

혈주를 회수하고 카오스 임팩트를 이용해 자신의 휘하로 만들 필요가 있다는 사실에 장혁은 생각을 고쳐먹었다.

"네가 가진 힘의 본질은 백호로부터 비롯된 것이기에 반항하면 할수록 힘들어질 거다. 그러니 포기하도록 해라."

"크으으."

장혁이 말한 그대로였다. 장혁이 사용한 혈주의 힘에는 그래도 꿈틀거려 보기라도 했지만 백호의 권능은 아니었다. 저항을 해 보기는커녕 무섭기까지 했다.

비록 제대로 된 힘을 발휘할 수 없었지만 조금 전까지 들끓던 혈주의 힘은 어디론가 숨어 버린 상태다.

"후후후, 이제야 알겠나? 백호가 가진 힘의 본질을 말이다. 한낱 허무한 힘에 취해 신들로부터 세상을 지키라는 무신의 당부를 어긴 너를 징치하겠다. 혈주는 거둘 것이며, 이제 인간으로서의 삶을 살게 될 것이다."

콰드드득!

단호한 말과 함께 장혁이 주먹을 쥐자 부셔져 내리는 소리가 회의실을 울렸다. 무신의 권능으로 하사한 불사의 힘을 장혁이 소멸시켜 버린 때문이었다.

"컥!"

털썩!

답답한 심음과 함께 푸틴이 바닥에 쓰러졌다.

해가 비치면 녹아 버리는 눈처럼 혈주의 힘이 사라져 버리고 본래의 모습으로 되돌아온 상태였다.

'혈주를 완전히 부수었으니 회수하는 것도 그리 어렵지 않겠구나.'

자신이 원하는 상태로 변한 것을 본 장혁은 흐리멍덩한 눈으로 자신을 바라보고 있는 푸틴에게로 다가갔다.

"지금부터 네가 가진 신성을 거두겠다. 오늘부터 너는 삶이 끝나는 날까지 인민을 위해 살게 될 것이고, 내가 내린 명을 따르게 될 것이다. 카오스 임팩트!"

이마에 손을 얹은 장혁은 카오스 임팩트를 시전 했다.

콰지지직!

"끄아아아악!"

영혼의 한 부분이 뜯겨져 나가는 고통에 푸틴은 전신을 덜덜 떨며 비명을 질렀다.

백호를 다룰 수 있고, 혈주를 의지하에 둘 수 있는 근본인 신성이 사라져 버렸다. 백호를 버리고 혈주를 택한 후에도 유지되었던 신성이 장혁으로 인해 이제는 허무하게 사라져 버린 것이다. 잠시 뒤 고통이 잦아들자 짙은 허무가 찾아왔다. 영혼과 결합되어 있던 혈주가 박리되어 버리자 전신이 무기력해져 버린 탓이었다.

'크으, 모든 것이 끝났구나.'

푸틴은 자신을 지금까지 존속시켰던 모든 것이 사라졌음을 알 수 있었다.

이제는 보통의 인간으로 돌아온 것이다.

"일어나라."

"으음."

혈주를 회수했지만 어느 정도 카오스 에너지를 주입해 주었기에 푸틴이 비틀거리며 일어섰다.

"다행히 괜찮군."

혈주를 박리해 내는 일은 푸틴의 영혼을 건드리는 것이라 위험할 수도 있었다. 자칫 그대로 소멸해 버릴 수도 있는 일이었던 것이다. 전보다는 능력이 훨씬 떨어지기는 했지만 나름대로 괜찮은 상태였다.

"지금부터 너에게 최우선하는 것은 내가 내리는 명령이다."

"알겠습니다. 목숨을 다해 수행하겠습니다."

혈주대신 영혼과 결합한 장혁의 카오스 에너지로 인해

완전히 종속된 푸틴은 곧바로 복명했다.

"첫 번째 명령을 내리겠다. 러시아가 안정될 때까지 옐친을 보좌하도록 해라."

"그렇게 될 것입니다. 하지만……."

비록 석유 달러를 앞세우기는 했지만 소련이 해체되는 과정에는 장미와 기사단이 깊숙이 개입되어 있는 상태였다. 석유 권력을 장악하고 있는 세븐 시스터즈의 이면에서 그들을 조종하고 있는 것이다. 능력이 바닥이 되어 버린 상태에서 능력자가 나서게 된다면 러시아의 안정을 거역할 수 없는 일이었기에 푸틴은 말끝을 흐렸다. 카오스 임팩트로 인해 장혁에게 종속되기는 했지만 꼭두각시가 아니기에 위험성을 느끼고 있었던 것이다.

"안다. 지금 가지고 있는 힘 정도로는 어려울 테니 도움이 될 만한 힘을 주도록 하겠다. 무릎을 꿇어라."

"당신의 뜻대로."

고어 같은 말로 복종의 뜻을 보인 푸틴은 기사와 같이 한쪽 무릎을 꿇었다.

장혁은 그런 푸틴의 머리에 손을 얹었다.

'어느 정도 성장은 시켜 놓자. 그렇게 해야 내가 편해질 테니까 말이야.'

장혁은 자신이 가진 카오스 에너지를 주입해 푸틴의 영혼을 강화시키기 시작했다. 이미 혈주로 인해 한계에 가깝게 성장을 한 터라 에너지를 쉽게 받아들였다. 혈주가 뜯겨져 나간 후 푸틴의 영혼을 붙잡아 두고 있던 카오스 에너지가 점점 두터워졌다. 점점 더 커진 카오스 에너지는 어느새 푸틴의 영혼과 완전히 결합한 후 단단히 자리했다.

'이 정도면 러시아를 안정시키는 데 충분하겠군.'

영혼의 흔들림이 사라져 버린 것을 느낀 장혁이 손을 뗐다.

"일어서라."

장혁의 지시에 푸틴이 몸을 일으켰다. 창백했던 조금 전과는 달리 한결 나아진 표정이었다.

"감사합니다."

"지금 네가 가진 능력은 특급 정도의 능력자들은 쉽게 상대할 수 있겠지만 두 명 정도가 한계일 것이다. 장미나 사원, 그리고 기사단에서도 한꺼번에 세 명을 투입하지 않을 것이고, 너를 도울 사람들도 있으니 러시아를 안정시키는 것은 그리 어렵지 않을 것이다."

"저를 도울 사람들이라시며 이반의 그늘입니까?"

"그들도 있고 다른 이들도 너를 도울 것이다. 이반의 그늘은 적어도 이틀 안에 다 모일 테니 앞으로 네가 지휘하도록 해라. 앞으로 네가 이반이다."

카린스키에게 넘기기 전에 이반의 그늘을 다스렸던 이가 바로 자신이었다. 상당한 능력자들이 포진해 있어 자신이 지휘할 수 있다면 석유 달러를 이용해 음모를 꾸미고 있는 자들을 충분히 상대할 수 있을 것 같았다.

"도움에 감사드립니다."

적을 상대하는 것도 그렇지만 이반의 그늘을 통솔하기 위해서 자신의 능력을 향상시켜 주었다는 것을 알 수 있었기에 푸틴은 진심으로 감사했다.

'나쁘지 않은 기분이다. 그리고 어차피 제자리로 돌아온 것이다. 사신의 권능을 얻은 존재들은 어차피 저분의 분신이나 다름없으니 말이다.'

비록 종속이 되기는 했지만 지난날의 감정과 기억을 모두 가지고 있는 자신을 믿어 주는 것 같아 기분도 꽤나 괜찮았다.

장혁도 이런 푸틴의 변화를 감지할 수 있었다.

'혈주와 영혼의 결합을 풀고, 카오스 임팩트를 걸렸지만 조금은 염려스러웠는데 다행이군. 완전히 나에게 종속이 된 것 같으니 말이야.'

한계까지 성장한 영혼이기에 완벽하게 카오스 임팩트가 걸린 것은 아니었다. 카오스 에너지를 이용해 영혼을 다른 상태로 바꾸기는 했지만, 그래도 마찬가지였다. 혈주와 신성을 회수하기는 했지만, 한계까지 높아진 영혼의 격으로 인해 본래의 상태를 회복할 수 있는 가능성도 높았으나 이제는 아니었다. 본의 의지로 종속되기를 원하는 이상, 완벽하게 각인이 되어 이제는 되돌릴 수 없게 된 것이다.

"앞으로 나에게서 연락이 가기 전까지 명령한 대로 이행하도록 해라."

"모든 것이 원하시는 대로 될 터이니 염려하지 마십시오."

푸틴은 이제 자신의 주인이 된 장혁의 명령에 고개를 숙이며 조아렸다.

"안나로부터 KGB를 장악하고 있다고 들었는데, 아직도 동구권에 영향을 발휘할 수 있나?"

"장미나 기사단의 인물들이 손을 쓴 이들은 겉으로 드러나 있는 자들뿐입니다. 아직 노출되지 않은 요원들이 훨씬 많은 상태고, 이반의 그늘이 조금 도와주면 전보다 더 큰 네트워크를 구축할 수 있을 겁니다."

"놈들이 알아차리지 못하게 움직일 준비를 해 두도록. 그리고 노출된 이들은 앞으로……."

장혁은 자신이 원하는 바를 상세하게 말해 주었다.

"알겠습니다. 자신들이 노출되었다는 것을 다들 알고 있을 겁니다. 새로운 모습으로 변신해야 하는 마당이니 그렇게 한다면 놈들이 얻게 되는 것도 줄어들 겁니다. 국정에 잠시 혼란이 오기는 하겠지만 나중을 바라보자면 생각하신 대로 하는 편이 나을 것 같습니다."

푸틴도 장혁의 의견에 찬성을 했다.

노출된 KGB 요원들이 자신이 가진 기반을 활용해 행정력을 발휘할 수 없게 된 국가로부터 국영 기업을 인수하거나 지하자원을 선점하는 것이다. 동구권을 해체하고 자본들과 자원들을 빠르게 잠식해 이익을 얻으려는 자들에게 타격을 가할 수 있는 계획이었다.

거기다가 암흑가를 장악하는 것이 병행된다면 초기에는 조금은 힘들겠지만, 장기적으로 봤을 때는 여러모로 유리했던 것이다. 노출되었다고는 하나 아직은 권력의 중추에 포진하고 있는 이상 그리 어려운 계획도 아니었다.

"이익을 쫓기 위해 변심할 수도 있으니 제어는 확실히 하는 것이 좋을 것이다."

"이반의 그늘을 통해 그들을 제어할 방법을 확실히 한 뒤에 계획대로 진행하면 별다른 문제는 일어나지 않을 겁니다."

"좋아, 그대에게 맡기도록 하지."

"뜻에 어긋나지 않도록 최선을 다하겠습니다."

"후후, 믿지. 그럼 이만 가 보겠다."

장혁은 작별 인사와 함께 신형을 돌렸다.

"주인님의 앞날에 축복과 행운이 함께 하시길!"

회의실 문으로 향하는 장혁의 등을 바라보며 푸틴은 기사처럼 한쪽 무릎을 꿇으며 고어체로 인사를 했다. 들어왔을 때의 경로를 따라 밖으로 나선 장혁은 대기하고 있는 차에 올랐다.

"가지."

"예, 보스."

운전을 위해 대기하고 있던 KGB요원이 시동을 건 후 차를 출발시켰고, 이내 크레믈린을 벗어났다.

―대단하십니다. 보스.

―그렇게 대단할 것까지는 없어요.

―별장에 있던 자보다 더 강한 것 같은데 쉽게 제압하시지 않았습니까?

―상극이라서 그렇지. 카린스키 대령보다는 몇 배나 강한 자였습니다.

―정말이십니까?

―그렇습니다. 푸틴이 자신의 능력을 과신하고 있었기에 망정이지 조금만 늦었으면 저도 어찌할 수 없는 존재가 되었을 겁니다.

―으음, 그랬었군요.

이반의 그늘에 속한 능력자들이 가진 힘을 조금만 더 흡수했다면 영혼 그 자체가 혈주로 완전히 변해 버렸을 터였다. 완전체로 변해 버린 혈주라면 욕망이 가득한 새로운 무신이 탄생하는 것이나 마찬가지였다. 제압을 하자면 상당한 피해를 감수해야 했을 것이고, 지금의 상황에서는 위험한 일이었다. 빈틈을 파고들어서 푸틴을 손쉽게 제압할 수 있었으니 이반의 그늘에 속한 이들이 전부 도착하지 않은 것이 행운이었다.

장혁이 탄 차는 모스크바 서내를 관통해 외곽 쪽에 위치한 주택가로 향했다. 별장 지대처럼 제법 큰 저택들이 늘어선 주택가로 들어선 차는 도로에서 그다지 눈에 뜨이지 않는 곳으로 들어섰다.

'안가인 모양이군.'

너른 마당이 있는 저택에는 CCTV를 비롯해 보안 장치가 되어 있는 곳을 보며 장혁은 이곳이 KGB의 안가 중 하나임을 알 수 있었다.

차가 도착하자 은밀가의 인물들 몇이 밖으로 나와 장혁을 맞았다.

"잘 끝나셨습니까?"

"덕분에 잘 끝났다. 누님은?"

"안에서 쉬고 계십니다."

"들어가도록 하지."

"예."

앞장서서 안내하는 사람들을 따라 장혁은 곧장 저택 안으로 들어갔다. 현관을 지나자 상당히 넓은 응접실이 나왔고, 혜연을 비롯한 일행들이 소파에 앉아 있다가 장혁을 맞았다.

혜연이 굳어 있던 얼굴로 다가왔다.

"무사하구나."

"걱정시켜 드려 죄송해요. 누나."

"아니다. 크레믈린 궁에 상당한 기운을 가진 자가 있었던 것 같은데 표정이 밝은 것을 보니 일이 잘 끝났나 보구나."

"덕분에 잘 끝났습니다."

"그렇다니 다행이다."

자신의 능력에 비견될 만한 강자가 기다리고 있었다는 것을 알고 있기에 걱정스러웠던 혜연은 장혁의 대답을 듣고서야 안도하는지 얼굴을 활짝 폈다.

"혁아, 그런데 언제 이곳을 떠날 생각이니."

"아직 마무리된 것이 아니지만, 이틀 후면 떠날 수 있을 겁니다."

"으음, 그렇다면 네가 하고 있는 것에 대해서 들을 시간을 충분하겠구나."

"그동안 궁금하셨던 모양이네요. 시간은 많으니까 모두 말씀을 드리도록 할게요."

"그래, 알았다. 그렇지만 일단 식사부터 하도록 하자. 배가 좀 고프니 말이다. 안나라는 여인이 음식 재료를 사가지고 왔으니 금방 준비가 될 거다."

흑해로 공간 이동을 해 온 이후에 일이 마무리가 되기까지 식사를 한 사람은 아무도 없었다. 혜연의 말을 들어서인지 장혁도 배가 고파 왔다.

"사실 저도 배가 고팠는데 잘됐네요. 그런데 음식이 입에 맞을지……."

"걱정하지 않아도 될 것 같다. 우리 입맛에 맞춰서 준비를 한다고 했으니 말이다."

"그렇다면 다행이네요. 그런데 수하들과 태우 아저씨는 어디 간 거죠?"

"주변 상황을 살펴본다고 밖으로 나갔다. 은밀가의 사람들은 주변을 돌아본 후에 다른 안가에 머물게 될 거고, 태우 아저씨는 있고 조금 있으면 돌아올 거다."

저택으로 들어오며 주변에 숨겨져 있는 결계를 발견할 수 있었다. 아마도 방어를 위해 저택 주변과 도로에 결계를 치고 있을 것이 틀림없었다.

"그럼 도영이 형은요?"

"그 녀석은 음식 준비를 하는 안나를 도운다고 주방에 갔다."

평소에 음식을 만들기보다는 다른 것을 하려는 경향이 강했던 도영이 주방으로 갔다는 소리가 의아했다.

"도영이 형이요?"

"호호호, 그래."

혜연이 뜻을 알 수 없는 야릇한 미소를 지었고, 민호나 창우도 빙그레 웃었다.

'뭔가 있나? 도영이 형이 스스로 주방에 갈 일은 없을 것 같은데……'

뭔가 이유가 있을 것 같았지만 생각을 이어 갈 수 없었다. 안쪽에서 식사를 하라는 도영의 목소리가 들려왔기 때문이다.

"식사들 하십시오!"

"준비가 끝났나 보구나. 어서 가자."

"예, 누나."

사람들이 우르르 주방으로 갔다. 안으로 들어선 장혁은

도영이 어째서 주방에 왔는지 알 수 있었다.

'도영이 형 이상형이 여기 있었군.'

접시를 나르는 안나 옆에서 돕고 있는 소녀가 있었다. 검은 머리에 새하얀 피부를 지닌 소녀였는데 안나를 많이 닮은 것 같은 모습이 동생 같았다.

"어서 자리에 앉으세요."

"동생인가?"

"예, 제 동생 예리나에요."

장혁의 물음에 안나가 대답을 하고, 예리나는 가볍게 고개를 숙여 인사를 했다.

'으음, 대단하군.'

장혁은 예리나를 보며 상당한 능력자가 될 수 있는 자질을 가지고 있다는 것을 알 수 있었다. 예리나가 옮기고 있는 채소 샐러드에서 상당한 생명령이 감돌고 있는 것을 볼 수 있었기 때문이다.

'정령 같은 건가?'

오행지기와는 다른 형태의 기운이 맴돌았기에 흥미가 생기지 않을 수 없었다.

"자리에 앉으세요."

"그러지."

자리를 권하는 안나의 음성에 상념에서 깨어난 장혁은 의자에 앉았다. 12인용 식탁인지라 혜연을 비롯해 사람들이 앉은 후에도 자리가 남았다. 음식이 각자의 접시에 담겨

지기 시작하자 주방문이 열리며 태우가 들어왔다.

"이런! 내가 늦었군."

"지금 시작이니 늦지 않았어요. 어서 앉으세요, 아저씨."

혜연의 권유에 태우는 민호 옆에 자리를 잡았다.

"고기를 구하는 것이 쉽지가 않아 양이 많지 않습니다. 대신 금방 구운 빵하고, 채소는 구할 수 있어 간단하게 차렸습니다."

"러시아 사정이 그리 좋지 않다는 것을 아니 그렇게 미안해할 필요 없어요."

각자의 접시에 음식을 덜어 내며 미안해하는 안나를 향해 혜연이 말했다. 그나마 이 정도 구한 것도 많이 노력했기 때문이라는 것을 알고 있었던 것이다.

"냄새가 좋은데!"

"그러게."

민호와 창우가 나서며 포크와 나이프를 들었다.

장혁도 마찬가지로 포크와 나이프를 들어 고기를 자른 후 입에 넣었다.

'으음, 육즙이 좋군. 도영이 형이 도와주었다고 하더니 제대로 만들었네.'

도영이 가진 화기의 도움을 받은 탓에 손바닥만 한 스테이크는 후추와 소금만 뿌리고 구웠지만 상당히 맛이 좋았다.

'어디!'

고기를 한 점 먹으며 맛을 본 후 장혁은 샐러드를 포크로 찍어 입에 넣었다. 겨울임에도 샐러드에서 자연의 싱그러움을 느낄 수 있어서 무척이나 좋았다.

"아주 좋군. 이런 식사는 정말 오랜만인데 말이야."

장혁이 만족감을 표시하자 혜연도 미소를 지었다.

"맛있어. 사실 좀 걱정했는데 말이야."

안나와 예리나는 사람들이 즐겁게 먹는 모습을 보며 만족한 듯 웃으며 먹는 속도를 높였다.

그렇게 기분 좋은 식사가 끝난 후 일행은 이야기를 듣기 위해 전부 응접실에 모였다. 어느 정도 인식을 시켜 놓은 상태지만 확실히 설명을 해 줄 필요성이 있기에 장혁이 자리를 마련한 것이었다.

장혁은 그동안 준비해 오고 있는 것에 대해 하나도 빠짐없이 털어 놓았다. 미국에서 준비하고 있는 일을 들었을 때는 다들 놀라는 눈치였다. 계획대로 될 경우 첨단 기술과 투자를 통해 엄청난 자본을 얻을 수 있을 것이기 때문이었다.

무신과 관련된 일도 빠트리지 않았다. 일본과 러시아에서 혈주를 얻은 것과 자신의 정체에 대해서 풀어놓자 어느 정도 알고 있다고 생각하던 이들도 다들 경악하지 않을 수 없었다.

"그러니까 처음 이 세상에 문명의 씨를 퍼트린 이들이

신이라 불리는 존재들이라는 말이니?"

자신이 들은 것을 믿을 수 없었던 혜연이 물었다.

"맞아, 누나. 정확히 말하자면 신성을 가진 능력자들이 세상을 주관했고, 문명의 씨앗을 퍼트린 거야. 그중 가장 큰 권능을 가진 이가 바로 무신이었고, 존재의 의미가 분리 됐을 때 사신과 혈주의 힘으로 권능도 세상으로 퍼져 나갔 어."

"그 후에 아무것도 남아 있지 않은 무신이 신들에 의해 영어의 몸이 되었다는 말이고?"

"정확하지는 않지만 누나 말이 맞아."

"왜 그런 거니?"

스스로 자신의 권능을 포기한 이유가 석연치 않아서인지 혜연은 궁금하지 않을 수 없었다.

"자신의 권능을 세상에 퍼트린 무신의 의도는 하나였어. 신이라 불리는 이들이 인간을 마음대로 하지 못하도록 하 는 것이었지. 무신의 의도는 성공했고, 신들은 함부로 할 수 없었어. 그리고 신들은 무신의 최종 계획을 알아내게 되었지. 자신을 비롯해 신들을 소멸시키려 한다는 것을 말 이야."

"소멸?"

"맞아. 무신은 인간에게 세상을 주고 싶었어. 신이라 불 리는 권능자들에게 휘둘리지 않고 자신의 삶을 살아가라고 말이야. 그래서 인과율을 비틀 수 있는 신들을 소멸시켜야 했어."

"세상에! 신들을 소멸시킬 생각을 하다니."

"하지만 문제가 있었지. 신들은 당연히 반발할 수밖에 없었으니 말이야. 그들은 무신이 새로운 존재로 거듭나는 때를 노려 한 자리에 모였어. 그리고 결단을 내렸지. 자신들의 신성을 모아 무신을 영겁의 감옥에 가두기로 한 거야."

"그럼 신들이 무신을 가둔 거니?"

"신들의 계획은 성공했어. 대부분의 신성을 잃어버려 세상에 관여하지 못하게 된 대신에 말이야."

"그렇구나. 그럼, 그때부터 실제로 있었던 신들의 역사가 신화나 전설이 되기 시작한 거니?"

"맞아. 신성을 대부분 잃어버린 신들은 자신들의 권능을 사용할 수 없게 되었으니 세상에서 모습을 감출 수밖에 없었고, 인간들의 인식에서 서서히 사라져 버렸어. 강대한 힘을 지녔던 이들은 종교라는 이름 뒤에 숨었지만, 그렇지 못한 신들은 지금은 전설로 치부되고 있는 상태야."

숨겨진 이면의 진실을 통해 혜연은 신화나 전설이 만들어진 이유를 알 수 있었기에 고개를 끄덕였다.

'혁이는 지금 들은 이야기와 직접적으로 관련이 있는 것 같고, 우리도 뭔가 관련이 되어 있는 것 같은데……'

장혁으로부터 신화에 얽힌 진실을 듣게 되면서 그것이 자신은 물론이고 동생들과도 밀접한 연관이 있다는 것을 느낄 수 있었다.

오버시어의 능력을 가진 자신의 예감이라면 거의 진실에 가까운 것이라 혜연은 긴장하지 않을 수 없었다.

"후후, 누나 그게 끝이 아니야."

예감이 적중이라도 한 것처럼 장혁이 알 수 없는 미소를 지으며 화두를 꺼냈다.

"끝이 아니라니? 내가 모르는 것이 또 있는 거니?"

자신의 생각처럼 또 다른 비밀이 숨겨져 있다는 생각에 혜연이 눈빛을 빛내며 물었다.

6장.
진실을 말하다

장혁은 좌중을 둘러보았다.

모여 있는 사람들 대부분이 고대에 존재한 신들과 관련
이 있는 사람들이었다.

"누나."

"왜?"

"어째서 신들이 무신을 영겁의 감옥이라는 것에 가두었
는지 알아?"

"혹시, 자신들의 힘만 가지고는 무신을 소멸시킬 수 없
었기 때문이니?"

"맞아. 그때 무신은 그야말로 최고위 대신이나 다름없었
어. 신들이 그런 선택을 한 것은 자신들의 힘으로는 소멸시
킬 수 없으니 영겁의 감옥에서 무신의 힘을 뽑아내 소멸시

킬 수 있다는 생각에서였지."

"영겁의 감옥이 도대체 뭐기에 신까지 소멸시킬 수 있다니, 도대체 뭐니?"

"영겁의 감옥은 깊고 깊은 혼돈인 태초의 근원을 이용해 만들어진 거야. 신들을 존재하게 하는 원천이 바로 혼돈이야. 아무리 신이라고 해도 그 앞에 서면 흡수될 수밖에 없어. 신들이 신성을 잃어버릴 수밖에 없었던 것도 혼돈을 이용해 감옥을 만들었기 때문이야."

신들이 신성을 포기한 이유를 알 수 있었기에 다들 고개를 끄덕였다. 장혁은 사람들이 이해를 한 것 같아 보이자 다시금 이야기를 이어 나갔다.

"신들은 무신을 그곳에 가두면 권능이 사라지고 소멸할 것이라고 봤어. 그리고 자신들은 오랜 세월이 걸리겠지만 신성을 다시 찾을 수 있을 것이라고 생각했지. 하지만 그것은 신들의 오산이었어."

"오산이라니?"

"누나도 어느 정도 짐작은 했겠지만 그 모든 것이 무신의 뜻이었어."

"그러니까 무신이 그런 상황을 유도했다는 말이니?"

"맞아."

혜연의 반문에 장혁이 고개를 끄덕였다.

"무신이 어째서 그렇게 한 거니?"

"사실 사신의 권능을 분리하지 않았다면 무신은 혼자의

힘으로도 신들을 전부 소멸시킬 수 있었어. 하지만 그럴 수 없었어. 신들을 소멸시키면 자신이 사랑하는 인간들이 멸종할 수밖에 없었으니까 말이야."

"신들이 소멸시키면 인간들도 멸종해 버린다는 거니?"

"그래, 누나. 그때의 세상은 하나에서 열까지 모두 신들의 권능으로 유지되고 있었어. 신들이 소멸하면 인간도 따라서 멸종할 수밖에 없는 상황이었지."

"무슨 말인지? 잘 이해가 가지 않는다. 신들이 소멸하면 인간이 멸종한다니 말이야."

"지금부터 하는 이야기를 들으면 알게 될 테니, 잘 들어봐."

"그래, 이야기해 봐라."

"지금 사용하는 컴퓨터 시스템처럼 고대의 사회는 신이 주관하는 시스템을 바탕으로 돌아가고 있었어. 무신도 처음에는 몰랐지만 두 명의 신을 소멸시키고 나서 그런 사실을 확실히 알 수 있었지."

"무신이 다른 신을 소멸시킨 적이 있었다는 말이니?"

"그래, 누나. 바로 가이아의 딸들을 소멸시켰었지."

"으음! 가이아의 딸들이라면, 혹시나 뮤 대륙과 아틀란티스 대륙이⋯⋯."

"누나, 우주에서 지구와 같은 골디락스 행성이 얼마나 된다고 생각해?"

장혁은 대답 대신 질문을 했다. 지구와 같은 환경을 가진 외계 행성의 수에 대해서였다.

"천문학자들이나 나사 같은 우주 관련 기관들이 발표하는 것으로 봤을 때는 꽤 많은 것 같은데. 그건 왜?"

"수조, 아니, 어쩌면 수십조 개의 행성들 중에 지구와 같은 환경을 갖춘 골디락스 지금까지 발견된 것이 천 개가 넘지 않아. 그건 왜일까?"

"설마, 신에 의해 유지되는 시스템이 없어서라는 것이니?"

"맞아, 누나. 행성이 처음 생겨나면 아주 척박해. 그런데 의지를 가진 생명체들이 정착을 하게 되면 행성이 변해."

"어떻게 생명이 정착하게 되는 거니?"

"생명의 정착에는 아주 특별한 의지가 작용을 해. 신보다 우월한 초월적인 의지를 가진 존재에 의해서 말이야. 이우주가 생겨난 것도 바로 초월적인 의지에 의해서야. 우리는 그걸 아카식 레코드라고 부르지."

"그렇구나. 생명체가 정착하면 어떻게 되는 거니?"

"초월적인 존재에 의해 행성별로 정착한 의지를 가진 태초의 생명체들은 상상할 수 없는 능력을 가지고 있어. 그리고 행성을 바꾸어 나갈수록 권능이 커지지. 그게 바로 시스템이야. 행성을 유지하는 근간이고, 바로 신이라 불리는 이들이지."

"정말 믿을 수 없는 이야기구나."

"초월의 의지와는 달리 한계를 가지고 있기 때문에 역할

이 한정되어 있어서 정착하는 생명체는 하나가 아니야. 그 때문에 신화들에서 나오는 신들은 대부분 가족들로 이루어져 있지. 몇몇 예외가 있기는 하지만, 가족이 아니라도 천사 같은 권속처럼 다른 의미의 협력자를 두지."

"그래서 신이 소멸하면 인간이 멸종한다는 거구나."

"맞아. 무신이 가이아의 딸들 소멸시키는 순간에 두 대륙도 바다 밑으로 가라앉았어. 영원히 말이야."

옛날이야기처럼 전해 오는 두 대륙의 전설이 그런 연유로 비롯됐다는 사실에 혜연과 일행은 말을 잇지 못했다.

장혁은 다시 말을 이었다.

"맨틀 위에 떠 있는 섬과 같은 대륙들도 마찬가지야. 모든 것이 신의 섭리에 따른 시스템으로 인해 생겨난 거야. 기후를 비롯해 주변 환경들도 모두 신이 만든 시스템이지."

"무신은 다른 방법을 택해야 했구나."

"맞아. 신이 소멸하면 시스템 위에 살고 있는 인간들도 모두 멸종하는 거야. 그러니 무신이 택할 수 있는 방법은 아니지. 잘못하면 자신이 사랑하는 인간들을 모두 멸종시킬 수 있으니 말이야."

"그래서 자신을 가두도록 만든 거구나. 혼돈을 이용해서만 가둘 수 있을 테고, 신들은 그로 인해 권능을 잃어버리니 말이야."

"기본적인 시스템은 작동하면서 신의 간섭을 배제하려고 하는 거였어. 그리고 인간은 그것에 적응하고 말이야. 초창기 시스템이 일시 정지했을 때 빙하기가 찾아왔어. 인류를 비롯해 거의 모든 생명체가 멸종에 가까운 타격을 받아야 했어. 그렇지만 무신의 의도는 성공했지. 신의 섭리라는 시스템이 작용하지 않더라도 세상은 굴러갈 수 있게 됐으니 말이야."

"우와! 대단한 존재로구나. 거기까지 생각하고 일을 벌이다니 말이야."

"누나 말대로 대단한 존재라고 할 수 있는 일이지. 그것 말고도 다른 계획도 있었으니 말이야."

"뭐, 또 다른 계획이 있다는 말이니?"

"무신의 계획은 그것이 끝이 아니었어. 신들 말고 인간에 대한 계획도 있었으니 말이야."

"인간에 대한 계획?"

"무신은 인간이 불완전한 존재임을 인식하고 있었어. 시간이 흘러 자신을 낳아 주고 길러 준 행성에게 있어 바이러스 같은 존재가 될 것이라는 것을 예측하고 있었으니까 말이야."

"으으음."

장혁의 말에 혜연은 자신도 모르게 소름이 끼쳤다. 무신의 계획이라는 것이 인간에게 상당한 시련이 될 것이라는 것을 짐작할 수 있었기 때문이다.

"혁아, 신의 분노가 이 지구에 다가오고 있는 거니?"

"후후후, 누나 생각처럼 인간에게 있어서는 고난의 시기가 될 테지만, 어쩔 수 없는 일이야. 인간들은 신의 간섭을 벗어난 후 너무도 오만해졌으니까 말이야."

"그, 그렇기는 하지만……."

알고 있었다. 지구라는 행성의 시각으로 볼 때, 인간은 모든 것을 좀먹는 바이러스나 다름없는 존재다. 인간으로 인해 수많은 생명들이 멸종했고, 지금도 죽어 가고 있는 중이다. 어쩌면 인간의 오만함으로 인해 스스로 멸종의 길을 걸을지도 모르는 일이었다.

"인간은 행성이 숨을 쉬기 시작한 후로 따지면 아주 짧은 시간 동안만 번성했어. 만물의 영장이라는 허울을 뒤집어쓰고는 세상을 파괴했어. 모든 것을 발아래 두었다고 오판한 것으로 인해 억조창생에게는 위험한 존재가 되어 버린 것이지."

장혁의 음성이 더없이 싸늘했다. 남의 일처럼 말하는 것을 보며 일행은 가슴이 서늘했다.

"혁아, 그 계획이라는 것이 뭐니?"

혜연이 숨을 고르며 물었다.

"신의 부활!"

"신의 부활?"

"신들은 자신들의 형상과 비슷하게 존재들을 창조하고, 이곳 지구를 경영해 왔어. 그중 인간은 최악이었지. 스스로 신성을 얻을 수 있음에도 아주 극소수를 제외하고는 대부분 최악의 선택을 하니 말이야. 인간의 본성을 처음부터 알고 있었기에 신들은 인간을 그저 유희를 위한 소모품으로만 생각했어. 신화시대의 모든 인간들은 신이 만든 무대의 연기자나 다름없었지. 신성을 얻을 수 있도록 만든 자신들의 창조물을 쓰레기 취급한 것이나 마찬가지였어. 무신은 그런 신들의 오만을 징벌했어. 그렇지만 따지고 보면 기회를 준 거야."

"기회라니?"

"자신보다 우월한 존재로 인해서 신성을 잃어버린 채 어둠 속에 숨어야 했던 신들은 두 가지를 선택을 했어. 바로 반성과 욕망이었지."

"반성과 욕망?"

신들의 선택이 궁금하지 않을 수 없었다.

"끊임없이 자신을 성찰해 새로운 존재로 거듭나기 위해 노력한 이들은 반성하는 쪽이었고. 다른 이들은 신성을 회복해 다시 한 번 세상을 주관하고 싶어 했어."

정확한 뜻을 알 수 없는 이야기였지만 일행은 장혁의 말이 아주 중요하다는 것을 알 수 있었다.

"반성을 한쪽은 윤회를 선택했어. 끊임없는 윤회를 통해 인간에 대해 성찰하고 신성을 갈고닦아 새로운 존재로 거듭나려 했지. 그렇지만 욕망을 선택한 이들은 달랐어. 혼돈의 힘을 흡수하는 것을 택했지. 무신의 힘이 어디서 비롯되었는지 깨달았으니까 말이야."

"그럼, 혹시! 능력자들이?"

"맞아, 윤회를 선택한 이들도, 혼돈의 힘을 선택한 이들도 인간 사이에 자리 잡았어. 본래부터 인간은 그런 능력을 갖지 못하도록 창조되었어. 특별한 능력은 신들이 가진 다른 이면이라고 할 수 있지."

"그럼, 나도 그렇다는 거야?"

"그래, 누나."

"창우나 민호, 그리고 도영이도?"

"누나와 형들은 윤회자야. 그리고 특별한 계기로 인해 능력을 각성했지. 짐과 태우 아저씨도 마찬가지고, 엘리스나 안나의 동생인 예리나도 그래. 전부 윤회를 통해 인간 사이에 자리한 신들의 또 다른 모습이지."

"허, 참!"

자신이 신이 윤회한 것이라는 말에 도영이 혀를 찼다. 다른 이들의 표정도 다르지 않았다. 역시나 제일 먼저 정신을 차린 것은 혜연이었다.

"그럼 혼돈의 힘을 택한 이들은 어떻게 된 거니?"

"그들은 종교나 결사 뒤에 숨었어. 그리고 오랜 세월 동안 자신들이 가지게 된 힘을 써 왔지. 혼돈을 완전히 사용하지 못하는 그들은 인간이 가지고 있는 각종 권력에 눈을 돌렸어. 이번의 일도 마찬가지야. 그들의 입김이 작용하고 있어."

"내가 알고 있던 세상과는 아주 많이 다르구나."

"앞으로 더 달라질 거야. 개벽이 시작되었으니 말이야."

"세상이 바뀐다는 말이니?"

"그래, 신들이 세상에 나타날 거야. 세상의 이면으로 숨었을 당시만큼이나 거의 완전한 힘을 갖춘 채로 말이야."

수많은 성서와 예언가들 사이에서 개벽에 대한 인식은 한결 같았다.

언젠가 세상의 모든 것이 최후의 심판대에 서게 될 날이 온다는 것이었다. 그것이 신들의 부활로부터 비롯된다는 것은 몰랐었지만, 시기가 도래했음을 모두 느낄 수 있었다.

"다들 걱정하지 마. 옛날에 있었던 신들의 심판과는 조금 다를 테니까 말이야."

"다르다니 무슨 말이니?"

"윤회자도 그렇고, 혼돈의 힘을 택한 이들은 더 이상 옛날의 그들이라고 할 수 없어. 인간 세상 속에서 부대낀 세월이 너무 오래되었기에 그들도 인간과 다를 바 없는 감성과 인식을 가지게 되었으니 말이야. 인간에 편에 서든지, 아니면 자신들을 위해 싸우겠지. 각자 자신이 바라보는 이상을 위해서 말이야."

"신들이 인간의 감성 같은 것을 가지면 무슨 일이 일어나는 거니?"

"수많은 피가 흐르기는 하겠지만 공존하게 될 거야. 인간과 신이 말이야. 새로운 세상이 열리는 거지."

"모든 것이 변하겠구나. 모든 것이 말이야."

장혁의 말대로 개벽이 시작되었음을 알 수 있었다.

지금까지 존재해 왔던 사상과 철학의 가치관이 바뀌고, 인간의 행동 양태도 변화하게 될 것이다. 세상 모든 것이 새롭게 시작하는 것이다.

다들 입을 다물고 생각에 잠겼다. 능력을 가졌다는 것으로 인해서였다. 전생에 신이었고, 윤회를 통해 자신을 성찰할 기회를 가지고 있다는 장혁의 말이 무섭게 가슴을 짓누르고 있었다.

"저, 혁아."

자심 고민하던 빛을 보이던 도영이 장혁을 불렀다.

"왜, 도영이 형!"

"나는 어떤 신이었니?"

"하하하, 역시 형이네. 형이 가지고 있는 능력과 상관이 있어. 아마도 불의 신이 아닐까 해."

"불의 신이라면 누구니?"

"아하, 신의 이름이 무엇인지 궁금하구나."

"맞다. 유명한 신이냐?"

"형이 오해하고 있는데 이 세상에는 헤아릴 수 없이 많은 신이 있어. 그중에 불의 힘을 가진 신도 부지기수로 많고. 형이 제압했던 자도 불의 신의 후생이야. 나도 어떤 신이었는지 알 수는 없어. 그건 다른 형들도 마찬가지야."

"그렇구나."

이해가 됐는지 도영이 고개를 끄덕였다.

대화가 잠시 중단되었기에 태우가 자리에서 일어나 입을

열었다.

"어느 정도 이야기가 끝난 것 같으니 다들 쉬는 것이 좋겠습니다. 내일부터는 무척 바빠질 것 같으니 말입니다."

충격적인 진실이라 마음을 추스를 필요가 있었기에 다들 고개를 끄덕였다.

"그러는 것이 좋을 것 같네요. 다들 오늘은 푹 쉬세요."

장혁도 찬성을 하자 자리에서 일어나 각자 자신의 방으로 발걸음을 옮겼다.

—그럼, 나는?

자신이 쉴 곳이 어디인지 물어보려 안나에게로 향하려 하는 장혁에게 혜연이 텔레파시로 물어왔다. 자신에 대해 언급하는 것을 피하는 모습에서 이상함을 느꼈기 때문이다.

—누나가 전생에 어떤 신이었는지는 알기는 하지만, 아직은 말을 해 줄 수가 없어.

—뭔가 있구나? 걱정하지 말고 말을 해 줘.

—하지만…….

—나도 어렴풋이 짐작은 하고 있어.

—그렇다면 혹시?

—오버시어의 능력이 미래가 아니라 과거를 들여다보기 시작한 것이 꽤 됐어.

미래를 보고 정보로 가공해 낼 수 있는 것이 오버시어다. 그렇지만 수많은 변수에 의해 변화하는 것이 미래인 만큼 불확실한 정보이기도 하다. 오버시어가 미래가 아니라 과거를 보기 시작했다면 한 단계 성장한 것이지만, 장혁은 기뻐할 수 없었다. 미래처럼 불확실한 정보가 아니라, 확정된 사실에 대한 확인이었기에 혜연의 의식에 지대한 영향을 미치는 것은 자명한 일이었다. 혜연이 자신의 과거를 보기 시작했다면 자신과의 관계를 알 수 있을 것이기 때문이다.

'하지만 무작정 숨기고 있을 수만은 없는 일이지. 나로 인해 스스로 모든 것을 마감했으니 말이야.'

푸틴이 가진 혈주를 흡수하면서 과거의 잔상을 더욱 명확하게 확인할 수 있었다. 혜연과의 만남이 절대 우연이 아님을 알 수 있었기에 숨기지 않기로 했다.

—휴우, 어쩔 수 없네. 조금 있다가 누나 방으로 찾아갈게.

—알았다. 기다리고 있을게.

옅은 미소를 보이는 혜연을 향해 씁쓸한 미소를 던진 장혁은 쉴 곳을 알기 위해 안나에게로 갔다.

'고마워, 혁아.'

어찌 된 일인지 안가로 온 후 능력이 더욱 확장되었다. 동생들도 마찬가지였다. 장혁으로 인해 뜻하지 않은 성장을 맛본 혜연은 그동안 궁금했던 것을 알아보기로 했다. 장혁의 미래를 볼 수 없다면 과거를 찾아보기로 한 것이다. 시간을 거슬러 올라가며 살펴봤다. 기나긴 어둠이 보였고, 암흑이 끝난 후에 나타난 장혁을 볼 수 있었다. 혜연은 장혁의 과거만 본 것이 아니었다. 그곳에서 자신의 존재도 확인할 수 있었다. 무신과 자신의 관계가 어떤 것인지도 희미하게나마 알 수 있었다.

"안나, 내가 쉴 곳은 어디지?"

혜연이 전생을 알고 있다는 사실에 머리가 복잡해 쉬고 싶은 장혁은 안나에게 방의 위치를 물었다.

"이층 첫 번째 방입니다."

"고마워."

"저어……."

할 말이 있는 듯 안나가 머뭇거렸다.

"말을 해 봐."

"제 동생도 신이었다고 하셨죠?"

"맞아. 정령 계통일 거야. 토템을 믿는 존재들은 자연의 정령을 신으로 섬겼으니 말이야. 네 동생은 그런 정령들 중 하나였을 거다."

"그렇군요. 제 동생은 어떻게 되는 건가요?"

개벽에 가까운 변화가 일어날 것이라는 것을 알았기에 동생의 미래가 궁금한 안나는 심각한 표정으로 물었다.

"별다른 일은 없을 거야. 예리나가 다른 존재를 바뀌는 것도 아니고."

"휴우, 고마워요."

하나밖에 없는 피붙이가 인간이 아닌 존재로 변할까 봐 두려웠던 안나는 안도의 한숨을 내쉬었다.

"사실을 확인하고 싶었나 보군. 아무 일도 없을 테니 걱정하지 마. 난 이만 쉬고 싶으니 궁금한 것이 있으면 내일 물어보도록 해."

"아니에요. 예리나가 다른 존재로 변하지 않는 것만 확인하면 됐어요."

"그렇군."

장혁은 기뻐하는 안나를 뒤로 하고 2층으로 올라갔다. 혜연에게 진실을 이야기하기 전에 마음을 가다듬고 싶었기 때문이었다. 장혁이 사라지자 혜연도 곧바로 자신의 방으로 갔고, 안나와 예리나도 자신들의 방으로 돌아갔다. 다들 각자의 방으로 돌아가고 응접실에 남은 것은 태우밖에 없었다.

'후우, 나도 이야기를 해야 하나?'

머리가 복잡해졌다. 이미 눈치를 채고 있는 짐에게야 부담감이 없지만, 이제는 보스로 모신 장혁은 아니었다.

'직접 보지는 못했지만 상상을 초월하는 힘이었다. 멀리 떨어져 있었는데도 등에 소름이 돋을 정도였으니 말이야. 거기다가 무신의 비밀을 쥐고 있는 보스라면 해결하실 수도 있을 테니 이야기를 하는 것이 좋겠다. 주작의 힘 또한 본래부터 보스의 것이었으니까.'

아랍 왕가에 대해 말하면서 하나 말을 하지 않은 것이 있었다. 아랍 왕가 중, 한 가문에서 무신의 분신인 주작의 힘을 간직하고 있는 곳이 있다는 것이었다. 미국이나 영국 등에게 휘둘리고 있다고는 하지만, 자신이 확인한 아랍은 결코 만만한 곳이 아니었다. 이집트 마법을 근간으로 하는 이면의 힘이 봉인되었다고는 하지만 약해서 그런 것이 아니었다. 힘을 쓰는 근간이 사라졌기에 어쩔 수 없이 굴욕을 참고 있는 것이다.

'어떤 존재가 봉인하고 있을지 모르지만 내가 가지고 있는 키가 그들에게 전해지면 분명히 주작이 깨어난다. 보스께서 미리 알고 대비하는 것이 좋을 것이다.'

결심을 굳힌 태우는 장혁의 방으로 갔다. 아랍으로 출발하기 전에 가지고 있는 정보를 모두 꺼내 놓기 위해서였다. 2층으로 올라가 장혁을 만나 태우는 지금까지 숨겨 놓았던 사실을 진실을 털어 놓았다.

그리고 자신이 가지고 있던 키를 장혁에게 건넸다.

"이것이 주작을 깨우는 열쇠로군요."

손을 마주 잡은 후 자신의 손등에 생겨난 붉은 원을 바라보며 장혁이 물었다.

"라의 힘을 깨우는 열쇠입니다, 보스."

"사실대로 이야기해 줘서 고마워요, 아저씨."

"아닙니다. 바로 말씀을 드렸어야 하는데……."

"약속을 했다는 것을 압니다. 자신의 목숨을 구해 준 이와의 약속은 어기기 힘든 것이니 이해합니다."

"아시고 계셨던 겁니까?"

"아저씨의 능력을 업그레이드시키며 자연스럽게 의식을 마주하다 보니 알게 됐습니다."

"그렇군요."

태우도 고개를 끄덕였다. 자신을 이해해 준 장혁이 고맙지 않을 수 없었다.

마음의 짐을 던 태우는 앞으로의 행보가 궁금하지 않을 수 없었다.

"보스, 앞으로 어떻게 하실 생각이십니까?"

"탐욕스러운 자들에게 일격을 가했지만, 앞으로가 걱정입니다. 가만히 있을 자들이 아니니 말입니다."

"그렇겠군요. 계획했던 것 중에 소련이 해체된 것 말고는 얻은 것이 거의 없으니 말입니다. 하지만 지금 상태라면 보스께서 일본과 동유럽을 거의 얻은 것이나 다름없으니 그리 염려하실 것은 없을 것 같습니다."

"아직은 완전한 것이 아닙니다. 일본이야 강력한 구심점이 있으니 빠르게 안정이 될 테지만, 동유럽은 아직입니다. 세 대통령들을 통해 기반을 잡은 후에 그들과 대적할 수 있을 만큼 안정이 될 때까지 시간이 필요한 상황입니다."

"이반의 그늘이 있지 않습니까?"

"능력자가 아무리 많아도 우선은 보통 사람들이 변해야 합니다. 그들이 변하지 않으면 이반의 그늘이 가지는 힘도 소용이 없으니 말입니다."

"상당히 오랫동안 공산 치하에 살았기 때문에 쉽게 변하지 않을 겁니다."

"저도 그럴 것이라 생각합니다. 하지만 믿고 일을 맡길

만한 자를 거두었으니 안정이 될 때까지 어느 정도 시간만 벌어 줄 수 있다면 충분히 해 볼 만할 겁니다."

"믿고 믿을 만한 자가 누구입니까?"

"푸틴이라는 자입니다. KGB나 이반의 그늘에 대한 영향력이 꽤나 크더군요."

"제가 알고 있는 푸틴이라면 충분히 능력이 있는 자입니다. KGB 출신이기는 하지만 생각의 폭도 넓고, 개혁적인 사상을 가졌으니 말입니다."

"잘 아십니까?"

"용병 일을 하며 두어 차례 만난 적이 있습니다."

"푸틴과 인연이 있었다니 재미있네요."

"그렇게 깊은 인연은 아닙니다. 이반의 그늘은 그자가 관리하게 될 겁니다."

"그다지 신뢰가 가지 않는 자이기는 하지만 능력 있는 자이니 이반의 그늘을 통제할 수는 있을 겁니다."

이미 종속을 당해 배반할 수 없는 상황이지만 장혁은 굳이 말하지 않았다.

"아저씨가 많이 도와주셔야 할 겁니다."

"알겠습니다. 이만 가 보겠습니다."

마음의 짐을 털어 낸 태우는 방을 나섰다.

"태우 아저씨도 약속한 것이 있었으니 말하기 어려웠을 거다. 그래도 이야기를 해 주니 고맙구나."

아랍으로 건너가기 전에 이야기를 한번 해 볼 생각이었

는데 스스로 말해 주어서 고마웠다.

"그럼, 누나에게 가 볼까!"

장혁은 자리에서 일어나 혜연이 머물고 있는 방으로 향했다.

방을 나와 혜연이 있는 곳으로 들어서자 기다리고 있었던 듯 침대에 걸터앉아 있었다.

"누나."

"그래, 어서 와라. 거기 소파에 앉아라."

안색이 그다지 어둡지 않았기에 장혁은 편히 권하는 자리에 앉을 수 있었다.

"어서 이야기 해 봐라."

"그래, 어차피 들어야 할 이야기니까."

진실을 들을 수 있다는 말에 혜연은 장혁을 바라보았다.

"누나의 전생은 가이아야. 태초에 태어난 대신들 중 하나고, 무신이 소멸시킨 두 신의 어머니이기도 하지."

짐작하고 있었던 듯 혜연의 모습은 처음 그대로였다.

"가이아는 무신을 신의 반열로 이끌 권능을 최초로 전해 준 이이기도 해."

"내가?"

"그래. 지구라는 행성이 생겨난 이래 가장 큰 권능을 가졌었고, 가장 진보된 문명을 탄생시켰던 두 신의 모후가 바로 누나야. 대부분의 신들도 누나의 영향을 받았지."

"그렇구나. 그런데 어째서 그런 선택을 한 거니?"

자신이 탄생시킨 두 신을 소멸시킨 것은 무신의 뜻만이 아니었다. 자신도 관여했다는 것을 알고 있기에 혜연이 물었다.

 "화려하게 꽃을 피운 문명이 문제였어. 지금과는 달리 마법과 권능을 통해 꽃을 피운 문명은 신을 초월하는 힘을 가질 수 있었지. 바로 인간의 영혼을 이용해서 말이야. 당시 인간은 그저 배터리 같은 것에 지나지 않았어. 최초의 초월자로부터 전해진 것이 모두 부정당하고 그렇게 소모품으로 매도당했지."

 "내가 본 것이 그렇구나. 컨베이어 벨트처럼 생긴 것에 올려져 거대한 향로 같은 것에 수도 없이 떨어지던 인간들의 모습이 말이야."

 "최초의 초월자가 무한하게 많은 차원을 관리할 존재로 선택한 것이 바로 인간이었어. 태어날 때는 불완전하지만 성장할 경우 스스로 신성을 갖추고 신의 반열에 오를 수 있는 유일한 존재로 창조된 거지. 그런 뜻을 어기고, 원석이나 다름없는 인간의 영혼을 이용해 자신의 권능을 키운 이들이 바로 뮤와 아틀란티스를 다스리는 이들이었어."

 "스스로 존재하게 된 이들이 창조신에 의해 선택되어진 인간들을 이용한 거구나."

 "맞아. 인간이 선택되어진 것에 불만을 가지기도 했지만, 창조의 영역에 관한 힘을 가지고 싶어서였지."

 "그래서 가이아였던 내가 너에게 권능을 전한 거니?"

"맞아. 처음 선택을 한 것은 누나였고, 뜻을 보탠 것은 창조신이었어."

"창조신이 관여를 했다는 거니? 어째서…….."

"창조의 영역에 손을 댈 수 있는 방법이 스스로 존재하는 이들에게 알려졌기 때문이야."

"아아!"

헤아릴 수 없는 수많은 인간들이 영혼과 함께 소멸되던 것을 보았던 혜연이 탄성을 질렀다.

"어쩔 수 없는 선택이었어. 누나의 전신이 가이아가 딸들을 소멸시킬 결심을 하지 않았다면 이 세상은 곧바로 종말을 맞았을 거야. 이 지구뿐만 아니라. 지구와 연결이 된 헤아릴 수 없이 많은 차원들도 그렇고. 그 다음은 아까 들었던 것대로야. 창조신은 차원이 흔들리는 것을 안정시켜야 해서 나설 수 없었고, 그의 의지를 이어받은 무신이 나선 거지."

"그랬구나."

"앞으로 인간은 신성을 갖게 될 거야. 신성뿐만 아이라 마성도 가지게 될 테지만 상관은 없어. 어차피 신화시대로 돌아가야 할 때가 되었으니까 말이야."

"그건 무슨 말이니?"

"창조신이 차원을 안정시키는 과정에서 지구에서 작용하는 인과율이 변했어. 인간은 더 이상 인간으로서 존재할 수 없게 되었으니 말이야."

"많은 사람들이 죽겠구나."

차원이 정화되며 그 여파로 인과율이 변한다면 보통의 인간은 살아날 수 없었다. 신성과 마성을 동시에 가질 수 있는 인간이 살아남을 수 있는 방법은 변화밖에 없었다.

"얼마나 남은 거니?"

"후후후, 너무 걱정하지 마. 앞으로 천 년은 흘러야 하니까 말이야. 권능을 가지고 있기는 하지만 인간인 우리는 또 다른 삶에서 그것을 맞이할 거고."

인간의 시점으로 볼 때 개벽이라고 해서 바로 일어나는 것은 아니다. 찰나에 이루어진다면 모든 것이 소멸하고 무로 돌아가 버린다. 인과율이 변화하는 과정도 마찬가지다. 장혁의 말처럼 오랜 시간에 걸쳐 변해 가게 될 것이다. 인간의 시점으로 볼 때 천 년이라는 긴 시간이지만 우주라는 시점으로 볼 때 찰나에 지나지 않으니 말이다. 그리고 그 시작은 지금부터였다.

"너와 나, 또다시 만날 수 있는 거니?"

"물론이야. 누나와 나, 그리고 이곳에 모인 이들은 하나의 인연으로 얽혀 있으니까."

"그래, 잘됐다. 그리고 진실을 알려 줘서 고맙다."

"이해를 해 줘서 고마워. 나를 믿어 준 것도."

"내가 생각을 해 봐도 그것이 최선의 선택이었다. 세상이 소멸하는 것보다는 나을 테니까."

과욕이 부른 화라는 것을 알고 있기도 하지만 이미 인간인 혜연은 딸들에 대한 특별한 감흥이 없었다.

"이곳에서의 일이 끝나면 누나는 한국으로 돌아가 줘."

"어머니가 걱정하실 테니까 돌아가 봐야겠지. 그런데 아이들도 돌아가야 하는 거니?"

"그래야 할 거야. 한국에서 누나가 해 줘야 할 일이 있으니까 말이야."

"한국에서 내가 해야 할 일이 있다는 거니?"

"그래, 누나. 그러니까……."

장혁은 눈을 반짝이는 혜연에게 앞으로 해 줘야 할 일을 설명했다. 혜연으로서도 뜻밖의 일들이었기에 이야기를 들으면 들을수록 놀라지 않을 수 없었다. 이야기를 다 들은 혜연은 한숨을 내쉬었다.

"후우, 걱정이구나. 오빠가 많이 실망할 텐데 말이야."

"그래도 조금 괜찮아. 그분은 중립을 지켰으니 말이야. 어쩌면 세상이 많이 변하지 않은 이유도 그분 때문일 거야."

"그래, 그렇기는 하지. 돌아가서 오빠는 내가 잘 설득해 보마. 내가 아는 오빠라면 올바른 결정을 내리게 될 거야."

"나도 그렇게 믿어. 형이라면 그럴 거라고 말이야. 그리고 지금 내가 한 이야기는 누나가 설명해 줘. 한국으로 돌아간 뒤에 말이야."

"그래, 피곤할 텐데 어서 가서 쉬어라. 내일부터 많이 바빠지니까 말이야."

"알았어, 누나."

장혁은 곧바로 자신의 방으로 돌아왔다. 혜연에게 진실을 말하고 전폭적인 지지를 받을 수 있었기 때문인지 다음 날 아침까지 편안함 잠을 이룰 수가 있었다.

▼

다음 날 오후, 장혁은 크레믈린으로 향했다. 푸틴으로부터 온 연락 때문이었다.

안으로 들어서자 어제와는 달리 상당히 많은 수의 차량들이 북적였다.

안내를 맡은 안나는 먼저 차에서 내려 장혁을 인도했다.

"경계가 삼엄하네요."

"중요한 회의가 열리니 그렇겠지."

이반의 그늘이 모이는 탓인지 크레믈린 궁 주변에는 삼엄한 경계가 펼쳐져 있었다.

"얼마나 모인 거지?"

"대부분 다 모였습니다."

"상당히 빠르군."

"밤 사이 지급으로 연락이 간 모양입니다."

"그런가? 꽤 능력이 있는 모양이군."

푸틴의 일처리가 매우 빠른 것에 만족한 장혁은 어제 그와 만났던 회의실로 향했다.

회의실 안으로 들어서자 북적이던 소란이 일시에 가라앉았다. 장혁을 본 사람들은 하나같이 알 수 없는 긴장감으로 인해 의아한 표정을 짓고 있었다.

"앞으로 이반에 자문을 해 주실 고문님이십니다."

적막감마저 감도는 회의실에 푸틴의 음성이 조용히 퍼졌다. 사람들의 시선이 일제히 푸틴에게로 향했다. KGB를 장악한 푸틴이지만 이반의 그늘에서의 영향력은 그다지 크지 않았다. 그렇다고 무시할 수도 없는 일이기에 다들 설명해 달라는 눈빛이었다.

그러나 사람들의 시선이 다시 장혁에게로 쏠렸다. 장혁의 몸에서 뿜어져 나오는 기세 때문이었다.

쏴아아아!

이번 회의에 참석한 다수의 특급 능력자들도 긴장할 만큼 엄청난 기운이 장내에 쏟아지고 있었다.

'뭐지?'

'모든 것을 부수는 기운이다.'

가히 패도적이라고 할 만큼 강하게 압박하는 기운에 사람들은 가지고 있는 능력을 끌어 올려 스스로를 보호하기 시작했다.

퍽!

콰직!

"크으……."

"으으으윽!"

자신을 보호하려고 펼친 방어의 능력이 깨어진 탓에 곳곳에서 신음이 터졌다.

장내에 사람들 중 유일하게 타격을 받지 않은 푸틴을 향해 텔레파시를 보냈다.

―대항을 하면 할수록 타격을 입는 힘이다.

―알겠습니다.

장혁의 뜻을 알아차린 푸틴은 이반의 그늘에 속하는 사람들을 향해 텔레파시를 보냈다.

―반항을 허용하지 않는 힘이오. 저분을 따른다면 아무 일도 없을 테니 가만히 있는 것이 좋을 거요.

푸틴의 텔레파시를 받은 사람들 중 몇이 방어를 포기하고 힘을 풀었다.

'어떻게?'

'기운을 일으켜 치료까지 한다는 말인가?

방어를 풀자 강하게 압박하던 기세가 감쪽같이 사라지더니 편안해졌다. 기세에 대항하며 입었던 내상도 빠르게 회복이 되었다. 믿을 수가 없는 능력이었다.

"킥!"

"우욱!"

그렇지만 푸틴을 믿지 못한 자들은 방어를 풀지 않았다. 그런 자들 대부분이 상위에 속하는 능력자들이었다.

푸틴의 텔레파시를 받고 방어 기제를 더욱 끌어 올렸고 대가는 참혹했다. 토혈을 하며 바닥으로 쓰러지거나 가부좌를 틀고 본격적으로 대항을 하기 시작했다.

장혁이 푸틴이 마련한 자리로 가기까지 대항을 멈추지 않은 이들은 모두 10명이었다. 이반의 그늘에 속하는 13사도 중 회의에 참석한 자들로 모두 특급에 속하는 능력을 가진 자들이었다.

주르르륵!

하나같이 입가로 피가 흘러내렸다. 자신들의 능력을 완전히 끌어 올리고 있음에도 감당하지 못하고 내상을 입고 있었던 것이다.

'사도들을 혼자서 삼낭하고 있는데도 표정조차 변하지 않고 있다. 도대체 어떤 능력을 지니고 있기에……'

반항을 포기한 능력자들의 눈에는 의문이 가득했다. 불가능한 일을 목도하고 있었기 때문이다. 특급 능력자가 한 명도 아니고, 모두 열 명이었다.

혼자서 도시 하나를 초토화시킬 수 있는 특급 능력자들이 제대로 된 반항도 하지 못하고 방어만 하다가 내상을 입는 모습은 상상도 할 수 없는 것이었다.

'나머지 사도들은 어디 있지? 그들이 합심하면 새로운 단계의 권능이 발현되고, 저 기세를 막을 수 있을 텐데 말이야.'

사람들은 회의에 참석하지 않은 나머지 사도들에 대해 생각이 났다. 그들이 모이면 이렇게까지 무기력하게 당하지 않을 것이란 생각 때문이었다.

하지만 그들의 생각과는 달리 나머지 사도들은 이곳 회의장에 올 수 없었다.

13사도 중 나머지 셋은 크림산맥의 별장에서 혜연이 제압을 한 자들이었기 때문이었다.

그들은 이미 장혁이 종속을 시킨 후였고, 모종의 임무를 띠고 대통령을 수행에 각자 자신의 나라로 돌아갔기에 회의에는 참석하지 않았던 것이다.

ㅡ그들에게만은 진실을 알려라.

ㅡ신수의 현신을 말씀입니까?

ㅡ그래, 그들은 들을 만한 자격이 있는 자들이다.

ㅡ그렇게 하도록 하겠습니다.

비밀이 새어 나갈 염려가 있었지만 따르기로 했다. 푸틴은 장혁의 뜻을 거스를 수 없기 때문이다.

혈주의 힘이 원래의 자리로 귀속되었기에 자신의 모든 것 또한 장혁의 것이었다.

7장.
세상을 지키는 자

세상을 지배하는 힘 중 하나가 기지개를 켰다. 오랫동안 전설로 내려왔던 극한의 힘이 신수를 통해 깨어났다.

'어차피 시작된 일이다. 이반의 그늘도 오늘로써 완전히 하나로 통일되었다. 신수 또한 저분의 가지고 계시는 권능 중 일각일 터, 문제는 없을 것이다.'

신수의 출현은 극비 중의 극비지만 알려도 상관이 없을 것 같았다. 신수의 출현으로 지금 대항하고 있는 특급 능력자들의 복종을 얻어 낼 수 있을 것이기 때문이었다.

—이반의 그늘을 만든 원천의 권능에 대항하지 마시오.

—크으, 그게 무슨 소리냐?

13사도의 우두머리인 다크가 고통을 참으며 텔레파시를 보냈다.

—대항만 하지 말고 느껴 보시오. 그러면 알게 될 것이오.

—으음.

'어쩌면 푸틴의 말이 사실일 수도 있다.'

푸틴은 야망이 많은 자였다. 다크 또한 잘 알고 있는 사실이었다. 그런 자가 진심을 담아 상대를 존중하는 모습을 보이니 마음이 흔들렸다.

하위 서열의 사도라면 혼자서 세 명을 감당할 수 있는 능력을 지닌 다크는 방어를 풀었다.

'사실이로군.'

무방비 상태로 변했지만 타격은 없었다.

쏟아지던 무지막지한 기세는 어느 사이인가 미풍으로 변했고, 입었던 내상도 빠르게 회복이 되었다.

'금기로군. 백호의 힘을 얻은 것인가? 하지만 백호의 힘은 인간으로서는 감당을 할 수 없을 텐데. 설사 감당을 한다고 하더라도 이 정도까지는…… 헉!'

장혁이 발휘하는 기세를 살피던 다크의 눈동자가 더할 나위 없이 커졌다. 모든 것을 내 놓자 다크는 장혁의 몸에 어린 기운의 형상을 바라볼 수 있었다.

'권능의 원천이라는 것이 바로 신수였다는 말인가? 지난 시간 동안 그 누구도 현신을 시키지 못했던…….'

신수의 출현이라면 이제 이반의 그늘은 그 주인에게 속해야 한다. 그것이 이반의 그늘을 만든 힘의 원천을 가진 자라면 더욱 그랬다.

—나를 경계하지 않아도 되오. 나 또한 저분에게 종속이
된 상태요.

다크가 사실을 확인하자 푸틴이 텔레파시를 보냈다. 자
신에 대한 경계심을 없애기 위해서다

'그래서 그렇게 자신 있는 모습이었군.'

오늘 회의에서 자신들을 보고서도 편안한 모습으로 당당
하게 굴던 푸틴이었다. 그런 그의 자신감이 신수를 부리는
이에게서 비롯되었다는 것을 알 수 있었다.

—다들 방어를 풀어라. 오랫동안 기다려 왔던 분이시다.

다크의 텔레파시가 사도들에게 향했고, 대항하고 있던
특급 능력자들이 일제히 방어를 풀었다.

'으음, 다크 님께서 방어를 풀라고 한 것은 저것 때문이
로군. 진정한 백호의 출현이라니.'

'어떻게 신수가? 하지만 잘된 일이다. 권능의 힘이 출현
하는 것도 반가워해야 할 일인데, 신수라니 말이다.'

다크와 마찬가지로 내상을 빠르게 회복하던 특급 능력자
들도 장혁의 머리 위로 어린 신수의 모습을 보더니 안심할
수 있었다. 드디어 오랫동안 기다려 왔던 자신들의 진정한
주인이 온 것이었다. 다크가 장혁을 향해 한쪽 무릎을 꿇었
다. 순식간에 내상에서 회복한 사도들도 자리에서 일어나
장혁을 향해 한쪽 무릎을 꿇었다. 기사들이 자신들의 주군
에게 하는 예와 다르지 않았다.

"뭐지?"

"어째서 사도님들이……."

회의실이 갑자기 소란스러워졌다.

"그만!"

푸틴이 손을 들어 외치자 장내가 조용해졌다.

"이반의 사도들이 존귀하신 존체를 뵈옵니다."

장내가 조용해지자 사도들이 한목소리로 일제히 외치며 고개를 숙였다.

"후후후, 반갑군."

"영광입니다."

장혁이 미소를 흘리며 말하자 또 다시 일제히 대답을 하는 사도들이었다.

"앞으로 나를 따른 텐가?"

"죽음으로서 존하를 따르겠습니다."

"좋다. 거두어들이지."

한목소리로 된 대답에 장혁이 손을 들며 화답했다.

'배, 백호의 기운이다.'

'은혜를 베푸시는 건가?'

장혁의 손을 통해 막대한 기운이 밀려들자 고개를 숙인 사도들의 표정이 환희로 물들었다. 자신들의 능력을 한층 업그레이드시켜 줄 스피릿 파워가 늘어나고 있었기 때문이었다.

─푸틴 앞으로 이들이 너를 도울 것이다. 동유럽을 발아

래 놓도록! 너희들도 푸틴을 따라 내 뜻이 어긋나지 않도록 하라.

─충성을 다하겠습니다.

푸틴을 비롯한 열 명의 사도들이 일제히 텔레파시로 대답했다. 장혁에게 충성을 서약한 것이다.

─그만 가 보도록 하겠다. 나머지는 알아서 처리하도록!

─살펴 가십시오.

장혁이 자리에서 일어나 밖으로 향하자 푸틴과 사도들이 일어나 깊게 고개를 숙였다. 나머지 사람들도 영문을 알 수 없었지만 그들을 따라 고개를 숙이며 장혁을 배웅했다.

"가시려는 것입니까?"

회의실 입구에 있던 안나가 다가와 물었다.

"여기서 내가 해야 할 일도 없는 것 같고, 이제는 돌아가 봐야지."

"모시겠습니다."

안나는 까듯하게 인사를 하며 회의실 문을 열었다. 들어올 때 보다 더욱 정중한 모습으로 장혁을 대하는 모습을 그녀도 장혁의 머리 위로 떠오른 백호의 모습을 보았기 때문이었다. 그녀도 광활한 유라시아의 지배자가 드디어 탄생했다는 것을 안 것이다.

"후후, 좋은 일이 있었군?"

문을 여는 안나를 향해 장혁이 말했다.

"덕분에 능력을 각성할 수 있었습니다."

"그것 덕분인가?"

"보여 주시는 순간, 잊고 있던 제 자신을 찾을 수 있었습니다. 이제는 동생에게 할 말이 있을 것 같습니다."

"아직은 불안정하니 안가로 가서 좀 봐 주도록 하지."

"영광입니다."

백호를 보는 순간, 자신의 본질을 깨달았다. 깨닫기는 했지만 자신의 것으로 만들지는 못한 탓에 불안했는데 고맙지 않을 수 없었다.

"후후후."

고개를 숙이는 안나의 얼굴에 홍조가 어리는 것을 보면 장혁이 미소를 지었다.

장혁이 회의실을 벗어나 크레믈린을 떠난 후 회의는 빠르게 진행이 되었다. 세 명의 사도가 참석하지 못했지만 전언으로 모든 것을 푸틴에게 맡긴다고 했거니와 회의에 참여한 사도들이 푸틴을 적극적으로 지지했기 때문이었다.

소련의 완전한 해체 이후의 일들이 빠르게 의논이 되었다. 이 자리에서 의논이 끝난 사항은 각 국가별로 곧바로 적용이 될 것이고, 향후 장혁을 위한 발판이 될 일들이었다.

회의에 참석한 자들이 이반의 그늘에 속한 이들이기도 했지만 각국의 권력을 틀어쥐고 있기 때문이었다.

의논의 가장 큰 줄기는 소련의 해체 이후 각국의 입장을 정리하는 것이었다. 공표되지는 않겠지만 상호 방위 조약과

경제권의 통합을 목표로 모든 것을 정리해 갔다.

동유럽의 향후 행보에 대한 논의는 빠른 진행에도 불구하고 하루가 걸렸다. 의논할 사항들은 물론이고 각국의 이해관계를 조율할 일도 워낙 많았기 때문이었다.

"협조해 주신 덕분에 빠른 결론이 났지만 워낙 의논할 것이 많아서 꼬박 하루가 걸렸지만 다들 만족할 것이요."

회의를 결산하는 발표에 앞선 푸틴의 말에 다들 고개를 끄덕였다. 참여한 이들 모두 만족할 만한 성과를 얻었기 때문이다.

"어나, 위기 상황이 가긴 것은 아니오. 우리들의 반목을 야기하고 뒤에서 은밀한 음모를 꾸민 자들이 아직 남아 있으니 말이오."

이어지는 푸틴의 말에 다들 안색이 굳었다.

"이곳에 계신 분들 중에 몇 분이 그들과 손을 잡았다는 것을 알고 있소. 하지만 그것이 그들의 분열책으로 인해서임을 알기에 더 이상 책을 잡지는 않겠소."

몇몇의 얼굴이 환하게 펴졌다. 이반의 그늘을 지휘하는 수장에 오른 푸틴이 선언한 이상, 더 이상의 책임은 묻지 않을 것이기 때문이었다.

"하지만! 이반이 부활한 지금부터는 더 이상의 배신은 용서하지 않을 것이오. 내 말 명심해야 할 것이오. 나 이반의 명예를 걸고 배반자에게는 지옥보다 더 깊은 암흑을 보여 줄 것임을 말이오."

"이반의 뜻대로!"

사도들이 일제히 외쳤다.

"이반의 뜻대로!"

회의에 참석한 자들도 일제히 합창을 했다.

이반의 그늘이 흔들리지 않는다는 것을 확인한 이상에는 배신할 필요가 없었던 것이다. 서방 세계에서는 알지 못하고 있지만, 사도들을 통해 이반이 가지고 있는 진정한 힘이 깨어났다는 것을 그들도 느끼고 있었던 것이다.

회의를 마친 사람들이 하나둘 회의장을 빠져나갔다. 이제는 해체되었지만 세계를 양분하고 있던 동구권의 실질적인 힘이라고 할 수 있는 이들이 이제 새롭게 변화된 세상을 향해 발걸음을 내딛고 있었다.

"냄새를 맡았을 텐데 어떻게 할 건가?"

사람들이 장내를 비우자 다크

"무슨 일이 있었는지 도청은 불가능한 일이었으니 이곳에 있던 이들에게 알아보라 할 테지만 그것이 쉽지만은 않을 겁니다."

"돌아서는 자가 있을 테지만 진실을 알기는 어렵겠지."

"주군께서도 비밀로 하실 생각은 없으시니 너무 염려하지 마십시오, 다크 님."

"으음, 주군께서 자네를 사랑하시는가 보군."

다크는 새삼스럽게 푸틴을 쳐다보았다. 사전에 주군과 모든 의논을 마쳤다는 것을 상기한 것이다.

"아닙니다. 주군께서 저에게 기회를 주신 것뿐이니 말입니다. 제가 주군의 기대에 부응할 수 있어야 할 텐데 걱정입니다."

다크의 말에 겸손하게 대답을 하는 푸틴이었다.

"자네 많이 달라졌군. 쉽게 변할 성정이 아니었는데 말이야."

"주군을 알게 되면 누구나 저와 같을 겁니다. 신을 거역할 인간은 없으니까요. 부디 밖에 있는 자들도 주군의 뜻을 알아야 할 텐데 걱정입니다. 예정되어 있는 일이지만 주군의 뜻을 거스르면 재앙이 닥칠 테니 말입니다."

"그렇겠지. 이제는 기회를 주시지 않을 테니까."

스피릿 파워를 받으면서 세상의 비밀 중 가장 큰 비밀을 알게 되었기에 다크 또한 푸틴의 말을 이해했다.

"그럼 시작하도록 하겠네."

"그러십시오. 시간이 많이 흐른 뒤에 뵙게 되겠군요."

"건강하게. 자네가 건강해야 주군의 뜻을 온전히 받들 수 있을 테니 말이야."

"걱정해 주셔서 고맙습니다."

"그럼, 가겠네."

다크의 말과 함께 회의실 안에 있던 사도들의 몸이 빛에 휩싸였다. 강력한 스피릿 파워가 발산됨을 느끼며 푸틴이 뒤로 물러섰다.

팟!

순식간에 사도들의 신형이 사라졌다. 공간 이동을 통해 크레믈린을 떠난 것이다.

"후후, 놈들이 정신을 차리기 전에 나도 움직여야 하니……."

미소와 함께 푸틴도 회의실로 떠났다.

아직은 사도만큼 능력이 있는 것이 아니기에 푸틴은 비밀 통로를 통해 크레믈린을 빠져나갔다.

⁘

크레믈린에서 안가에 도착한 장혁을 혜연과 형들이 맞았다.

"일은 잘 끝난 거니?"

"예, 누나. 생각한 것보다 쉽게 끝나서 잘될 것 같습니다."

"다행이구나."

"여기 일이 정리가 됐으니 이제 돌아가셔도 괜찮습니다."

"휴우, 걱정이구나."

한국으로 돌아가도 좋다는 말에 혜연이 한숨을 흘렸다.

"형님이 중간자의 길에 들어서기는 했지만 사정을 알게 된다면 제 뜻을 이해해 줄 겁니다."

"오라버니를 어떻게 설득을 한다고 해도, 스승님이라는 분은 어렵지 않겠니?"

장호는 장혁과 혈육이니 설득할 수 있다고 치지만 서광은 달랐다.

　천산으로 숨어든 중간자들을 대표해 세상에 나온 이이기에 설득이 어려울 수 있었던 것이다.

　초월자가 되려고 하지도 않고, 윤회를 택하지도 않은 채 신들의 유희로 망가진 세상을 고치기 위해 모든 것을 버린 이들이 중간자다.

　신들의 시스템이 망가지고 난 뒤에 인간이 세상에 다시 설 수 있도록 새로운 시스템을 만드는 데 모든 것을 다 바친 이들이다. 중간자는 완벽한 신의 시스템이 무너지고 인간들을 위해 만든 시스템이 불안하기에 삐걱거리는 세상을 조율한다. 신성을 완전히 잃어버렸지만 새로운 권능이 생긴 터라 만만한 존재들이 아니었다. 자칫 적보다 더한 걸림돌이 될 수도 있었다.

　"그럴 테지만 이제는 어쩔 수 없습니다. 이미 개벽은 시작되었으니 말입니다. 누님께서 잘 설득해 주십시오."

　"그렇겠지…… 알았다. 최선을 다해 보마."

　개벽은 시작이 되었다. 신들의 시간으로 볼 때 아주 빠르게 진행이 될 터였다. 중간자 또한 이 거대한 시류에 휩쓸릴 테고 새로운 선택을 해야 한다. 신과 인간의 영역이 융합되고 새로운 시스템이 만들어지면 선택하지 않는 자는 혼돈으로 빨려 들어가 소멸되고 말 것이기 때문이다. 혜연은 장호가 잘못된 선택을 하지 않기를 바랐다. 특히나 스승으

로 인해 그런 것이라면 절대로 말리고 싶었기에 마음을 다
잡았다.

"가시면 기다리고 있는 사람들이 있을 겁니다. 지시를
해 놓았으니 그들과 함께 시작하시면 됩니다."

"알았다."

"바로 이동을 할 테니 준비하세요."

"그래."

은밀가의 사람들이라면 많은 도움이 될 것이기에 혜연이
고개를 끄덕인 후 공간 이동을 준비하기 위해 방으로 향했
다. 도영 등도 곧바로 방으로 갔고, 얼마 지나지 않아 다들
특수복으로 갈아입고 나왔다.

"동기화가 끝났으니 곧바로 갈 겁니다."

"시작해라."

팟!

말이 끝나자마자 혜연을 비롯한 네 사람의 신형이 안가
에서 사라졌다. 공간 이동으로 한국으로 돌아간 것이다.

스르르르!

팟!

대기가 잠시 일렁이더니 혜연의 모습이 나타났다. 한국
을 떠날 때 있었던 공간이었다. 떠날 때와는 달리 미란 이
외에 다른 여자가 일행을 기다리고 있었다.

"수고하셨습니다."

"고생하셨습니다."

혜연 등이 도착하자 미란과 유란은 공손이 고개를 숙이며 인사를 했다. 혈후의 주를 가지고 있는 여인들답지 않게 혜연을 대하는 태도가 무척이나 공손했다. 장혁이 누나로 모셨다는 것도 그렇지만, 혜연이 한국을 떠날 때와는 다른 기도를 가지고 있었기 때문이기도 했다.

'왜 이렇게 떨리는 거지?'

'심령이 흔들리고 있다. 도대체?'

혈후의 주를 흔들리게 할 정도로 강한 기세가 자연스럽게 혜연의 몸에서 흘러나오고 있었다. 그녀들로서도 처음 보는 기운이었다. 무신의 연인으로 인정을 받은 후 달라진 자신들이건만 가지고 있는 힘의 근간이 갑작스럽게 흔들리는 모습에 미란과 유란은 당혹스러웠다.

"고개를 들어라."

"죄송합니다."

"죄송합니다."

너무 떨려 고개조차 들지 못한 것을 인식한 두 사람은 고개를 들었다. 불안한 마음으로 인사를 마친 미란은 혜연의 눈이 유란을 향해 있는 것을 볼 수 있었다.

"제 사촌 동생인 유란입니다. 저와 함께 주군을 따르고 있는 아이입니다."

"당신 사촌 동생도 혁이의 여자인 건가?"

혜연이 단도직입적으로 물었다.

"으음, 그렇습니다. 전생에 저와 함께 무신의 여인이었던 아이입니다."

혜연의 목소리에 심령이 크게 울린 미란은 신음과 함께 대답을 했다.

"호호호! 혁이 녀석, 복이 터졌군."

화를 낼 거라는 예상과는 다른 반응에 미란과 유란이 놀란 눈으로 혜연을 바라보았다. 혜연의 웃음소리로 인해 불안하던 심령이 빠르게 안정을 되찾았던 것이다.

"혁이를 잘 보필해라. 내가 바라는 것은 그것뿐이다."

"알겠습니다."

"염려하지 마세요."

미란과 유란은 온건해진 혜연의 분위기에 마음을 놓았지만 긴장을 푼 것은 아니었다. 혈후조차 가슴을 떨게 만드는 알 수 없는 위엄으로 인해 다시 한 번 고개를 숙이며 공손히 대답을 했다.

장혁의 여인이라는 것을 인정받기 전에는 불안했지만 이제는 그럴 필요가 없어졌다. 마음이 안정이 되자 혜연과 도영 등을 바로 볼 수 있었다. 자신과 동생을 압박하던 기세는 일부러 일으킨 것이 아니었다. 가만히 있어도 자연스럽게 흘러나오는 신성한의 위엄 같은 것이었다.

'그곳에서 무슨 일이 있었던 건지는 모르지만 네 분이 완전히 변해서 돌아오셨다. 내가 느낀 대로라면 아마도 저 네 분을 상대할 자는 그다지 많지 않을 것이다. 도대체 어떤 일이 있었는지……..'

알 수 없는 신성함에 자신도 모르게 경건함을 갖추게 되는 것을 느끼며 궁금증이 일었지만 가슴속으로 삭였다.

"곧바로 가실 건가요?"

"혁이가 부탁한 것이라서 빠르게 처리를 했으면 하는데 괜찮겠어?"

"두 분이 같이 계시는 것을 확인했습니다. 차량을 준비시켜 놓았으니 곧바로 가시면 될 겁니다."

"그럼 바로 가도록 하지. 옛말에 쇠뿔도 단김에 빼라고 했으니 말이야."

"그럼 준비하겠습니다. 차량이 준비되는 동안 옷을 갈아입고 나오십시오."

혜연 등이 옷을 갈아입기 위해 자리를 비우자 이미 장혁에게 연락은 받은 미란은 곧장 밖으로 나가 차량을 수배하고 준비를 했다. 얼마 지나지 않아 일행은 대기하고 있는 차량을 타고 떠날 수 있었다.

'혁이가 따라가라고 했다는 말이지.'

미란과 유란이 같이 따라 붙었다. 미란과 자신은 앞 차에 유란과 동생들은 뒤 따라오는 차에 타고 가는 중이었다. 두 사람은 데려가라는 이유가 궁금했다.

"혁이가 같이 가라고 했는데 어째서인지 알 수 있을까?"

"주군께서 그리 말씀하신 연유는 모르겠습니다만, 아가씨를 수행하다보면 필요한 일이 있을 것이라 하셨습니다."

"서광스님과 오라버니를 만나는 일에 두 사람이 필요하

다는 말이지?"

"그렇다고 하시더군요."

"알았어. 혁이가 그렇다면 무슨 이유가 있겠지."

대답은 듣지 못했지만 필요 없는 일을 시킬 장혁이 아니었기에 혜연은 궁금증을 접었다. 혜연이 침묵에 잠기자 차 안은 적막감이 돌았다. 뒤에 오는 차량도 마찬가지였다. 도영 등은 뭐라고 딱히 할 말이 없었고, 유란은 앞으로 시아주버니가 될 사람들이라 조심스러워 이야기를 꺼낼 수가 없었다.

그렇게 두 시간여가 지난 후, 일행은 서광사에 당도할 수 있었다.

'으음, 어째서……'

차를 세우고 나온 후 암자 앞에 서 있는 서광을 보며 혜연은 알 수 없는 불안감을 느꼈다. 서강이 대적을 만난 것처럼 불같은 안광을 내뿜으며 일행을 노려보고 있었기 때문이다.

장호에게 마음을 허락한 후에 두어 번 만남을 가졌던 서광은 제자의 연인이라고 자신을 무척 아껴 주었는데 지금은 생사대적을 대하는 모습이었던 것이다.

"스님, 어째서 그러십니까?"

"몰라서 묻는 것이냐?"

"무슨 말씀이십니까?"

"세상의 인과율을 비틀어 버리는 존재가 되어 버린 것을 숨길 생각이라면 오산이다."

"으음."

서광은 자신과 동생들의 변화를 알아차리고 있었다.

그러나 그런 변화가 적으로 맞서야 할 이유가 아니라고 생각한 혜연이 서광을 설득하기 위해 한 걸음 움직였다.

"다가오지 말거라. 예가 어디라고!"

서광이 노성을 터트렸다.

"스님! 예전이나 지금이나 저는 저입니다."

"흥! 이미 사리지고 없어야 할 힘을 얻은 자가 할 소리가 아니다. 내 너를 막을 수는 없지만 그리 호락호락하지는 않을 것이다."

서광은 결연한 표정을 한 채 양손으로 하늘과 대지를 밀어내는 금강부동의 자세를 취했다.

짜— 잉!

머리가 울리는 것 같은 고통이 혜연에게 찾아왔다.

'단지 자세만 취하는 것으로 타격을 줄 수 있다니. 우리와는 상극인 것인가?'

자신뿐만 아니라 동생들도 타격을 입은 것 같았다.

특급 능력자의 권능에도 아랑곳하지 않았던 그녀로서는 의외가 아닐 수 없었다.

"일단 오라버니를 뵙고 싶습니다."

"너희들과는 인연이 끊어졌다. 그러니 썩 돌아가거라."

"달라졌다 하여 끊어질 인연이라면 여기까지 오지도 않

앉을 겁니다."

"내 말을 허투루 듣는구나."

서광은 장호와의 만남을 허락하지 않으려는 듯 금강부동의 자세에서 합수인(合手印)을 취하여 오른손을 앞으로 밀어냈다.

우우우웅!

팡!

대기가 파열되며 주변의 경관이 변했다. 암자는 온데간데없고 사방이 황무지로 변했다.

서광이 천기를 읽고 미리 준비한 결계가 발동한 것이다.

"이곳은 파천황의 땅이다. 너희들은 이곳에서 소멸되어야 할 것이다."

이미 인연이 끊어진 신성이 다시 이어지는 것은 세상의 붕괴를 초래하는 일이다. 새로 쌓아 올린 인과율과 부딪쳐 거대한 혼돈이 만들어지고, 블랙홀처럼 모든 것을 빨아들일 것이기 때문이었다. 서광은 한 번도 본 적이 없지만 과거를 지배하던 신성의 출현을 직감했고, 자신과 제자에게로 다가온다는 것을 예감한 후 곧장 행동에 들어갔다. 자신이 가진 모든 것을 쏟은 것도 모자라 수명을 깎아 가면서까지 암자 주변에 결계를 치고 맞설 준비를 했다.

'암자 주변에 펼쳐진 결계에서 발생하는 파장이 내 힘을 깎아먹고 있다. 도대체 어떤 결계이기에……'

도저히 정체를 알 수 없는 힘이다. 신성을 되찾았는데 맞설 수도 없을 만큼 결계의 힘에 속박되어 버렸다. 장혁과 같이 있었을 때는 세상에 무서울 것이 없었지만 지금은 두려웠다.

사사삭!

혜연과 도영 등이 몸을 바들바들 떨며 아무것도 하지 못하고 있을 때 미란과 유란이 전면과 후면에 빠르게 자리했다.

파파파팟!

핏빛 사슬이 두 사람의 몸에서 튀어나와 일행을 감쌌다. 수도 헤아릴 수 없는 가느다란 수많은 사슬들이 얽혀 들더니 결계가 압박해 오는 힘을 막았다.

"차앗!"

결계의 힘을 방어하는 붉은 사슬의 막이 빠르게 생성되자 광은 수인을 맺고는 손가락으로 하늘을 가리킨 후 그대로 내리그었다.

번쩍!

우유빛 광채가 생성되더니 번개처럼 핏빛 막에 내리꽂혔다.

출렁!

혈막이 원을 그리며 움푹 꺼져 들어갔다.

그러나 깨질 듯이 위태로웠던 것도 잠시, 수인으로 내리긋던 손가락이 사광이 더 이상 내려가지 못하고 멈춰 섰다.

"으으으!"

서광은 이를 악물며 혈막을 가리키는 손가락을 내리려 애를 썼지만 소용이 없었다. 꺼져 가던 혈막이 서서히 부풀기 시작했고, 서광의 손가락은 점점 들어 올려졌다.

힘에 겨워하는 서광과는 달리 밀려 들어가던 혈막은 탄성을 가진 공처럼 원상태를 회복하고 처음 만들어졌을 때보다 더욱 팽창해 나갔다.

주르륵!

서광의 입가로 핏물이 흘러내렸다. 혜연 일행을 맞서면서 너무 과도한 힘을 쓴 탓에 내상을 입은 탓이었다.

'이대로 밀리면 장호까지 위험하다.'

얼마 전에 새로운 경지에 발을 디딘 제자였다. 금강의 비전을 깨우치자마자 곧바로 명상에 든 후 아직까지 깨어나지 못하고 있었다. 이대로 새로운 신성이 팽창한다면 제자의 안위조차도 장담할 수 없었다. 완성되지 않은 금강의 권능이 신성과 부딪치게 되면 백이면 백 폭주할 것이기 때문이었다.

'크으, 조금만 시간이 더 있었더라면…….'

제자와 함께라면 새로운 신성이 출현했다 하더라도 충분히 견제할 수 있었지만, 그렇게 하기는 어려운 상황이라 혼자서 준비를 했다. 신의 의지라는 신성에 대항하는 일이었다. 극에 이르지 않은 금강의 힘으로 맞서는 것이기에 애초부터 무리를 할 수밖에 없었다.

'으음, 내 모든 것을 건다.'

서광은 죽음을 생각했다. 영혼을 불살라 얻어지는 힘이 아니라면 막을 수 없는 상황이기 때문이다. 제자를 살리고 훗날을 기약하기 위해서는 자신의 죽음이 반드시 필요했다.

서광이 지금 펼치려 하는 금강산화(金剛散火)는 죽음의 수법이다. 자기희생을 바탕으로 하는 금강밀문의 최고 비전이었다.

—그만하세요. 계속하실 생각이라면 주군께서 아파하실 겁니다. 당신의 제자분도 말입니다.

—요망한 것!

삼단전을 깨트려 금강산화를 펼친 서광은 심령을 울리는 미란의 목소리에도 파공을 멈추지 않았다.

—그렇다면 할 수 없군요.

주군인 장혁이 예상하신 대로 서광은 자신들을 용납하지 않았다. 세상을 비트는 부정한 힘과 맞서 수천 년을 싸워온 비문의 수장다웠다.

목숨을 도외시한 동귀어진의 수법을 펼치려는 서광은 마음의 문을 닫았다. 설득하려고 해 봐야 소용이 없을 것 같았다.

—유란아, 어쩔 수 없다. 주군 말씀대로 저분을 제압해야 되겠다.

—알았어요, 언니.

슈슈슈슈슈!

유란의 대답과 함께 서광의 몸으로 핏빛 광선이 수도 없이 몰아쳤다.

피피피핏!

실보다 가는 핏빛 사슬이 서광의 전신에 꽂혔다.

'커억, 이건?'

서광의 몸이 잘게 떨렸다. 파공을 향해 치닫던 진원이 멈춰 서며 자신의 의지와는 달리 다른 힘에 의해 통제되기에 벌어진 현상이었다.

─다시 한 번 경고합니다. 그만하십시오!

금강산화가 펼쳐지는 것을 틀어막은 유란은 강한 어조로 서광이 대항을 그만두기를 재촉했다.

'크으, 저 여아들이 누구기에 가진 힘이 이리도 강하단 말이냐? 그리고 이 기운의 정체도…….'

기운이 통하는 통로들을 강제적으로 막아 금강산화를 차단시킨 두 여인이 정체와 권능에 가까운 알 수 없는 힘이 궁금하지 않을 수 없었다.

─금강의 가진 힘을 꺾어 버리다니 도대체 너희들은 누구냐?

─이제야 이야기를 하실 마음이 드신 모양이군요.

장혁의 부탁이 있었지만 유란의 싸늘함은 풀리지 않았다.

─다시 한 번 묻겠다. 너희는 누구냐?

─섭섭해 하실 테니 말씀드리지요. 우리들은 무신의 반려들입니다.

─무신의 반려라니, 무슨 말이냐?

서광이 가늘게 눈을 떨며 물었다. 모르는 척하는 서광에게 유란의 텔레파시가 싸늘하게 전해져 왔다.

—역시, 주군의 말씀처럼 모르는 척하시는군요.

—으으음.

—정녕 모른다고 할 건가요?

—모, 모른다.

—최초의 배반자답게 역시나 부정을 하는군요.

부르르르르!

서광의 전신이 떨렸다.

'모든 것을 알고 온 것이 분명하다.'

무신을 지키는 최후의 보루이자 세상의 중심을 지키는 것이 현무.

아무도 모르게 세상의 인과율을 비트는 트러블을 제거하고 시스템을 지키는 역할을 맡았었다.

그럼에도 현무는 무신을 배반했다. 신성이 남아 있는 신들을 충동질하고, 나머지 사신을 욕망을 자극해 세상을 동토의 세계로 만든 것이 바로 자신의 뿌리이기에 서광은 유란의 말을 부정했다.

—배신이 아니다. 무신의 존재 자체가 세상을 무너트릴 위험이었다. 현무는 임무에 충실했을 뿐이다.

—알아요. 당신이 어째서 배반의 길을 걸어야 했는지 말이죠.

—으음.

―당신의 배신은 무신께서 사신을 창조할 때 현무에게 주신 사명이에요.

―무, 무슨 말이냐?

―당신이 계승한 현무는 무신의 의지에 의해 배반의 칼을 처음부터 잉태하고 있었다는 말이에요.

―사, 사실이냐?

―사실이에요. 무신에 대한 배신은 다른 사신들도 마찬가지였어요.

―어째서 그런 거지?

사신은 세상을 수호하기 위한 무신의 의지였다. 그런데 태생부터 무신을 배반하게끔 창조되었다는 소리가 이해가 가지 않았다.

현무의 사명은 굳건한 지킴이었다.

세상을 지키기 위해 자신을 창조한 이도 배반할 정도로 의지가 확고했다.

창조주를 배신하는 것은 인과율의 법칙상 절대적으로 있을 수 없는 일이다.

금강을 이은 현무들은 지금까지 그 누구도 이러한 사실에 의문을 가진 적이 없었다. 유란의 말대로 창조 당시 무신의 의지가 작용하지 않는 한 불가능한 일이다. 그러면 어째서 무신은 그런 의지를 현무를 이은 이에게 심은 것일까? 현무의 배신이 이미 예정되어 있었다는 것은 아무리 생각해도 모를 일이었다.

—도대체 이해를 하지 못하겠다. 네가 한 말이 무슨 뜻이냐?

　—우리가 어떤 존재인 것 같나요?

　서광의 반문에 유란은 자신의 의지를 드러냈다.

　—허억!

　온갖 번뇌가 유란의 의지에서 흘러나왔다. 오욕(五慾)과 칠절(七情)에서 비롯된 만물의 사념이었다. 너무도 강렬해 오랫동안 키워 오며 전승해 온 금강의 기운마저 흔들릴 정도였다.

　—호호호, 우리는 무신의 반쪽이에요. 당신이 가진 기원이 무신이 창조한 현무인 이상 대항할 수 없는 힘이에요.

　흐려지는 의식을 붙잡으려 안간힘을 쓰는 서광을 바라보며 유란은 혈후의 권능을 거두었다.

　—진짜 무신의 반려였군.

　—맞아요. 이제 들을 준비가 됐나요?

　육체와 의지가 완전히 제압당한 유란의 말에 서광이 고개를 끄덕였다. 이제부터 듣는 이야기가 진실이라는 것을 알기에 그 어느 때보다 표정이 무거웠다.

　—혼돈으로부터 비롯된 무신의 신성은 너무도 강했어요. 다른 모든 신들을 압도할 정도로 말이죠.

　—너무도 무서운 힘이지.

　—맞아요. 신들에게는 너무도 두려운 존재였지요. 존재하는 것만으로 그들이 가진 신성이 복속될 수밖에 없었으니

말이죠. 하지만 그것보다 더 큰 문제가 있었어요.

—더 큰 문제라니? 그게 뭐지?

—신성뿐만 아니라 무신은 마성도 가지고 있었어요. 그리고 그 마성은 세상의 사념을 전부 합친 것 보다 커졌죠.

알려지지 않은 일이었다. 그를 두려워하던 신들도 알아차리지 못했었다.

—무신은 신성만 가지고 있었다.

—그렇게 보였겠지요. 무신은 자신의 의지로 마성을 누르고 있었고 말이죠.

유란의 대답을 들으며 서광은 뭔가 짚이는 것이 있었다.

—조, 존재를 분할한 것인가?

—맞아요. 무신은 사신과 혈주로 자신의 힘을 나누었어요. 혼돈에서 분화된 두 권능이 너무 강해서였죠. 그렇게 하지 않으면 세상, 아니! 차원 전부가 소멸하고 말았을 테니까요.

서광은 무신이 무엇을 하고자 했는지 짐작이 갔다. 너무 커진 힘을 세상에 뿌리고 태초로 돌아가고 싶었던 것이 분명했다.

—그렇다면 무신은 혼돈으로 돌아가고자 했던 건가? 세상을 위해서 말이야.

—맞아요. 하지만 그것도 쉽지 않았어요. 무신께서는 인간을 너무 사랑하셨으니까 말이에요

—인간으로서의 미련이 남아 있었기 때문인가?

—그랬어요. 인간으로서 창조의 능력까지 손에 쥔 무신께서는 자신이 사라지고 난 뒤에 벌어질 신들의 방종을 그냥 둘 수 없었으니까요.

'이제야 알겠군. 현무의 유지가 금강인 이유를 말이야.'

믿을 수 없는 이야기지만 사실이 분명했다. 신들의 방종은 지금도 계속되고 있다. 그것도 인간과 야합하여 새로운 권력으로 자신들의 아성을 공고하게 만들고 있다. 현재의 세상에서 인간에게 작용하는 금력과 무력이라는 기제는 신의 권능을 능가했다.

교묘히 비틀린 두 기제의 힘은 신을 부정하거나 맹목적으로 따르게 만드는 수단으로 사용되어졌다. 여기에 신들이 스스로 포기한 권능이 더해지게 되면 이건 재앙이나 마찬가지다. 신의 장난에 놀아나는 꼭두각시가 되어 버릴 것이 분명한 인간들은 존재의 이유를 상실할 것이고, 이는 세상의 종말을 의미했다. 사용자가 없는 시스템은 그 의미를 잃어버리기에 멈출 수밖에 없는 까닭이었다.

—내게 원하는 것이 무엇이냐?

—당신 가지고 있는 혈주와 주작의 행방이 주군께서 원하시는 거예요.

—주작의 행방이라면 알려 줄 것이 있다만 혈주는 내게 없다.

무신의 다른 이면인 혈후에게는 그 어떤 거짓도 소용없다는 것을 알기에 서광은 순순히 밝혔다.

—주군께서 혈주는 당신에게 없다고 하더니 역시나 예상대로군요. 그럼 안에 계신 분께 간 건가요?

　—그, 그렇다.

　서광의 목소리가 자신도 모르게 떨렸다.

　—많이 정화가 된 것 같네요. 그렇게 쉽지 않은 일이었을 텐데 말이죠.

　—금강은 견고하다.

　혈주의 사기를 지우기 위해 현무를 이은 존재들은 오랜 세월 노력해 왔다. 그야말로 끊임없는 싸움이었다. 금강지기를 길러 혈주에 얽힌 사념을 씻어 내는 것은 그야말로 인고의 노력 없이는 불가능한 일이었다. 수천 년이 흘러 자신의 대에 와서 간신히 정화가 끝나 제자에게 넘길 수 있었기에 서광의 자부심은 대단한 것이었다.

　'아직은 모르고 있는 모양이구나.'

　유란도 그런 노력을 폄하할 생각이 없었지만 장호에게 건네진 혈주는 정화된 것이 아니었다. 정화된 것이 아니라 오히려 더욱 순수해져 사념이라고 인식하지 못할 것으로 변해 버렸다는 것을 서광이 모른다는 것이 문제였다.

　—당신은 모르고 있나 보군요. 그분이 남기신 혈주는 현무의 힘으로는 절대 변화시킬 수 없다는 것을 말이죠.

　—혈주는 정화되었다. 의지는 아니지만 근원에 가까운 힘으로 바뀌었다는 말이다.

　서광이 얼굴을 붉히며 항변했다.

—근원에 가까운 힘으로 변했다는 것은 맞아요. 하지만 당신 생각처럼 혼원의 힘에 가까워진 것은 아니에요.

—무, 무슨 소리냐?

—당신이 착각한 거예요. 순순하게 변한 탓에 어우러진 기운은 신들이라도 혼원으로밖에는 인식하지 못할 테니까요.

—그것이 사실이냐?

—내가 말하지 않아도 조금 있으면 직접 확인하게 될 거예요. 당신이 생각한 것이 틀렸다는 것을 말이죠.

—으으음.

'사실일까? 아니다. 혈주의 사기는 확실히 제거를 했다. 그런데 어째서 이런 말을 하는 걸까?'

오욕과 칠정의 근원을 한 번도 체험한 적이 없기에 서광은 갈피를 잡을 수가 없었다.

"이, 이건!"

고민하던 서광이 갑자기 육성을 토했다. 암자 안에서 흘러나오기 시작한 기운 때문이었다.

—인간이 가진 모든 감정의 근원이 깨어났네요. 안에 계신 분께서 당신이 준 혈주의 균형을 깨트렸나 보군요.

오욕과 칠정이 어우러지며 발산되는 인간의 감정들이 무엇을 말하는지 누구보다 잘 알고 있는 서광의 얼굴이 하얗게 변했다. 유란의 말대로 자신이 정화되었다고 알고 있는 혈주의 기운은 더욱 순수하게 변해 버렸던 것이다.

'어떻게 한 자리에 있을 수 있는 거지?'

오욕과 칠정이 이렇게 한꺼번에 모이지 못한다. 상쇄되는 힘으로 인해 소멸되어 버리고 마는 것이다. 그런데 이렇게 하나로 모여 있었다. 인과율에 어긋나는 일이었다.

'흔들리고 있기는 하지만 아직까지 장호는 무사하다. 어떻게 해서든지 막아야 하는데 큰일이구나.'

극한이나 다름없는 기운의 순수함에 접촉한다면 한순간 흡수되는 것이 이 세계의 법칙이다.

금강의 힘으로 퍼져 나가고 있는 근원의 힘을 막고 있기는 하지만 그리 오래가지 않을 것이 분명했다.

—내가 어떻게 해야 하는 건가?

—저희와 함께 결계를 계속해서 유지해 주세요. 안에 계신 분을 구하실 분은 따로 있으니까요.

—혜, 혜연인가?

—저분이라면 안에 계신 분을 구하실 수 있을 거예요.

—그렇게 하도록 하지.

—당신에게 가해진 금제를 풀어 주도록 하겠어요. 만에 하나라도 다른 생각을 품고 있다면 버리는 것이 좋을 거예요.

—걱정하지 마라.

유란의 말에 서광은 고개를 끄덕였다. 무신의 뜻이 어디에 있었는지 사실을 알게 된 그로서는 제자를 구하는 것이 급선무였다.

서광의 전신에 꽂혀 있던 핏빛 실들이 빠르게 물러났다.

'일단 금제는 풀어 준다는 것인가?'

서광은 몸속으로 스며드는 활기찬 기운에 어느 정도는 안심을 할 수 있었다. 자신을 충분히 제거할 수 있음에도 여유를 준다는 것은 싸울 의도가 없다는 것을 뜻했기 때문이다.

"이제부터는 저분에게 맡겨 주세요. 그럴 수 있겠지요."

유란이 육성으로 서광에게 물었다.

"진짜 혈주를 제거할 수 있는 건가?"

"이 자리에 있는 이들 중에는 저분이 유일하게 가능합니다."

"믿어 보도록 하지."

서광은 유란의 대답에 남아 있던 의구심을 지웠다.

8장.
사서지가(史書之家)

유란은 뒤에 서 있던 혜연을 향해 갔다.

"무슨 일이지?"

혜연이 경계심을 드러내며 물었다.

"안에 계신 분이 지금 위험한 상태에요. 이렇게 빨리 혈
주가 전해질지 몰랐어요."

"혈주라니? 장호 오라버니에게 문제가 생긴 건가?"

"맞아요. 문제가 생겼어요. 그걸 해결할 수 있는 건 지
금으로서는 당신뿐이에요."

"내가 어떻게 해결해야 하는 거지?"

장혁이 같이 보냈다면 믿을 수 있을 것이기에 혜연은 차
분하게 방법을 물었다.

"주군께서 이런 자리라서 미안하다고 전해 달라는 말씀

하시더군요. 들어가 보세요. 방법은 스스로 아실 수 있을 거예요."

직접적으로 말하지는 알았지만 대충은 상황을 알 수 있는 말이었기에 혜연의 얼굴이 굳어졌다.

"소리가 새어 나가지 않도록 해 줬으면 좋겠군."

"저도 여자예요. 그런 것은 걱정하지 마세요."

"고맙군."

유란의 대답을 들으며 혜연은 암자 안으로 들어갔다.

"지금부터 위험한 일이 벌어질 거예요. 다들 제가 지시하는 대로 주변에 결계를 펴세요."

"누님에게 위험한 일은 없는 건가?"

두 사람의 대화를 듣고 있던 도영이 일행을 대표해 물었다. 아주 심각한 표정으로 암자로 들어간 혜연이 걱정이 되었기 때문이다.

"위험 같은 것은 없을 거예요. 지금은 궁금해하기보다는 결계를 치는 것이 먼저예요."

"그렇게 하도록 하지."

대답과 함께 도영들이 재빨리 자리를 잡았다.

암자를 중심으로 삼각형을 그린 세 사람의 뇌리로 유란의 텔레파시가 전해져 왔고, 각자의 힘을 방출해 견고한 결계를 완성했다. 외부로부터 침입을 방어하기 위한 결계였다.

"당신도 준비를 하세요. 지금부터 그 누구도 안으로 들어올 수 없도록 해 주면 될 거예요."

"침입을 방지하는 결계인가?"

"맞아요. 주변에 결계를 친 것이 당신이니까 방향을 돌리는 것은 어렵지 않을 거예요."

"그건 쉬운 일이다만 너희들은 무엇을 할 생각인가?"

결계를 다시 움직이게 되면 신경을 집중하느라 미란과 유란을 더 이상 경계할 수 없기에 서광이 물었다.

"우리 둘은 암자에서 흘러나오는 기운을 차단할 거예요. 우리도 전력을 다해야 하니까 부탁할게요. 안에서 흘러나오는 힘을 막다 보면 무방비 상태가 돼서 당신에게 좋은 기회가 되겠지만 그렇게 하지 않는 것이 좋을 거예요."

"알았다. 결계를 치도록 하지."

약점을 드러내면서까지 부탁하고 있었다. 자신으로서는 기회가 될 수도 있지만 서광은 고개를 끄덕일 수밖에 없었다. 진짜 혈주의 기운이 새어 나온다면 세상은 아비규환 속으로 빠질 수밖에 없다는 것을 누구보다 잘 알았던 것이다. 서광은 자신이 준비한 결계의 중심으로 갔다. 풀어진 결계의 방향을 돌려서 다시 한 번 엮어 내기 위해서였다.

잠시 후 희미한 광채가 서광의 몸에서 일어났다. 수인을 짚어 가는 그의 손길을 따라 거대한 결계가 되살아났다. 유란이 요구한 대로 외부의 침입을 방어하는 결계였다. 서광이 만들어 낸 결계의 힘이 도영과 창우, 민호가 펼친 장막 위를 뒤덮었다.

"언니, 우리도 시작해야 해."

"알았다. 너도 조심해라. 자칫 기운이 새어 나가면 그들도 알아차릴 수 있으니까 말이다."

혈주의 존재가 드러나서는 곤란했다. 특히나 태륜 쪽에 드러난다면 상당히 골치 아픈 문제를 야기할 공산이 컸다.

"걱정하지 마. 아무리 혈주라고는 하지만 삼중으로 쳐진 결계를 뚫고 나갈 수는 없을 테니까."

"그럼, 시작하자."

피피피핏!

미란은 대답과 함께 붉은 실들 발출했고, 유란 또한 화답하듯 자신의 기운을 풀어냈다.

차르르르르!

씨줄과 날줄처럼 서로 교차하며 옷감을 만들어 내듯 두 사람의 기운이 교차하며 거대한 그물을 완성했고, 암자를 덮어 나갔다. 암자로부터 뻗어 나온 가공할 기운이 견고하게 완성된 결계가 흔들리기 시작한 것은 얼마 지나지 않아서였다.

퍼퍼퍽!

색깔 없는 투명한 기운이 암자를 뚫고 나왔다. 정신을 아찔하게 만드는 기운은 연이어 미란과 유란이 만들어 낸 붉은 장막을 두들겼다.

―언니, 뚫리면 큰일이야.

―아, 알았다.

가공할 기운이 결계를 뚫고 흘러나오려고 연신 두들기고 있었기에 유란은 다급하게 힘을 끌어 올렸고, 미란도 뒤를 이어 기운을 보탰다.

두 사람은 필사적으로 결계를 유지했다. 자신들은 상관없지만 혈주의 기운이 새어 나오는 순간 외부로부터 이들이 위험하기 때문이었다.

혜연이 암자 안으로 들어간 지 1시간이 되어 갈 무렵 결계가 흔들렸다. 새어 나오지도 않은 혈주의 기운의 여파로 인해 심령이 흔들렸기 때문이었다. 혈주가 내뿜는 기운은 직접적으로 닿지 않았음에도 네 사람의 정신을 흔들었고, 대항하느라 다들 피곤에 지친 탓에 결계가 흔들리고 만 것이었다.

—다들 힘을 내세요. 조금만 기다리시면 끝날 거예요.

간신히 혈주의 기운을 막고 있던 유란이 텔레파시를 보냈다. 이런 상황에서 누군가 침입한다면 돌이킬 수 없는 사태가 발생해 버리기에 다급할 수밖에 없었다.

신성을 가지고 있지 않았지만 그와 비견되는 권능의 힘이 밖으로 새어 나왔다면 네 사람은 오염될 수밖에 없다.

그렇게 되면 세상은 가장 잔혹한 악마를 맞이하게 된다. 인성이 사라져 버리고 오직 욕망만을 추구하는 비정의 악마를 말이다. 네 사람은 서둘러 힘을 끌어 올리며 정신을 집중했다. 흔들리던 결계는 안정을 되찾았다.

—유란아, 얼마나 견딜 수 있을까?

—그래도 잘 버티고 있어요. 주군의 예상대로에요. 잘하면 혈주를 제어할 수 있겠지만 아마 어려울 거예요.

—그렇겠지?

—신성을 잃어버린 신이에요. 그녀가 혈주를 진정시킬 수는 있겠지만 제어는 어려워요. 지정이 되는 순간 우리가 회수를 해야 해요. 기회는 잠깐뿐이니 우리도 집중해야 해요. 언니.

—알았어. 유란아.

장혁이 요구한 것도 그것이다.

폭주하는 혈주가 가이아의 힘을 만나 진정이 되기 시작하면 회수하는 것이 두 사람의 임무였다. 원래는 장혁이 직접 해야 하는 일이지만, 아랍의 일을 해결해야 하기에 한국으로 돌아올 수 없는 상황이었다. 혈주의 움직임을 감지했지만 직접 회수할 수 있는 상황이 아니라 어쩔 수 없이 두 사람을 나서게 했던 것이다. 결계를 두들기던 혈주의 힘이 점차 가라앉기 시작했다.

—언니, 준비해.

—알았어.

혜연이 가진 권능이 혈주의 힘을 안정시킨 것을 확인한 유란과 미란은 결계를 축소시켰다.

와드드득!

암자가 부셔져 나가고 그물에 걸린 고기처럼 두 사람이 딸려 나왔다

―모두 눈을 감아요!

갑작스러운 유란의 텔레파시에 결계를 유지하고 있던 네 사람은 급히 눈을 감았다.

혈막에 갇혀 암자를 빠져나온 두 남녀는 발가벗고 있었다. 두 사람이 나체로 있는 것은 혜연이 폭주를 막기 위해 자신의 모든 것을 장호에게 주었기 때문이었다.

암자로 들어선 혜연으로 인해 장호가 가지고 있던 욕념이 순식간에 폭주했다. 가장 순수한 상태로 거듭나던 혈주에 이질적인 기운이 침습했기 때문이었다. 장호의 거친 행동에 반항하지 않았던 혜연은 태어나 처음으로 육체 관계를 가져야 했고, 유란이 자신에게 했던 말을 이해할 수 있었다.

자신을 갖는 순간에 혈주가 폭주를 잠시나마 멈추었고, 장호가 정신을 차렸던 것이다. 혜연은 자신의 권능으로 장호를 감싼 후 끊임없이 의식을 일깨웠다. 장호 또한 느닷없는 상황이었지만 혜연의 눈동자를 보며 혈주의 폭주를 멈추기 위해 노력했고, 점차 안정을 찾아갔다.

그러나 혜연의 신성이 바탕이 되지 않은 권능은 무한한 것이 아니었다. 확장을 멈추지 않았던 혈주가 본래의 모습으로 돌아가려는 순간이 찾아왔지만, 혜연은 어느새 한계에 다다르고 있었다. 혜연의 상태를 파악하고 장호가 안간힘을 다해 애를 썼지만 그마저도 소용없이 다시금 혈주가 폭주를 하려 할 때 미란과 유란이 펼친 혈막이 두 사람을 덮쳤다.

혈주를 싸매듯 봉인하는 혈막의 힘을 느끼며 두 사람은 정신을 잃었다. 정신마저 한계에 다다른 까닭이었다.

—유란아, 나는 두 사람을 보호할 테니 넌 혈주를 봉인해.

혈막에 감싸여 허공에 있던 두 사람을 바라보며 미란이 급히 텔레파시를 보냈다.

—알았어, 언니.

유란은 급히 자신의 힘을 분리시켜 혈주를 자신의 힘으로 봉인했고, 미란은 두 사람을 혈막으로 감싼 후 지상으로 내려놓았다. 혈막이 울룩불룩 부풀어 오르며 저항을 하자 미란은 급하게 유란의 등 뒤에 손을 가져다 댔다.

—이제는 마지막이다. 힘을 내!

—알았어.

간신히 혈주를 제어하고 있던 유란은 새로운 힘이 유입되자 이를 악물었다. 두 사람이 힘을 합치자 혈막이 점차 안으로 오므라들었다. 점점 더 작아진 혈막은 순식간에 작은 구슬정도의 크기로 변했다.

꿀꺽!

유란은 작아진 혈막을 입으로 가져가 삼켰다. 그리고는 가부좌를 한 후 자신이 가진 근원의 기운으로 빠르게 감쌌다. 붉은 혈광이 유란의 전신에 어렸다가 천천히 가라앉았다.

"휴우~!"

"다행이다. 유란아, 수고했어."

봉인을 끝내고 한숨을 내쉬는 유란을 향해 미란이 미소를 지으며 말했다.

"언니 덕분이야. 두 분 다 옷이 필요한 것 같으니 어서 가져다줘. 트렁크에 있을 거야."

"알았어."

미란은 곧바로 차가 있는 쪽으로 향했고, 유란은 아직까지 결계를 형성하고 있는 네 사람에게 텔레파시를 보냈다.

─이제는 됐으니까, 결계를 풀어요. 정말 수고하셨어요. 그리고 아직은 눈을 뜨면 안 돼요.

털썩!

유란의 텔레파시가 끝나자마자 결계를 거둔 네 사람이 바닥에 주저앉았다. 유란의 당부대로 네 사람은 눈을 뜨지 않았다.

"유란아, 어서 옷을 입혀."

"알았어."

유란과 미란은 혜연의 옷을 빠르게 입혔다. 손을 대기 거북한 장호는 나중에 도영 등에게 부탁할 생각이었다.

"얼른 일어나서 이분에게 옷을 입혀 주세요."

혜연의 옷을 다 입힌 유란이 도영 등에게 말했다.

잠시 숨을 돌리고 있던 도영 등은 자리에서 일어나 묵묵히 장호에게 옷을 입혀 나갔다.

"어떻게 된 일입니까?"

"이분의 내부에서 폭주하던 힘을 혜연 님이 고생을 해주신 덕분에 간신히 봉인할 수 있었어요. 지금은 지치신 상태라 두 분 다 정신을 잃으신 거구요."

"그랬군요."

"이제는 어서 빨리 이곳을 벗어나야 해요. 밖으로 새어나가지 못하게 했지만 혹시나 모르니까요."

"노리는 자들이 있다는 말입니까?"

"태륜이라면 그럴 가능성이 높아요."

"그럼 어서 떠나야겠군요."

"혜연 님은 저희들이 모실 테니, 장호 님을 모셔 주세요."

"알았습니다."

"서두르자. 형님을 내게 업혀 다오."

도영은 두 사람에게 말한 후 장호를 자신의 등에 업게 했다.

옆에 있던 미란도 혜연을 등에 업었다.

"저희와 같이 가시죠."

유란이 서광을 바라보며 말했다.

"가지."

연유를 듣기 위해서라도 같이 가야 했기에 서광은 자리에서 일어나 순순히 유란의 뒤를 따랐다. 정신을 잃은 두 사람을 빠르게 차로 옮긴 일행은 서둘러 서광사를 떠났다. 산길을 타고 내려온 차량은 강변도로를 들어선 후 서울로 향했다. 서울로 진입하고 얼마 있지 않아 유란의 뇌리로 장혁의 텔레파시가 들려왔다.

—대화가 가능해?

—가능해요, 조금 전에 봉인을 끝냈어요. 다들 무사하구요.

—힘들었을 텐데 고생했어.

장혁의 말에 유란이 빙그레 미소를 지었다. 보조석에 있던 미란도 유란의 미소를 보며 따라 웃었다. 유란이 장혁과 대화를 나누고 있다는 것을 인지하고 있었던 것이다.

—아, 아니에요. 다들 힘을 보태 주신 덕분에 무사히 봉인을 할 수 있었어요.

—아니야. 두 사람이 아니었으면 이번 일은 실패할 수밖에 없는 상황이었어.

—저희 보다는 혜연 님의 희생이 큰 거 같아요.

유란은 백미러로 정신을 잃고 장호와 함께 뒤에 누워 있는 혜연을 바라보았다.

—어차피 맺어질 인연이었어. 누나도 그리 후회하지 않을 일이었고. 혈주의 폭주가 그리 쉽게 진정이 된 것을 보면 형님도 누나를 사랑한 것 같으니 너무 마음에 두지 마.

—그랬다면 안심이에요.

여자로서는 큰 희생을 강요하는 일이었기에 마음이 걸렸던 유란은 장혁의 말에 어느 정도는 안도할 수 있었다. 두 사람이 사랑하는 사이라면 문제가 될 것이 없을 것 같아서였다.

—이제는 어떻게 할까요?

—풀섶을 들쑤셨으니 태륜에서 움직이기 시작할 거야. 땅중 양반이 관계되어 있는 곳도 움직이기 시작할 거고. 최대한 이목을 가동해 움직임이 있는지 살펴 줘.

—이미 준비를 시켜 놓았으니 놈들의 움직임을 찾아낼 수 있을 거예요. 그런데 언제쯤 오실 생각이신 거죠?

은밀가의 힘과 장호가 구축해 놓은 기반이 상당하지만 상대의 동태를 감시하는 것만 해도 위험한 일이었다.

자칫 자신들의 존재를 들키기라도 하면 순식간에 전명하는 것은 시간문제였다.

—여기 일도 대충 끝났어. 사우디아라비아 왕실만 설득하면 돌아갈 수 있을 거야.

—그들이 순순히 협조를 하던가요?

세상을 지배하던 존재들의 피를 이어받은 이들이 순순히 협조해 줬다는 것이 특이했기에 유란이 물었다.

—별수 있겠어? 내가 갑인데 말이야. 라의 힘을 보여 줬더니 다들 순순히 복종을 하더군.

—그렇다면 다행이군요. 하지만 사우디아라비아는 조금 어려울지도 몰라요.

—왕실의 누군가가 기사단과 협력을 하고 있어서 약간은 시간이 걸릴지도 모르지만 태우 아저씨가 어느 정도 기반을 닦아 놨으니 그쪽도 문제는 없을 거야.

─그분께서는 미국에 몸을 피하고 있는 동안에도 준비를 하고 있으셨던 모양이군요.

─최후의 협상이 진행될 곳이라서 준비를 좀 해 놓으셨다고 하더군. 아저씨가 준비해 놓은 기반을 잘만 활용한다면 열흘 정도면 끝날 거야.

─그럼, 준비를 해 놓고 기다리고 있을게요.

─너무 무리하지는 마. 그리고 사람들을 보냈으니 본격적으로 움직이는 것은 그들이 도착하고 난 뒤에 하도록 하고.

─사람들이요?

─제법 능력이 있는 이들이니 도움이 될 거야.

─조금 걱정스러웠는데 다행이네요.

─조금만 더 수고해 줘.

─염려하지 마세요, 그리고 조심하시고요.

─알았어. 이만 끊을게.

대화를 나눈 두 사람은 텔레파시를 끊었다.

"아랍 쪽은 잘되어 가신다니?"

"사우디 왕실도 방안을 마련하셨다고 하니 별달리 큰 문제는 없을 것 같아."

"다행이네. 이쪽도 잘 끝났으니 이제 그들이 움직이는 것을 확인하고 행동하면 되는 거겠네."

"주군께서 사람들을 보내신다고 했으니 움직이는 것은 그 사람들이 도착하고 난 후에나 해야 할 거야."

"주군께서 사람을 보내신다고?

"응, 언니."

"걱정이 되셨나 보구나."

"그런 거 같아."

자신들을 걱정해 사람들을 보내 왔다는 것을 알기에 두 사람 다 기분이 좋았다. 장혁이 그만큼 신경을 써 준다는 것이었기 때문이다.

"주군께서 사람을 보내신다고 해도 준비를 철저히 해야 할 것 같아, 언니. 태륜이 대한회에 손길을 뻗고 있는 이상에는 말이야."

"그렇겠지. 이번에 대장로가 사라졌으니 대한회가 움직일 것이고, 대장로가 가지고 있던 혈주를 노리고 있던 태륜도 따라서 움직일 테니까 말이야."

"어쩌면 본의 아니게 대한회와 싸움이 붙을 수도 있으니 조심해야 할 거야. 특히나 그분이 다치는 것을 주군께서 바라지 않으실 테니까 말이야."

"그분 곁에는 최강의 암영이 붙어 있으니 걱정하지 마."

대한회의 새로운 총사와 장혁의 관계를 알고 있는 미란은 일본 본토에 있는 가네야마에게 부탁을 했었다. 어떤 일이 벌어지더라도 총사인 류민혁을 보호할 수 있는 정도의 경호원을 배치해 달라는 요청에 뜻밖의 사람이 한국으로 건너왔다. 바로 가네야마 스스로 류민혁의 경호원을 자처한 것이었다.

"안심이 되기는 하지만 태륜의 전력이 어떤지는 아무도 모르는 상황이야. 어쩌면 숨겨져 있던 존재들이 모인 집단일 수도 있으니 말이야."

"어차피 최후의 전쟁은 벌어지게 되어 있어, 유란아. 그리고 그들이 어떤 존재들이라고 해도, 주군을 당할 수는 없을 거야. 그러니 너무 걱정하지는 마라."

"그렇기는 하지만……."

"이번에 혈주를 제압하면서 느끼지 못했니?"

"뭘?"

"이런, 우리 유란이는 느끼지 못한 모양이네."

"언니, 뭘 말이야?"

"혈주가 가진 근원의 힘을 잘 생각해 봐. 특급을 넘어서는 능력자 일곱이 달라붙어서 간신히 제압을 했어. 그것도 권능을 가진 이가 희생해서야 간신히 제압을 한 상황이야. 그런데 주군은 어땠니?"

"아!"

"맞아. 주군은 이미 우리가 상상할 수 없는 존재가 되었어. 이미 혈주 두 개를 흡수한 상태고 말이야. 그리고 어쩌면 네가 봉인한 혈주도 이미 흡수하셨을지도 모르고 말이야."

"설마!"

"내 생각이 맞을 거야. 봉인이 끝나고 난 뒤 곧바로 연락을 해 오지 않으신 것을 보면 말이야. 너에게 연락을 하실 때까지 혈주를 흡수하시고 계셨을 거야."

혈주는 봉인과 동시에 공간을 초월해 장혁에게 이동이
되었다. 완전 동기화를 이룬 터라 의지만으로 무엇이든지
공유하고 상대에게 보낼 수 있었던 것이다.

동기화를 멈추지 않았기에 암자에서의 상황을 모두 알고
있음에도 연락이 잠시 늦어진 이유는 하나뿐이었다. 미란이
말한 대로 혈주를 흡수하기 위해서가 아니라면 설명이 되지
않았다. 러시아에서도 감당할 수 없는 존재로 성장한 주군
이 이제 또다시 거듭난 것이 분명했기에 유란은 안심할 수
있었다.

"그렇다면 안심이야."

"사우디 왕실에서의 일도 빠르게 끝내고 돌아오실 테니
우리도 최대한 빨리 준비를 하도록 하자. 그분들께도 연락
을 하고 말이야."

"그분들이 도와주실까?"

천호의 후예들은 백제 계열의 자신들과는 노선이 달랐던
고구려 계열의 무가를 이은 이들이다. 나라가 멸망하고 잠
시 힘을 합쳤지만 그 뒤부터는 아니었다.

오랜 세월 반목을 해 온 탓에 장혁의 스승이라고는 해도
자신들이 관련되어 있다면 꺼려 할 수도 있었다.

"도와주실 거야. 세월이 많이 흘렀고 어찌 되었거나 주
군을 가르치신 분들이니까 말이야."

"하지만 북쪽의 사람들은 워낙 막무가내라서……."

남북으로 갈라져 있던 세월을 생각하면 교류가 있다하더라도 북쪽의 천호들은 도와주지 않을 수도 있었다.

"걱정하지 마라. 주군께서 그러시는데 북쪽에도 도와주실 분이 있다고 하셨어. 그리고 그쪽에서 사람들을 보내겠다고 하셨으니 걱정하지 않아도 될 거야."

필요한 조치들은 전부 취했고, 계획도 완벽한 것 같지만 불안감이 들었다. 신성을 잃어버렸다고 하지만 초월자였던 이들 때문이다.

"그렇기는 하지만 그분들만으로 될까? 숨어 있는 존재들이 이상향과 관련되어 있을지도 모르는데 말이야."

"그래도 어쩔 수 없다고 하셨어. 개벽의 시작은 한반도에서부터고 이번 기회가 아니고는 한반도가 하나가 될 수 있는 기회가 언제 찾아올지 모른다고 하셨으니까 말이야."

'생각보다 많은 피가 흐를지도 모르겠구나.'

차분히 설명하는 미란을 보면 별도의 계획을 진행하고 있음이 틀림없었다. 장혁의 계획으로 인해 너무 많은 피가 흐르지나 않을지 유란은 두려워졌다.

"유란아, 주군께서 생각하시는 것을 목숨을 바쳐 따라야 하는 것이 우리 운명이다. 그분과 우리는 하나니까 말이다. 그리고 주군도 좋아서 하시는 일이 아니다. 운명의 시간이 그렇게 흘러가고 있고, 당신의 손으로 마무리를 짓고 싶어 하셔서 손수 피를 묻히시기로 결심하신 것이니 다른 생각은 말도록 하자."

"흑! 미안해, 언니. 주군의 운명이 너무 가혹한 것 같아서 말이야."

유란은 한줄기 눈물을 떨구었다. 미란도 동생을 안고 어깨를 토닥이며 눈물을 흘렸다.

혈주를 봉인하면서 알게 된 한 가지 비밀 때문이었다.

⁂

사사사삭!

폐허가 되어 버린 서광사 주변을 포위하며 다가오는 인영들이 있었다.

양복을 입은 모습과는 맞지 않게 기다란 장검을 소지한 이들이 날카로운 눈빛으로 주변을 수색하며 서광사 주위로 다가가고 있었다.

폐허를 시야에 두고 포위망을 완성하자 선두를 내닫으며 앞장섰던 사나이가 손을 들었다.

—이미 떠난 것 같지만 주변을 수색한다. 이곳을 찾은 자들이 누구인지 최대한 단서를 찾아야 한다.

대한회의 무사 휘하에 있는 비영대주(秘影隊主)는 수하들에게 전음을 보냈다.

스스슷!

세 사람이 빠르게 폐허로 다가왔다. 그리고는 주변을 빠르게 훑었다.

—폐허 이외에는 흔적이 없습니다.

—단서조차 남기지 않은 것 같습니다.

—차량이 두 대 주차했던 흔적이 있습니다. 둘 다 SUV 차량으로 바퀴의 깊이로 봐서는 최하 다섯 명 이상이 이곳을 찾아왔던 것이 분명합니다.

찻!

찾지 못한 두 명과는 달리 수하 하나가 단서를 찾자 비영대주는 빠르게 주차장으로 달려갔다.

"어디로 간지 알아낼 수 있나?"

"알아낼 수는 있지만 이곳과 연결된 도로를 이용하는 차량들은 대부분 SUV들이라 CCTV에 녹화된 것을 분석하는 데 시간이 걸릴 것 같습니다."

"으음."

1급 감시 대상의 이상을 일으켰고, 곧바로 출동했지만, 이동한 흔적만 겨우 찾은 상황이다. 이는 적들이 치밀한 계획을 가지고 움직였다는 것을 반증했다.

"만만한 놈들이 아닌 것 같다. 가용할 수 있는 자원은 최대한 가동해 놈들을 찾는다."

"경찰에 협조 요청을 합니까?"

"경찰은 물론이고, 도로 공사에도 연락을 취해라."

"알겠습니다."

"그리고 헬리콥터를 대기시키도록. 모두 이동한다."

상부에 반드시 보고해야 할 사항이다.

최우선 순위 감시 대상이자 보호 대상을 사라졌으니 무사의 손을 떠난 사항이라 적어도 총사의 지휘를 받아야 했기에 비영대주는 헬기를 대기시키고는 곧바로 이동을 했다.

차를 타고 산길을 내려오자 주차장에는 어느새 인근 육군기지로부터 날아온 헬기가 대기하고 있었다.

헬기에 탑승한 비영대주는 차량 수배에 대해 물었다.

"경찰에서 연락은 왔나?"

"상황 발생 후부터 서울 진입로까지의 시간을 계산한 후 오차 범위 내에서 CCTV에 찍힌 차량 번호는 모두 확인했습니다."

"몇 대지?"

"모두 275대입니다."

"생각보다 적군."

"아직까지 우리나라에서는 레저 문화가 발달하지 않아서 다행입니다."

"분류하려면 얼마나 걸리나?"

"분석실 전 요원이 동원되었으니 회에 가시기 전에 누가 서광사에 있었는지 알아낼 수 있을 겁니다."

"총사에게 책을 잡히지 않으려면 확실하게 보고를 해야할 것이니 최선을 다하라고 연락하게."

"예, 대주님."

군에서 제공한 헬리콥터가 비영대주를 신고 빠르게 남한강을 따라 서울로 진입했다.

한강을 따라 비행하던 헬리콥터는 여의도 부근에 자리한 빌딩 옥상에 착륙했다.

비영대주가 헬리콥터에서 내리자 분석실장이 마중을 했다.

"보고서는?"

"여기 있습니다."

총사에게 가기 전에 조사한 내용을 확인하기 위해 비영대주는 빠르게 서류를 넘기며 발걸음을 옮겼다. 사실을 확인하며 옥상을 내려와 최상층에 위치한 총사의 사무실에 당도한 비영대주는 분석실장에게 서류를 넘기며 차림새를 바로 했다.

문을 열고 들어서자 비서실이 나왔다. 대기업 비서실 같은 분위기에 다들 스마트해 보이는 회사원 같지만 대한회 내의 무력 서열로 100위권 안에 드는 실력자들로 총사의 보호를 겸하고 있는 인텔리들이었다.

"오셨습니까?"

"총사께서는?"

"기다리고 계십니다."

"연락을 넣어 주게."

삐이!

"비영대주께서 오셨습니다."

—들어오시라고 하세요.

인터폰으로 비영대주가 왔음을 알리자 허락이 떨어졌다.

비영대주는 다시 한 번 옷차림을 점검하고는 안으로 들어갔다.

대한회에서 실질적인 최고 권력을 행사하는 총사의 집무실은 상당히 특이했다. 비서실과는 달리 전통적인 한옥의 사람처럼 꾸며져 있었고, 총사인 류민혁은 자리엔 앉아 서안(書案)에 놓인 보고서들을 보고 있었다.

"앉으세요."

"그럼."

비영대주는 고개를 가볍게 숙여 보인 후 서안 앞에 놓인 포단 위에 앉았다.

"어떻게 됐습니까?"

"어르신을 데리고 간 것으로 보이는 차량에 대한 조사가 끝났습니다."

"어느 곳입니까?"

"그것이……."

비영대주가 말끝을 흐렸다. 지금까지 추적하고 감시하던 자들과는 전혀 상관이 없는 조직이 드러났기 때문이었다.

"말씀하세요."

"차량의 소유주는 천호동을 기반으로 하는 조직입니다. 다른 폭력 조직과는 조금 다른 형태의 조직으로 양지에서 기업을 경영하며 세력을 넓혀 가고 있는 조직입니다."

"들어 본 적이 있는 것 같군요."

류민혁은 천호동과 송파를 기반으로 강남권역을 석권하

고 있는 조직을 기억해 낼 수 있었다.

"그들이 그분을 납치한 것인가요?"

"서광사의 요사채가 전부 부서져 있었습니다. 주변에 남겨진 에너지 파동의 흔적을 보면 싸움이 있었기는 하지만 그것이 조금 묘합니다."

"무엇이 말입니까?"

"나중에는 그분께서 찾아온 자들을 도운 것 같습니다. 그리고 요사채가 붕괴된 것도 안에서 터져 나오려는 뭔가를 봉인하면서 그런 것 같습니다."

"으음."

비영대주는 자신이 현장에서 조사한 내용을 가감 없이 말했고, 류민혁은 신음을 흘렸다.

잠시 생각에 잠겨 있던 류민혁이 비영대주를 바라보았다.

"알았습니다. 이제부터 총사부에서 맡겠습니다. 비영대는 그분에 대한 추적을 중단합니다. 그만 나가 보세요."

"알겠습니다, 총사."

총사부에서 맡겠다는 것이 조금 이상했지만 비영대주는 보고를 마친 상태라 자리에서 일어나 밖으로 나갔다.

'일단, 무사님께 가 봐야겠구나.'

대한회를 이끄는 두 축인 지사와 무사는 총사부 바로 아래층에 머물고 있었다. 대한회의 머리인 지사부와 몸이라고 할 수 있는 무사부가 빌딩을 반으로 나누어 사용하고 있던 것이다.

비영대주는 계단을 통해 아래로 내려간 후 곧바로 무사부로 향했다. 지사부에 근무하는 인원들이 갑작스러운 그의 출현에 의혹의 눈초리를 보냈지만 의식하지 않았다. 의식을 하는 순간, 지사부의 의혹을 살 것이 분명했기 때문이다.

무사부로 들어간 비영대주는 총사부에서와는 달리 곧바로 무사를 만날 수 있었다. 제재 없이 무사부를 수시로 출입할 수 있는 이가 바로 비영대주였다.

"대율사는 어떻게 됐나요?"

"납치된 것인지 확실하지 않습니다. 제 생각으로는 스스로 따라나선 것 같습니다."

"제자 때문에 불가능했을 텐데, 그 늙은이가 그곳을 스스로 떠났다는 말인가요?"

"거의 확실합니다. 특히나 그의 제자인 윤장호가 만든 조직의 차량이 동원된 것을 보면 대율사는 자신을 노리는 이들의 눈을 속이고자 이런 일을 벌인 것이 분명합니다."

"몸을 숨기기 위해서 피했다고는 생각이 되지 않는군요. 그곳은 이미 조직의 실체가 밝혀진 상태에요. 그렇게 백일하에 드러난 조직 속으로 몸을 숨기다니 이상하군요."

"조금 더 정보를 수집해야 할 것 같습니다."

비영대주도 이상하다고 생각하고 있었기에 자신의 생각을 밝혔다.

"아니에요. 그것도 중요하지만 지금은 그쪽보다 다른 것을 신경 써야 할 때에요."

"다른 것이라니요?"

납치된 것인지, 아니면 자발적인지는 모르지만 실종된 이가 물경 대율사다. 총사가 뽑히고 나서 회의 일에 손을 놓았다고는 하지만 그가 사라진 것은 회의 전력 중 반수 이상이 나서서 해결해야 하는 일이었다.

그런데 다른 중요한 일이라니, 비영대주는 무사의 말을 이해할 수 없었다.

"태륜이 움직였어요."

"헛! 태, 태륜이 말입니까?"

비정의 승부사, 또는 북풍의 잔혹사라 불리며 언제 어디서 냉정을 잃지 않는 비영대주가 헛바람을 삼키며 물었다.

"일가족 살해 사건 이후 모습을 감추었던 태륜의 모습이 나타났어요."

"집법자가 나타났다는 말씀입니까?"

"그래요. 처음에는 집법자라는 것을 인식하지 못했는데, 지사 측에서 조금 전에 밝혀냈어요."

"도대체 무슨 일이 있었던 겁니까?"

"일 년 전부터 살인 사건이 발생했어요. 아주 특이한 사건이었지만 대한회까지는 알려지지 않은 사건이었지요."

"혹시, 그……."

"맞아요. 한 달에 두 번, 노숙자의 장기들이 사라지는 살인 사건이죠. 폭력 조직에 의한 장기밀매 사건으로 치부했는데, 그것이 아니었어요."

"장기밀매 사건이 아니라면 뭔가 있었군요."

"아주 우연히 밝혀졌어요. 죽은 노숙자들의 신원을 파악해 가던 기자에 의해서 말이죠."

"기자가 무엇을 밝혀낸 것입니까?"

"성도 다르고 고향도 달랐지만 죽은 이들은 몇 가지 공통점으로 분류되었고, 분류된 그룹의 연관 관계를 찾아가다가 그들이 하나의 조상을 가졌다는 것을 알아냈어요."

"꿀꺽!"

무사의 말에 비영대주가 침을 삼켰다. 무사가 이어서 할 이야기 속에 비영대의 최대 숙원 과제가 나올 것 같은 느낌이 들었기 때문이었다.

"생각하시는 대로에요. 사서지가(史書之家)의 인물이 바로 그들의 조상이었어요."

"아!"

"분류된 그룹은 모두 일곱. 한 그룹 당 세 명의 인물이 죽었고, 총 스무 명이 사망했어요."

"한 명이 살아남았군요."

"맞아요. 비영대주는 지금부터 그 사람을 찾아야 해요. 그가 가지고 있을 진실만이 태륜의 정체를 밝힐 수 있어요."

비영대주도 상황의 심각성을 짐작할 수 있었다. 그리고 모습을 감추었던 집법자가 다시 나타난 이유도 알 수 있었다. 사서지가라 불리는 최씨 가문의 인물들이 지금까지 살아남아 있었다면 진실을 기록해 왔을 것이 분명했다.

사서지가의 기록만 있다면 세상이라는 흙탕물 속에 숨겨진 태륜의 실체를 정확히 밝혀낼 수 있기에 집법자라는 꼬리가 드러난 것이 틀림없었다.

"지금부터 비영대는 비상입니다. 최씨 가문의 기록을 찾아오겠습니다."

비영대주는 비장한 어조로 무사에게 말했다.

"부탁드려요. 그것이 있어야만 우리 민족에게 드리워진 어둠의 그림자를 걷어 낼 수 있으니 말이에요."

"염려하지 마십시오."

굳은 어조로 대답을 한 비영대주는 자리에서 일어나 지사부를 떠났다.

⁂

"총사, 비영대주가 떠났습니다."

"무사에게 지시를 받은 것이 분명하군요."

"지사 측에서 작성한 브리핑 자료가 무사에게도 넘어갔으니 틀림없을 겁니다."

류민혁은 자신의 예상과 다르지 않는 총사부 비서실장의 보고에 고개를 끄덕였다.

"천호의 움직임은 어떻습니까?"

"수면 아래로 가라앉은 후로는 아직까지 별다른 움직임

이 없습니다."

"그들의 움직임이 중요합니다. 태륜을 상대할 수 있는 무력을 가진 곳은 비영대와 천호뿐이니 말입니다."

"최대한 찾고는 있지만, 때를 맞추어 그들을 끌어들일 수 있을지 걱정입니다, 총사."

"자체적으로 육성한 무력을 가지고는 어렵습니다. 태륜을 상대한다는 것은 계란으로 바위를 치는 격이니 말입니다. 일단 무사와 지사 측의 움직임을 최대한 파악을 하십시오. 비영대의 움직임은 하나도 빠짐없이 보고가 되어야 합니다."

"염려하지 마십시오. 이미 만반의 준비를 끝내 놓은 상태이니 말입니다."

"실장님만 믿겠습니다."

총사의 지위를 놓고 자신과 겨루었던 비서실장이었다. 그가 심혈을 기울여 준비를 했다면 염려하지 않아도 될 것 같았다.

"그나저나 그분께서 펼치신 고육지책이 걱정입니다. 그들의 눈에 노출이 된다면 이번 계획은 시작부터 실패한 것이니 말입니다."

"걱정하지 마십시오. 대율사님과 그분의 제자 분은 특급을 상회하는 능력자들이십니다. 아무리 태륜이라 해도 그분들을 해하기는 어려울 테니 시간을 두고 지켜보시는 것이 좋을 것 같습니다."

"그렇겠지요. 태륜의 눈을 피해 대한회를 만드신 분이니 말입니다. 그나저나 회에 잠입한 오열은 어떻습니까?"

"아직은 움직임이 없습니다."

"무사나 비영대로부터 대율사님의 행적에 대해한 정보가 흘러나오면 조만간 움직임이 있겠군요."

"그 또한 대비하고 있으니 안심하십시오."

"실장님만 믿습니다. 이번 기회에 그들을 일망타진하고, 태륜의 그늘을 걷어 내야 합니다."

"반드시 그렇게 될 것입니다, 총사."

"그렇게 되어야지요. 바쁘실 테니 이만 나가 보십시오."

"그럼."

비서실장이 보고를 마치고 밖으로 나갔다.

"장호 형님이 승낙하신 일이지만 걱정이구나. 대율사님의 행적이 드러나게 되면 놈들이 물불을 가리지 않을 텐데 말이다."

자신이 계획을 하고도 걱정이 되지 않을 수 없었다. 계획을 주도적으로 진행하는 이가 바로 장호였기 때문이다.

"어차피 한번은 겪어야 할 일이다. 북한의 움직임도 심상치 않은 지금 대한회가 택할 길은 오직 이것뿐이니까."

류민혁은 주먹을 굳게 쥐었다. 생사를 결정할 주사위는 이미 던져졌기 때문이다.

9장.

주석과 대통령

대율사인 서광이 사라지고 난 뒤 대한회의 움직임이 급해지고 있는 가운데 유란과 미란의 움직임도 계획을 따라 빨라지고 있었다. 새롭게 마련한 안가에 서광과 장호를 숨기는 한 편, 그동안 파악한 정보를 토대로 전국 각지의 움직임을 체크해 나갔다.

장호가 만들어 낸 암흑가의 조직과 천호각의 외각주인 한석의 조직이 연합하여 대한민국을 움직이는 주요 권력자들에 대한 감시가 이루어졌다. 감시 대상자에 대한 정보는 실시간으로 은밀가에 전달이 되었고, 최정예 분석 요원들에 의해 철저히 파헤쳐지고 있었다. 정부의 배후라고 일컬어지는 대한회의 정보는 특급으로 다루어지고 있었다.

서광과 장호를 안가로 보내고 난 후, 하루가 채 지나지 않을 때부터 심상치 않은 정보들이 올라오기 시작했기에 은밀가의 분석 요원들을 매우 분주한 시간을 보내고 있었다. 유란 또한 분석실을 지휘하면서 촉각을 곤두세우고 있었다.

'분석이 끝났나 보구나.'

속속 올라오는 정보를 분석하는 은밀가의 인물들을 바라보던 유란이 눈빛을 빛냈다. 안경을 쓴 은밀 일호가 서류철을 들고 자신에게 다가오고 있었던 것이다.

"어떤 정보인가요?"

"비영대 전원이 움직이기 시작했고, 총사부에서도 별도의 인력을 풀어 정보를 수집하고 있습니다. 이것은 두 시간 전까지 벌어진 일들을 정리한 것입니다."

은밀 일호가 전해 준 서류들을 살피던 장호가 물었다.

"청와대 쪽은요?"

"별다른 움직임은 없습니다."

"사서시가의 흔적이 나타나고 집법자의 움직임이 포착되고 있습니다. 분명히 움직임이 있을 겁니다."

"철저하게 신분을 조회하는 터라 청와대에 비선을 넣기는 어렵습니다."

"그래도 넣어야 합니다."

"방법을 마련을 해 보겠습니다."

"좋아요. 그런데 주군께 연락을 취해 보셨나요?"

"떠나시고 얼마 있지 않아 연락을 하셨습니다. 전격적으로 타결이 끝나서 이틀 뒤에 한국으로 들어오신다고 합니다.

그런데 그것이…….”

“주군께 문제라고 생긴 건가요?”

말끝을 흐리는 은밀 일호의 말에 유란이 황급하게 물었다.

“한국으로 들어오기는 하시는데 정상적인 경로가 아니라, 판문점을 통해서 들어오신답니다.”

“판문점이요?”

“북쪽의 문제를 처리하시고 오신다고 하셨습니다.”

“으음, 주군께서 칼을 빼 드셨군요.”

“그러신 것 같습니다. 주군께서 움직이시면 북쪽 권력층이 붕괴될 것 같은데 어떻게 준비하는 것이 좋겠습니까?”

“주군께서 지시를 내리신 것이 있나요?”

“아닙니다. 별다른 지시는 없었습니다.”

“그럼 그냥 놔두도록 하세요. 우리가 지시받은 것은 대한회와 남쪽의 태륜에 대한 것뿐이니 말입니다.”

“하지만 주군께서…….”

“섣부른 움직임은 금물이에요. 북쪽의 일이 어려웠다면 주군께서 이미 말씀을 했을 테니 우리는 이곳의 일만 집중하세요.”

“알겠습니다.”

단호하기 그지없는 유란의 말에 은밀 일호도 더 이상 말을 꺼내지 않았다.

‘주군을 믿습니다. 태륜이 움직이기 시작했으니 빨리 끝내

고 오세요..'

태륜이 움직이기 시작한 이상 어떤 사태가 발생할지 몰랐다. 전력상 열세에 놓여 있는 탓에 남쪽의 일도 버거운 상태라 북쪽에서 벌어진 일에 대해서 신경을 쓸 틈이 없었다.

유란도 불안하지 않은 수 없었지만 장혁의 능력을 믿었다.

다른 지시를 내리지 않았다는 것은 충분히 마무리를 지을 수 있다는 뜻이었고, 남쪽의 일에 집중하라는 배려였기에 이렇게 단호한 명령을 내릴 수 있었던 것이다.

∴

—저기가 평양입니까?

모습을 감춘 채 평양 시내를 바라보던 장혁의 말에 태우의 대답이 들려 왔다.

—그렇습니다, 주군.

—황량하기 그지없군요.

—다른 도시들과는 태생부터가 다른 곳이니까요.

같은 민족끼리의 전쟁 이후 유일 체제를 확립하고, 충성심이 검증된 자들만이 머물 수 있는 곳이 북한의 평양이다.

날로 발전하는 대한민국과는 달리 노쇠한 노새마냥 점점 더 나락으로 떨어지는 평양의 거리는 70년대의 서울 거리를 보는 것만큼 삭막한 이상이었다.

'수령이라는 자가 머무는 곳을 찾아야 한다.'

장혁은 생각을 멈추고 평양 전역을 대상으로 기감을 펼쳤다.

―그자가 있는 곳이 저쪽 부근이군요.

장혁이 태우를 바라보며 북한의 군주라고 할 수 있는 자가 머무는 곳을 가리켰다.

―가까이 가서 살펴봐야겠지만 상당한 능력자들이 포진한 것 같습니다.

―특급을 상회하는 능력자가 모두 열두 명입니다. 일급도 오십 명이 넘는 것 같구요.

―그 정도입니까?

―그럴 겁니다. 저 정도의 능력자들을 거느렸기에 북한을 하나의 체제로 지금까지 끌어올 수 있었을 겁니다.

―북한의 주민들에게 있어 수령은 신이나 마찬가지라고 하더니 능력자들이 있어 가능한 일이었군요.

태우가 고개를 끄덕였다. 장혁이 파악한 능력자들이라면 그들을 이끄는 수령은 신을 자처하고도 남았다. 북한에서 수령은 거의 신적인 존재나 다름없었다. 학습이라는 과정 안에서 능력자들을 통해 주민들을 완전히 세뇌한 결과였다.

―신이나 다름없는 자입니다. 조금 까다로울 수도 있겠군요.

―그럴 것 같습니다.

작지만 평양 전역에서 흘러나오는 의지가 한곳으로 향하

고 있었다. 그 의지라는 것이 신을 향한 믿음이나 진배없는 것이었기에 장혁은 물론, 태우도 안색이 굳어졌다. 종교적 신념에 따른 맹목성은 누구도 말릴 수 없는 광기를 보이기 때문이었다.

그리고 능력자들의 수로 볼 때 북한 전역에서 전부 끌어모은 것이 분명했다. 뭔가 알아차린 것은 아닐 테지만 위험은 감지한 것을 보면 상당한 대비를 했을 것 같았다.

―보스, 최대한 빨리 처리를 해야 할 것 같은데 어서 가시죠.

―능력자들 외에 주민들까지 동원한다면 쓸데없는 피를 볼 수도 있으니 그래야 할 것 같네요. 그럼 이동할 테니 준비를 해 주세요.

―예, 보스.

시야가 닿은 곳이라 장혁이 공간 이동을 할 것이기에 태우는 마음의 준비를 했다. 이동을 끝내는 순간에 모습이 드러날 터라 다시금 장막을 펼쳐야 했던 것이다.

팟!

장혁과 태우의 신형 자리에서 사라지고 수령이 머물고 있는 곳에 도착한 것은 순식간이었다.

―만만치 않군요. 상성이 맞는 자들끼리 연계해서 방어진을 구축한 것 같으니 말입니다.

―그런 것 같네요. 태우 아저씨.

―예, 보스.

―주변에 결계를 펼쳐 주세요. 그 누구도 빠져나오거나 들어갈 수 없도록 하면 됩니다.

―알겠습니다, 보스.

혼자서 처리하려는 것을 알았지만 태우는 말리지 않았다. 장혁이 얼마 전에 또 달라졌기 때문이었다.

장혁이 달라지고 난 후에 자신의 능력 또한 증가를 했고, 그림자에 숨어 같이 들어가는 짐 또한 전과는 달라졌기에 장혁의 안전에 대해서는 안심할 수 있었던 까닭도 있었다.

모습을 감추고 있던 태우는 손으로 수인을 그렸다. 그가 그리는 손가락을 그린 수인을 따라 검푸른 기운이 주석궁을 빙 둘러 퍼져 나갔다. 들여다볼 수 없을 정도로 깊고 어두운 검푸른빛은 보통 사람의 눈에는 보이지 않는 것으로 능력자라 할지라도 특급이 아닌 이상 볼 수 없는 것이었다.

'의문스러운가 보군.'

장혁은 자신을 포함해 거의 찰나에 가까울 정도로 순식간에 결계가 완성되자 주석궁 안에서 동요하는 것을 느낄 수 있었다.

―짐, 부탁해요.

―염려 마십시오.

사신 중 셋이 가지고 있던 혈주를 회수했고, 마지막 남은 주작의 혈주를 회수하는 일이었다. 다른 자들과는 달리 엄청난 양의 혈기를 모은 터라 만만하지 않기에 짐에게 뒤를 부탁한 장혁은 빠르게 주석궁 안으로 들어섰다.

타타타타탕!

소총 소리가 연이어 터져 나왔다. 군인들이 쏘는 것이 아니라 능력자가 이능을 담아 발사한 탄환들이었다.

콰콰콰쾅!

장혁의 전신에 형성된 배리어가 탄환들을 막자 폭발이 일어났다. 뒤이어 거대한 화염이 일어나 회오리처럼 뒤덮었다.

'현무의 혈주를 얻기 전이었다면 타격을 입었을 수도 있었겠구나.'

보통의 화염이 아니었다. 끈적거리는 기운이 같이 맴돌아 터지는 순간 달라붙어 육체를 전소시켜 버리는 것은 물론이고, 이능의 힘이 가지는 근원을 흔드는 효과도 있었다.

이능의 힘을 담은 총알이 통하지 않자 잠시 당황하는 빛을 보이더니 새로운 자들이 출현했다. 양손에 단검을 쥐고, 화염과 같은 붉은 기운을 연신 내뿜는 자들이었다.

'으음, 파괴의 짐승들마저 만들다니……'

이능을 가진 일급 능력자들로 보통의 능력자들과는 달랐다.

서양의 능력자들 중 스스로 폭주시킨 버서커처럼 자신의 능력을 광폭화시킨 자들로 사신의 비전으로 만들어진 파괴의 짐승들이었다.

'주작의 능력을 가진 이는 전면전을 상정하고 모든 것을 준비한 모양이군.'

이능을 촉발시킨 탓에 몇 년 동안 폐인으로 살아야 하지만 지금 이 순간만은 특급에 버금가는 능력을 발휘할 수 있었기에 장혁은 내심 긴장을 했다.

파괴의 짐승들은 주작의 능력을 받쳐 주는 근원적인 힘을 나누어 줌으로써 만들어진다. 주작의 능력을 가진 자가 건곤일척의 승부수를 띄우며 소멸을 각오했다는 것을 뜻했던 것이다.

장혁의 손에 검푸른 기운이 맺혔다. 파괴의 짐승들이 가진 힘이 담긴 검은 강철조차 순식간에 베어 버려 배리어로서는 감당이 되지 않는 까닭이었다.

파파팟!

잔상조차 남기지 않는 움직임으로 단검을 휘두르는 적을 향해 장혁은 차분하게 대응했다. 순간적인 움직임이 전광석화와 같았지만 장혁의 기감을 벗어날 수 없었던 공격들이 모두 막혀 버렸다.

까가가강!!

퍼퍼퍽!

빠르게 적의 공격을 막아 내며 주변을 살폈다. 제 이 파에 이어 몰아칠 다음 공격을 막기 위해서였다. 장혁은 일차 공격으로 끝난 것이 아니라고 봤다. 두 번째 공격 속에 숨겨진 암수로써 저격이 있을 것이라는 예상은 빗나가지 않았다.

슝!

공간을 이동하는 것처럼 관자놀이를 향해 탄환이 날아왔다.

처음 것과는 완전히 다른 기세를 품은 공격이었다.

끼기기기긱!

파괴의 짐승들이 계속 공격해 오는 와중에 날아온 탄환이 마찰음과 함께 허공에 멈추더니 장혁의 손길에 방향을 틀었다.

픽!

방향을 튼 탄환이 파괴의 짐승들 중 하나의 미간에 작은 구멍을 만들었다.

퍼퍼픽!

첫 번째 저격에 이어 연이어 쏟아진 탄환들이 장혁의 손길에 따라 짐승들의 미간을 연신 꿰뚫었다. 순차적으로 진행된 것이 아니라 동시에 저격이 진행된 탓에 말릴 사이도 없이 공격하던 짐승들이 모두 바닥에 쓰러졌다.

총으로 쏜 탄환의 속도는 일반적으로 초당 900미터를 날아가지만, 이번 저격은 달랐다. 탄환과 주작의 능력이 합쳐졌기에 거의 3배에 가까운 속도로 날아가던 탄환을 되돌려졌다. 특급 능력자라도 불가능한 일이었고, 주작의 능력을 가진 이가 최대한 능력을 발휘할 때나 가능한 일이었다.

너무도 엄청난 능력에 장내에 정적이 찾아왔다. 피해를 입지 않고 열두 명에 달하는 파괴의 짐승들을 처리한 장혁의 능력이 두려웠던 것이다.

"나와라!"

쓸데없는 저항이기에 장혁이 소리를 질렀다. 주석궁 구석까지 퍼져 나간 소리가 능력자들의 귓가에 메아리 쳤다.

아무도 나서는 이가 없었다.

"주작을 이용해 여기까지 왔으면 됐잖아. 이제 그만하지."

노여운 기운을 실은 목소리가 다시 한 번 장혁의 입에서 터져 나왔다.

"커억!"

"억!"

답답한 신음이 여기저기서 들려왔다. 장혁을 제거하기 위해 능력자들이 흘리는 신음이었다.

"나오지 않는다면 모두 소멸시켜 버릴 것이다."

"그만!"

다시 한 번 기운을 실은 목소리가 들리자 고함과 함께 중년의 사나이가 나타났다.

"주인님!"

뒤이어 모습을 드러낸 노인이 중년의 사나이를 만류하며 앞에 섰다. 북한을 장악한 이가 종복을 자처하며 호위에 나선 것이다.

'재미있군. 저자가 주작이 아니라니. 매혹의 능력을 가진 자인가?'

중년의 사나이를 막고 선 이는 북한의 주석이자 신이라

고 할 수 있는 사람이었다. 장혁은 그가 가진 능력을 단번에 파악했다. 누구에게나 호감을 불러일으키는 인상과 친근감이 드는 기운으로 볼 때 매혹의 능력을 가진 능력자가 분명했다.

"괜찮다. 어차피 결착을 지어야 하니 그만 물러나라."

"하지만……."

주인의 눈은 지금 불타오르고 있었다. 크고 깊은 기운이 재마저 남기지 않을 정도로 불타오르고 있었다.

'어쩔 수 없구나.'

중년의 사나이가 입을 열자 북한의 주석은 머뭇거리며 뒤로 물러났다. 결심을 한 이상 말릴 수 없다는 것을 알지만 무신으로 보이는 장혁과의 대결은 소멸로 끝날 것이 분명하기 너무 안타까웠던 것이다.

"나는 저자가 모든 것을 꾸미고 있는 줄 알았는데 그대가 주작이로군."

"직접 나설 필요가 없으니까."

"하긴!"

맞는 말이었다. 직접 나서지 않아도 장막 속에서 특급 능력자 정도는 간단히 제어할 수 있는 것이 사신이었다.

"이제 끝내야 할 때가 된 것 같은데 이만 시작할까?"

"좋다."

나머지 사신의 능력을 흡수하고, 무신의 또 다른 이면인 혈주까지 얻은 장혁이지만, 사나이는 자신이 있었다. 자신

또한 히든 카드가 될 수 있는 새로운 힘을 숨기고 있었기 때문이다.

화르르르!

사나이의 전신이 불타올랐다. 주석궁의 바닥을 장식하고 있는 대리석들이 순간적으로 열기에 녹아 끓어올랐다. 사나이가 주먹을 뻗었다. 막대한 경력이 담긴 주먹질을 따라 대기가 파동을 치며 장혁에게 몰려왔다.

'사신의 권능을 완전히 소화했구나.'

피부가 따끔 거릴 정도로 강한 힘을 내포했음을 짐작한 장혁은 카오스 임팩트를 펼치며 맞서 주먹을 뻗었다.

쾅!

주먹과 주먹이 마주치자 굉음과 함께 대기가 일그러지며 주변에 있던 것들이 일제히 뒤로 날아갔다.

"소용이 없는 짓이다."

"그건 대봐야 알 일이다."

손해를 보았음에도 밀리는 않는 주작의 대답에 장혁은 가지고 있는 힘 중 사신의 권능을 모조리 끌어 올렸다. 청룡과 백호, 그리고 현무까지 끌어 올리자 무한할 것 같은 카오스 에너지가 절반가량이 사용되었다.

"이것이 바로 세상을 조율하는 힘이다. 원래의 자리로 돌아가야 하니 포기하도록 해라."

"으음."

나머지 사신의 권능이 구현되자 기세등등하던 주작의 얼

굴이 일그러졌다. 자신이 가지고 있는 권능이 흔들린 탓이
었다.

쩌저적!

뭔가 갈리지는 소리가 사나이의 뇌리에 메아리 쳤다. 완
전히 합일시켰던 주작의 권능과 혈주가 갈라지는 소리였다.

'크으, 어떻게 이럴 수가! 이, 이러면⋯⋯.'

아무리 노력해도 뇌리를 파고든 힘에 저항을 할 수 없었
다. 본래 자신의 힘이 아니었지만 빼앗기지 않으리라 생각
했는데 소용이 없음을 깨달은 주작은 애가 탔다.

쩍!

"끄아아아악!"

권능과 혈주가 분리되자 주작의 입에서 비명이 터져 나
왔다. 그와 동시에 그의 머리 위로 붉은 기운이 떠올랐다.
전신에 어린 화염과는 달랐다. 두려우면서도 사이한 기운이
어려 있는 붉은 기운은 바로 혈주였다. 인간이 가진 모든
욕망의 집합체이자 스스로 다른 욕망을 흡수해 힘을 키울
수 있는 혈주가 주작에게서 강제로 분리된 것이다.

털썩!

고통으로 인해 머리를 쥐어 잡은 주작이 무릎을 꿇었다.
주작을 추종하는 자들도 마찬가지였다. 주석이라 불리는 이
와 포위하듯 주변을 감싸고 있던 능력자들이 힘없이 무릎을
꿇고 있었다.

"대항해도 소용없다 했거늘!"

싸늘한 눈빛의 장혁은 무릎을 꿇고 전신을 떨고 있는 주작에게로 다가가 그의 머리 위에 손을 얹었다.

"끄르르륵!"

손을 얹자마자 주작의 눈자위가 돌아가며 흰자위만 남았다. 주작의 권능을 강제로 뽑아내기에 벌어지는 현상이었다.

"본래의 자리로 돌아가야 할 힘이었으니 너무 아쉬워하지 않아도 될 것이다."

장혁은 영혼과 합쳐진 주작의 권능을 강제로 뽑아냈다.

자신의 모든 것이라고 할 수 있는 영혼이 소멸할 것이기에 주작은 들을 수 없었지만 장혁은 위안의 말을 던졌다.

영혼이 소멸하는 자에 대한 예우였다.

털썩!

주작이 바닥에 쓰러졌다. 영혼이 소멸된 육체라 조금 전과는 달리 숨을 쉬고 있지 않았다. 장혁은 주작의 권능을 흡수함과 동시에 혈주를 바라보았다.

스르르르.

허공중에 뭉쳐 있는 혈주가 자석에 이끌리 듯 장혁에게로 다가와 스며들었다.

'이제야 끝났군.'

사신의 권능과 초월자가 되기 위해 버려두었던 인간의 감정들을 다시 회수했으나 감회가 새롭지는 않았지만 머릿속은 복잡해졌다. 힘을 회복하는 것과 동시에 누군가의 기억이 물밀 듯이 흘러들어 왔던 것이다.

'역시, 그랬었나? 할아버지는 대단하신 분이셨군. 가족 모두를 희생시킬 것을 각오하고 안배를 하셨다니 말이다.'

새로운 사실들을 알려 주는 것은 할아버지의 남긴 잔재 사념이었다. 잔재 사념은 자신의 존재에 대해 알려 주고 있었다.

자신의 출신이 이곳 북한이며, 할아버지에 의해 무신이 남긴 가장 중요한 유산과 함께 남쪽으로 옮겨졌다. 자신은 무신이 남긴 최후의 한 수이며, 최후의 안배였다.

그리고 가족들의 죽음 또한 오래전부터 예비되어 있었다는 것을 알 수 있었다.

'그런데, 난 누구에게서 태어난 거지? 여전히 의문인 건가?'

자신의 존재에 대한 비밀을 할아버지의 사념에도 남아 있지 않았다. 누가 부모이며, 어떻게 태어났는지 하나도 알 수 없었다. 사념이 전한 기억대로라면 할아버지라 여겼던 분은 가족이 아니었다. 숙부들과 숙모, 사촌들도 가족이 아닌 것은 마찬가지였다. 자신의 근원에 대해 알 수 없다는 것에 장혁은 마음이 쓰렸다.

'할아버지의 사념에도 남아 있지 않다면 내가 누구인지 안다는 것은 불가능한 일일 것이다. 그렇지만 태륜에 대한 확실한 정보를 얻었으니 일단 이곳의 일부터 처리하자.'

나중에 생각할 일이기에 자신에 대한 생각을 접었다. 사

신의 마지막인 주작의 권능을 가진 자를 처리했으니 이제는
나머지를 정리할 차례였다.

'우선 저자부터인가?'

장혁은 전신을 떨고 있는 주석을 싸늘하게 바라보았다.

"다음은 너로군. 태륜의 이장로!"

"후후."

씁쓸한 괴소와 함께 주석이 자리에서 일어났다. 조금 전
사시나무 떨듯 두려워하던 모습은 그에게 남아 있지 않았
다. 주석은 노년답지 않게 형형한 눈빛으로 장혁을 쳐다보
고 있었다.

"내 정체를 이미 알고 있었나 보군."

북한을 지배하는 절대 권력인 주석이 자신의 정체를 순
순히 수긍했다. 내심 기회를 봐서 암습할 생각을 가지고 있
었지만 상대가 이미 알고 있다는 것을 깨달았던 것이다.

"물론."

"으음."

'으음, 그것이 저놈에게 이어졌군.'

장혁의 대답에 주석은 한 가지 사실을 알 수 있었다. 백
두산 근처에서 발견되었지만 아무도 건드릴 수 없었던 무신
의 마지막 유산을 누군가가 탈취한 후 사라졌었다.

북쪽은 물론이고, 남쪽의 모든 세력을 동원해 찾았지만
감쪽같이 사라진 탓에 태륜에 관계된 이들은 수면 아래로
몸을 숨겨야 했다. 자신들이 발견하지 못한 미지의 적에 대

한 경계심으로 인해서였다. 주작을 힘들이지 않고 처리한 것과 무신이 남긴 것들을 흡수한 것을 보면 눈앞에 있는 장혁이 그때 사라진 무신의 마지막 유산을 얻은 것이 분명했다.

"무신이 마지막까지 털어 버리지 못했던 세상의 미련을 얻은 이가 바로 너였나?"

"본의는 아니지만 그런 것 같군."

단도직입적인 물음에 장혁은 순순히 대답을 했다. 상대도 이미 결론을 내린 것 같아서였다.

주석은 심유한 눈으로 장혁을 살폈다.

'전혀 정보가 알려져 있지 않은 자다. 어떻게……'

한국의 표준어를 쓰는 것을 보면 감시망에 들어 있어야 할 자인데 전혀 정보가 없었다. 주작을 없앨 정도의 능력자라면 태륜의 시야를 벗어날 수 없는데 정보가 없었다.

'검색을 해 봤지만 알려지지 않았다면……'

장혁을 발견하는 순간 연락을 취했다. 텔레파시를 통해 실시간으로 태륜의 정보 조직인 암안(暗眼)과 연결한 상태다.

하지만 상대의 정체가 무엇인지 알 수 없다는 답변만 오고 있었다.

'일체의 정보가 없다면 분명히 누군가 움직였다는 증거다. 하지만……'

태륜을 감쪽같이 속이고 바보로 만들었다는 것은 신적인

존재가 개입하지 않은 이상 불가능한 일이다. 하화(夏華)의 시조라는 반고의 힘은 중국의 모주석과 자신이 나누어 가졌다. 더군다나 유럽과 아메리카에 있던 존재들의 힘은 각자 주인이 있는 상황이다. 아랍권의 힘은 갈기갈기 찢어져 이제는 희미해졌으니 도무지 누가 배후인지 알 수 없었기에 의문이 들 수밖에 없었다.

"우리의 행사를 이렇게까지 방해한 것을 보면 상당한 존재가 뒤에 있는 것 같은데 누구지?"

주석은 또 다시 단도직입적으로 물었다.

"무신!"

장혁의 대답에 주석의 눈이 더할 나위 없이 커졌다. 믿을 수 없는 이야기였기 때문이다.

"사실인가?"

"보고도 모르겠나? 누가 있어 무신이 남긴 유산을 가질 수 있었을까?"

웃는 얼굴로 대답하는 차가운 말에 주석은 사실임을 알 수 있었다.

그리고 어떻게 된 상황인지 유추할 수 있었다. 모든 것의 시작은 신들이 합심하여 제거했다고 생각한 무신으로부터였던 것이 분명했다.

"크크, 그랬군, 그랬었어. 태고로부터 존재해 왔던 위대한 존재들은 처음부터 무신의 장단에 놀아난 것이었어."

허탈함이 가득한 목소리가 주석의 입에서 흘러나왔다.

신이란 존재를 처음으로 부정한 이가 바로 무신이다. 그리고 행동으로 옮겼다. 위기를 느낀 신들이 그런 무신을 지우기 위해 권능을 포기하며 원대한 계획을 세웠다. 무신을 소멸시키고 신들의 지배하에 있는 새로운 세상을 만들려 했는데 그 모든 것이 무신의 계획하에 있었음을 이제야 알 수 있었다. 무신 또한 새로운 세상을 만들려 했고, 주석은 무신이 만들려고 했던 세상이 궁금했다.

"이제는 어떤 세상이 되는 건가?"

"창조주로부터 부여된 사명을 온전히 수행하는 쪽으로 인간은 진화할 것이다. 신들이 빨아먹던 인간이 가진 무한한 자유는 이제 올바른 길을 향해 나아갈 것이고."

"인간이 가진 무한한 자유가 올바른 길을 가게 만드는 세상이라. 후후, 이제 모든 신들은 이름이 지워지겠군. 인간에게 신으로 진화하는 길이 열렸으니 말이야."

무신의 뜻을 알 수 있었다. 신에 의해 초월의 존재로 나아가는 길이 막혔던 인간에게 무신은 그 길을 만들어 준 것이다.

"그러할 것이다. 이제는 어떤 존재도 막지 못하는 인과율이 되었으니까."

"그럼 신이 죽은 건가?"

"그렇겠지."

이제부터 신이 죽은 세상이다. 아니, 무신의 안배에 의해 신이라 불렸던 존재들이 사라지고 인간이 신으로 진화할 수 있는 세상이 된 것을 확인할 수 있었다.

'하지만 이대로 쓰러질 수는 없지. 우리에게도 마지막 한 수는 남았으니까 말이야.'

인간의 진화는 오랜 세월에 걸쳐 진행이 될 것이 분명했다. 무신을 막느라 권능을 잃어버렸다고는 하지만 상당수가 조금이나마 회복을 한 상태니 말이다. 앞에 있는 무신의 환생이 하고자 하는 일을 조금이라도 늦출 수 있다면 신들에게도 기회가 올지도 몰랐다. 인간의 진화보다 빠르게 태초에 태어났을 때의 의지와 권능을 회복할 수 있다면 모든 것을 뒤집을 수 있는 것이다. 완벽한 존재로 무신이 다시 나타난 상태로 자신의 힘으로는 어떻게 할 수 없지만 시간을 늦출 수는 있었다.

우우우웅!

콰콰콰콰쾅!!

마음을 굳힌 강렬한 기세가 주석의 몸에서 퍼져 나왔고, 그 강렬한 기세를 이기지 못해 거대한 주석궁이 한순간에 터져 나갔다.

"헉!"

자신이 가진 권능을 개방하며 모든 것을 쏟아내던 주석은 귀능이 뭔가에 가로막히자 헛바람을 삼켜야 했다. 폭발이 일어나고 거칠게 뻗어 나가던 권능의 기세가 태우가 펼친 결계로 인해 주석궁을 벗어날 수 없었던 것이다.

"하하하하! 예상은 했지만 이미 권능을 회복한 것인가?

하지만 그 정도 가지고는 내 손을 벗어날 수 없다."

낭패한 기색이 역력한 주석을 향해 장혁은 비웃음을 보냈다.

"으으으……."

"시간을 늦추어 기회를 만들어 보려는 노력은 가상하다만 네놈이 속한 태륜처럼 거대한 인과율의 수레바퀴가 굴러가기 시작했으니 뜻을 이루기는 어려울 것이다."

"그것까지 생각했던 것이냐?"

"이미 모든 준비는 끝났다. 처음부터 내가 사신과 혈주의 힘을 모으게 하지 말았어야 했다. 주석궁 주변에 펼쳐진 결계는 신들을 위해 만들어진 것이니 헛수고하지 마라."

장혁의 말이 뜻하는 바가 무엇인지 알 수 있었다. 태초의 존재인 반고의 권능을 이어받은 자신이었다. 그런 자신이 어떻게 할 수 없을 만큼 주석궁 외곽을 감싸고 있는 결계가 단순한 것이 아니었다. 자신의 권능과 비슷하지만 다른, 오히려 더 근원에 가까운 기운을 결계가 품고 있었다.

"호, 혼돈을 네 마음대로 다룰 수 있다는 말이냐?"

"이제야 알았나? 내 힘의 근원이 혼돈임을 말이다. 이제는 돌아가야지. 네가 태어난 곳으로 말이다."

말이 끝남과 동시에 장혁은 주석을 향해 손바닥을 펼쳤다.

쏴아아아!

검푸른 어두운 기운이 퍼져 나가 순식간에 감쌌다.

"그, 그만해라!"

"이제는 끝이다."

장혁은 펼쳤던 손바닥을 움켜쥐었다. 검푸른 기운이 빠르게 줄어들며 작은 구슬 크기로 주석의 이마에 맺혔다.

"크아아아악!!"

털썩!

커다란 비명과 함께 주석의 몸이 썩은 짚단마냥 바닥에 쓰러졌다. 쓰러진 주석에게 가까이 다가간 장혁은 그의 이마에 손을 얹었다.

―네놈이 가지고 있던 반고의 권능은 거두었다. 네가 가진 다른 것 또한 마찬가지다. 이제부터 네가 할 일은 한민족의 통일이다. 그것이 네가 세상에 속죄하는 유일한 방법이다.

장혁은 쓰러진 주석을 향해 카오스 임팩트를 담아 텔레파시를 보냈다. 그가 앞으로 해야 할 일에 대해서였다. 손을 떼자 폐허로 변한 주석궁을 감싸던 결계가 사라졌다. 상황이 끝났음을 감지한 태우가 결계를 해제한 것이다. 모습을 드러낸 장혁을 향해 태우가 다가갔다.

"보스, 끝났습니까?"

"다행히 어렵지 않게 정리할 수 있었어요."

"저자는 얼마나 살 것 같습니까?"

이제는 영혼을 잃어버려 인형이나 다름없는 상태가 된 주석이다. 장시간 허깨비 상태를 유지할 수 없을 터였기에 태우가 물었다.

"의지를 심었지만 많아야 삼 년 정도 될 겁니다. 저자를 도와줄 능력자들이 있으니 그 안에 제가 원하는 대로 정리를 끝낼 수 있을 겁니다."

주작과 주석에 의해 조종되는 능력자들이 이미 제압된 터였다. 많은 수의 일급 능력자들이 소멸됐지만, 아직도 많은 수가 남아 있었다. 대부분 특급에 가까운 능력자들이기에 그들이 주석을 돕는다면 계획하고 있는 일들을 별다른 탈 없이 진행할 수 있을 터였다.

"그럼 곧바로 통일이 되는 겁니까?"

"아직까지는 시기상조입니다. 남쪽에 남아 있는 잔재들을 쓸어 내는 데 시간이 많이 걸릴 테니 말입니다. 하지만 그사이 북쪽에서는 차근차근 통일을 준비할 수 있을 겁니다."

"그렇군요."

주작과 주석의 의식을 읽은 장혁과 영혼이 연결된 덕분에 많은 사실을 알고 있던 태우가 고개를 끄덕였다.

'하긴 미련이 남은 존재들이 남쪽에 득시글거리니 시간이 걸리겠구나.'

권능을 잃어버리고 살아남은 쭉정이 신들의 의지를 따르고 있는 존재들이 넘쳐 나는 곳이 바로 대한민국이었다. 다른 나라에도 있기는 하지만 유독 많은 곳이 바로 대한민국의 현주소. 그런 자들을 정화하기 위해서는 많은 시간이 필요할 것이고, 그사이에 북쪽을 정리하려는 것이 장혁의 뜻임을 알 수 있었다.

"그나저나 그 자식들은 뭐 뜯어먹을 것이 있다고 남쪽에 똬리를 틀었는지 모르겠습니다."

"세상의 근원이 시작된 곳이 바로 대한민국입니다. 무신의 고향이고, 태초에 지고한 존재들이 처음 스스로 생겨난 곳이기도 하지요. 그러니 그렇게 몰려들었을 겁니다. 비록 권능을 잃어버렸다고는 하지만 마지막 개벽에 기회를 잘만 잡는다면 신들 또한 본래의 모습을 회복할 수 있을 테니 말입니다."

"신들의 고향이라……."

대한민국이 신들의 고향이라는 것이 믿어지지 않지만, 말을 꺼낸 이가 바로 장혁이었다. 신들의 고향이라면 정말 장혁의 계획이 흔들릴 수 있기에 태우는 마음을 진정시킬 수 없었다.

"아저씨, 이제 가시죠. 이제는 남쪽으로 내려가야 할 때입니다."

"알겠습니다. 준비를 해 놓도록 하겠습니다."

대답을 했지만 도망치듯 대한민국 땅을 떠난 태우는 마음이 심란했다. 얼마나 많은 신들의 아바타가 대한민국에 머물고 있는지 몰랐다.

'이제부터 신들을 사냥한다. 소멸이냐? 인간이냐? 선택은 오직 하는 바에 달렸으니 잘 선택해야 할 것이다.'

신들의 소멸을 위한 전쟁을 생각하며 장혁은 태우의 두 손을 잡았다.

번쩍!

환한 빛과 함께 장혁 일행이 주석궁에서 사라졌다. 그가 나타난 곳은 판문점이 가까운 곳이었다. 예상과는 다른 장소라 태우가 물었다.

"곧바로 넘어가지 않으신 겁니까?"

"여기서 조금만 기다리시면 됩니다. 주석궁과 연락이 닿은 누군가 올 겁니다."

"그럼, 신분이 세탁되어 있을 겁니다."

의식에서 의식으로 전해지는 방법을 통해 주석에게 상당량의 지시를 각인시켰다.

그중 하나가 새로운 신분을 만들라는 지시였다. 이미 다른 능력자들과 네트워크를 형성하고 있기에 신분 증명서를 만드는 것은 그리 어려운 일이 아니었다. 대한민국에서의 신분은 상관없었다. 새로운 얼굴과 신분으로 판문점을 넘어설 것이기 때문이었다.

"신분을 세탁하신단 말입니까?"

"우린 주석궁의 특사로 대통령을 만나게 될 겁니다."

"대, 대통령을 만난다는 말입니까?"

"그가 바로 태륜의 세 번째 장로입니다."

"으음. 대통령이 태륜의 세 번째 장로라니 정말 놀랍군요."

"다른 자들보다 그를 제일 먼저 처리해야 합니다. 그래야 일이 수월해질 테니 말입니다. 앞으로 아저씨는 대통령을 보호하십시오. 그가 태륜에 반기를 든다면 반드시 암살하려 할 테니 말입니다."

"알겠습니다, 보스."

장혁이 무엇을 말하려고 하는지 알았기에 태우가 고개를 끄덕이며 대답했다.

기다리는 시간은 그리 길지 않았다. 헬리콥터를 이용해 당 상무위원 중 하나가 신분증을 가지고 2시간도 되지 않아 도착했던 것이다. 놀랍게도 북에서 내려온 상무위원은 천호문도 중에 북에 있던 사숙이었다. 스승을 통해 정체를 알고 있었기에 주석에게 사숙을 통해 신분증을 준비해 오도록 했던 것이다.

천호의 비전을 살짝 보여 주어 자신을 확인시킨 장혁은 텔레파시를 통해 사숙과 많은 이야기를 나눌 수 있었다.

처음에는 갑작스럽게 판문점에 온 것을 의아해했으나 문환용은 장혁의 설명을 듣고 드디어 천호문이 움직이기 시작했음을 알고 적극적으로 협조해 주기로 약속했다.

세 사람이 판문점을 통해 남쪽으로 들어서자 이미 주석궁의 특사가 대통령을 면담하러 간다는 연락이 간 상태였는지 남측 구역은 어수선하기 그지없었다. 장혁 일행을 맞은 것은 급하게 판문점으로 온 외교부 관련 담당자들이었고, 그중에는 안기부요원들도 섞여 있었다.

중앙당 상무위원인 문환용이 주석궁의 특사가 통일을 위한 주석의 친서를 대통령에게 전달하려 한다는 사실을 알리자 남측 관계자들은 당황스러운 눈치를 보였다. 전격적이고 급작스러운 방문이고, 워낙 중대한 사안이라 자신들만으로는 어떤 결정도 내릴 수 없었기 때문이었다.

외교부 관계자는 곧바로 장관에게 보고를 했고, 계통을 따라 청와대에 이런 사실이 보고 된 것은 1시간이 지난 뒤였다. 통일을 위한 주석의 특사가 방문했다는 사실에 군 출신인 대통령은 특사의 예방을 전격적으로 허용했다.

특사로 가장한 장혁 일행은 판문점에서 곧바로 청와대로 향했고, 대통령을 예방할 수 있었다. 대통령과 만나는 자리는 1년 새롭게 완공한 집무실이었다. 집무실로 들어서기 전 일행은 곳곳에 능력자들이 모습을 숨긴 채 포진해 있음을 알 수 있었다.

—보스, 능력자들이 곳곳에 잠복해 있습니다.

—일급 능력자 여섯과 특급 능력자 한 명이군요. 하지만 우리에게 위협이 될 만한 일은 없을 겁니다.

짐의 보고에 장혁은 숨어 있는 자들의 정확한 능력을 알려 주었다.

—특급 능력자는 곧바로 제압하겠습니다.

—그럼 나머지는 태우 아저씨와 사숙에게 맡겨야겠군요.

짐에게 대답한 장혁은 두 사람에게 텔레파시를 보냈다.

—사숙님은 좌측을 그리고 아저씨는 우측을 맡아 주세

요. 대통령의 뒤에 있는 자는 짐 아저씨가 맡을 거예요.

─대통령은 직접 제압할 생각이냐?

사숙인 문환용이 텔레파시를 보내 왔다.

─놈에게 볼일 있으니 그래야 할 것 같습니다. 나머지 일반인들도 제가 해결할 테니 능력자들만 신경 써 주십시오.

─알았다.

능력자들만 있는 것이 아니었기에 장혁은 은밀히 카오스 임팩트를 펼쳤다.

주변에 있던 일반인들이 정신을 잃고 모두 쓰러졌다.

집무실 내부에서도 능력자가 방문했다는 것을 알아차린 듯 기세가 엄엄했지만 공격을 해 오지는 않았다. 그렇게 주변을 정리하고 집무실로 들어서자 대통령이 침착한 모습으로 일행을 맞았다.

"이렇게 능력자들을 보내다니 이장로께서 급한 일이 있었나 보군."

"급한 일이기는 하지."

"하지?"

"후후후, 태륜의 삼장로에게 존대를 꼭 해야 하나?"

장혁의 반말에 대통령이 노기를 드러냈다.

"네놈은 누구냐?"

대통령은 상당한 기세를 드러냈다. 권능으로 발현되는 기세였다.

"능력을 감출 줄 알다니 재미있군."

"누구냐고 물었다."

"무신이라고 들어 봤나?"

"무신?"

"무신의 존재를 모르다니. 역시나 네놈은 태륜에서도 소외된 존재였군. 그러니 할아버님과 가족들을 네놈 마음대로 죽였겠지."

화아악!

파파파팟!

장혁이 대통령을 향해 기세를 한껏 드러내자 숨어 있는 자들이 움직였고, 그와 동시에 다른 움직임도 있었다. 이미 대비하고 있던 세 사람은 숨어 있던 자들을 모두 제압했고, 숨어 있던 자들의 모습이 세상에 드러났다.

"이, 이럴 수가!"

태륜 내에서도 수위를 다투는 경호조가 순식간에 제압을 당한 상황에 대통령은 어쩔 줄을 몰랐다.

파파팍!

장혁은 어리둥절한 모습의 대통령의 가슴을 빠르게 짚었다. 권능의 근원이라고 할 수 있는 심장을 자신의 기운으로 감싸 단번에 제압한 것이다.

"어으, 어으."

말이 나오지 않아 어눌한 목소리를 내뱉으며 대통령을 가슴을 쥐어 잡고 비틀거렸다.

"당장 죽이고 싶지만 네놈이 해야 할 일이 있어 참겠다. 하나 앞으로 네가 받아야 할 고통을 한 번 겪어 봐라."

"끄으으으으……."

심장을 쥐어뜯는 것 같은 고통에 눈물과 콧물을 흘리며 대통령은 바닥을 굴렀다. 일국의 대통령이라고는 할 수 없는 비참한 모습이었다. 고통으로 인해 벌레처럼 꿈틀거리는 대통령을 바라보던 장혁은 1시간이 흐른 후 금제를 풀어 주었다.

"일이 끝난 후 네놈이 가진 피의 힘이 쌓은 원한의 크기만큼 죽는 날까지 고통을 받을 것이다. 온전한 정신으로 말이다."

눈빛이 많이 흐려져 있지만 이지를 상실하지 않은 대통령에게 앞날을 이야기해 준 장혁은 그의 머리에 손을 얹었다.

카오스 임팩트가 대통령에게 베풀어졌다. 주석에게 각인시킨 것과 같은 계획이 주입되었다.

의지를 완전히 제압하고 의식을 조작한 터라 자신의 계획대로 일을 진행시킬 것이기에 장혁은 대통령의 몸을 회복시켰다.

그리고 쓰러진 능력자들을 공간 이동을 통해 곧바로 은밀가로 보냈다.

장내가 정리가 되자 일반인에게 베푼 카오스 임팩트를 풀었다. 의지를 부여해 정신을 약간 조작하고 쓰러지기 전에 서 있던 그대로 일으켜 세운 후에 풀어 주었기에 대통령 집무실에서 벌어진 일들에 대해서는 알아차린 이가 아무도 없었다.

한반도를 나누어 지배하고 있는 수장들을 완벽하게 제압을 한 것이다.

10장.

혼돈의 개벽!

북쪽의 최고 통수권자인 주석의 친서가 실제로 전해졌기에 특사로서의 임무는 금방 마칠 수 있었다. 향후 통일 방안에 대한 구체적인 언급과 남북 영수의 교차 방문 회담을 제안하는 내용의 친서는 북한 관련 부서에 파장을 일으켰다. 전격적으로 통일하자는 내용도 그렇거니와 그 시기를 3년 후로 잡고 단계적으로 접근하자는 내용이었기 때문이었다.

　—그냥 놔두어도 되겠습니까?

　청와대를 나와 판문점으로 향하는 차 안에서 태우는 도청을 우려해 텔레파시로 현임 대통령에 대해 물었다.

　—그자는 다른 자들과 달리 능력자가 아니니 그리 걱정할 것 없습니다. 문제는 물러나 전임 대통령인데 그자에 대한 처리도 은밀가에서 할 테니 문제가 발생할 염려는 없습

니다.

—그럼 판문점을 넘어가신 후에 다시 서울로 가실 겁니까?

—아무래도 심상치 않은 일이 벌어진 것 같으니 그래야 할 거 같습니다.

전임 대통령과 그를 따르는 자들에 대한 처리를 부탁하기 위해 유란과 텔레파시로 통화하면서 사서지가에 대한 사항을 들었다. 상당한 중요한 정보를 사서지가에서 가지고 있는 것이 분명했다. 태륜에서 모습을 드러내며 하나하나 제거하고 있는 것을 보면 반드시 알아봐야 할 일이었다.

판문점에 도착해 곧바로 북쪽으로 향한 장혁은 사숙을 평양으로 돌려보내고, 유란이 머물고 있는 은밀가의 거점으로 공간 이동을 했다.

"오셨습니까?"

"내가 없는 동안 고생했어."

"아니에요. 그렇지 않아도 말씀 드릴 것이 있어요."

"다른 것이라도 있나?"

"방금 전에 마지막 남은 생존자에 대한 단서를 잡고 그가 있는 곳을 찾아냈어요."

"그가 있는 곳이 어디에 있는 거지?"

"그자가 있는 곳은 청와대에요."

"청와대?"

불과 얼마 전에 청와대를 다녀왔던 장혁은 놀라 물었다.

"한 달 전에 교체가 된 민정수석이 바로 마지막 남은 생존자에요."

"으음."

대통령을 예방하기 전에 많은 사람들을 소개받았었다.

그러나 그 자리에 민정수석은 보이지 않았다.

"전화를 좀 걸어야겠는데."

"이걸 쓰세요."

유란은 커다란 휴대폰을 장혁에게 내밀었고, 장혁은 얼마 전에 알게 된 번호를 눌렀다. 대통령과 직접 연결이 되는 핫라인이었다.

—대통령입니다.

"나다."

—말씀하십시오.

"민정수석비서관을 만날 수 있게 조치를 취해다오."

—최수석은 이틀 전부터 휴가입니다.

"유감이군."

—최수석이 휴가를 간 곳은 청계산 별장입니다.

"청계산?"

—얼마 전에 별장은 지었다고 합니다. 그곳은……

대통령은 정확한 위치를 알려 주었다.

"으음, 알았다. 이만 끊지. 계획은 예정대로 진행이 되니 차질 없이 추진하도록."

—명심하겠습니다.

대통령이 알려 준 곳은 뜻밖의 장소였다. 별장을 지은 곳이 자신이 어려서부터 살았던 곳이었던 것이다.

"어째서 그가 그곳에 별장을 지은 거지? 무슨 의도가 있는지 모르겠지만 가 봐야겠군."

사서지가의 인물로 확인된 민정수석이 남씨 가문의 집터에 별장을 지었다면 이유가 있을 것이 분명했다.

"유란, 다녀와야 할 것 같다."

"곧바로 가실 겁니까?"

"그래."

"그럼, 준비하겠습니다."

유란은 서둘러 밖으로 나가 차량을 준비했다.

장혁은 그리 많은 시간이 걸리지 않아 민정수석의 별장에 도착할 수 있었다.

"으음."

별장을 보는 순간 저절로 신음이 흘러나왔다.

"왜 그러세요?"

"전에 살던 곳과 똑같아. 불타 버렸었는데 말이야."

"정말이에요?"

"그래."

자신에 대한 이야기를 들었기에 매우 놀란 유란의 물음에 장혁이 고개를 끄덕였다.

"들어가지."

"예."

유란은 앞서 걸어가는 장혁의 뒤를 조심스럽게 따랐다.

담을 따라 어렸을 적에 자신의 손때가 묻은 흔적도 보일 정도로 너무나 똑같이 지어진 집이었다.

'후우, 왜 이렇게 떨리는 거지?'

집 앞에 선 장혁은 떨리는 가슴을 진정시켰다.

'어느 놈이 장난을 친 것인지는 모르지만 가만두지 않을 것이다.'

이 문을 열면 사랑하는 가족들이 자신을 웃으며 맞아 줄지도 모른다는 생각이 들 정도로 같았지만 누군가에 의해 흔적마저 복원해 똑같이 지어진 집이란 것을 알고 있기에 마음이 차갑게 식었다.

삐걱!

녹슨 경첩에서 울리는 비명 소리와 함께 문이 열렸다. 툇마루가 보이고 그 위에 가만히 앉아 있는 중년의 사나이가 보였다.

'저자는?'

사나이의 얼굴을 확인하는 순간, 끝없는 분노가 치밀었지만 장혁은 애써 마음을 가라앉혔다.

"유란이는 여기 있어."

"저어……."

장혁이 툇마루로 향했다. 눈에 띄게 격동하는 것을 보았지만 유란은 말릴 수가 없었다. 뭐라고 형용할 수 없는 기운이 장혁의 몸에서 흘러나오고 있었던 탓이었다.

눈앞에 있는 사나이는 가문의 비극을 불러온 자였다.

'어째서?'

가족들과 자신을 바로 눈앞에서 베어 버린 태륜의 집법자가 불타 버린 집을 복원하고 별장으로 만들었다는 것이 장혁은 이해가 되지 않았다.

"당신이 어떻게 이곳에 있는 거지?"

툇마루에 올라 마주하고 앉은 장혁은 사나이에게 물었다.

"이런 날이 올 줄은 몰랐는데 정말 오랜만이다. 어르신께서 말씀하신 대로 넌 다시 부활했구나."

"그게 무슨 말이지?"

할아버지를 언급한 것에서 가족의 비극에 사연이 있음을 짐작한 장혁이 물었다.

"휴우, 이제는 너도 진실을 들어야겠지."

"진실이라, 어디 한 번 이야기해 봐라."

"지금부터 내가 하는 이야기는 어르신의 사념으로도 전해지지 않은 내용이다. 내가 하는 이야기라서 믿지 않을지도 모르지만 진실이라는 것을 알아 주기 바란다."

"사설은 그만두고 본론만 말해라."

경계심을 늦추지 않고 이야기를 재촉하는 장혁을 보며 사나이가 미소를 지었다.

"후후, 알았다. 무신의 유산은 혈주와 사신만이 아니었다. 그가 남긴 진정한 유산은 바로 너다. 피를 통해 전승되어 온 인간이 바로 무신이다."

"그것이 도대체 무슨 말이지?"

"삼십 년 전에 북한의 오지의 탄광에서 아이가 발견되었다. 놀랍게도 그 아이는 광맥을 캐다 그 안에서 튀어나왔지."

"그 아이가 나인가?"

"맞다, 바로 너였지. 광맥 속에서 네가 발견되자 사람들이 너를 옮기려 했다. 그러나 광맥 속에 박혀 있던 너를 옮길 수 있는 이는 아무도 없었기 때문이다. 옮기려 한 자들은 모두 죽음을 면하지 못했으니 말이다. 상부로 보고가 됐고, 당시 주석을 제외하고는 최고라 말할 수 있는 특급 능력자 다섯이 모였다. 너를 살펴보기 위해서였지. 하지만 그들이 모여서는 안 되었다. 너를 보는 순간에 비극이 시작되었으니 말이다."

"나를 차지하려고 서로 싸웠던 건가?"

"아니다. 그들은 능력을 잃어야 했다. 가지고 있던 모든 것을 너에게 빼앗겨 버렸지. 북의 능력자들은 너의 정체를 파악하기 위해 많은 노력을 기울였다. 특히나 태륜에서는 적극적으로 움직이기 시작했지. 다른 곳으로 옮길 수 없는 것은 여전했지만 달라진 것이 있었기 때문이다."

"뭐가 달라진 것이지?"

"특급 능력자 다섯의 능력을 빼앗은 이후로 다시는 그런 현상이 일어나지 않았다. 덕분에 너에 대한 연구가 활발하게 진행이 되었지. 그렇게 너에 대한 조사를 시작한 지 십 년 정도가 지나자 네가 바로 무신이 남긴 유산일지도 모른다는 단서가 포착이 되었다."

"으음, 그때 할아버지가 움직이신 거로군."

"맞다. 남 씨 가문은 태륜의 심상치 않은 움직임을 포착했고, 수장이었던 어르신이 움직였다. 그리고 너를 데리고 왔지."

"할아버지는 태륜으로부터 나를 지키기 위해 세상으로부터 숨으신 건가?"

"그런 것도 있지만 무신의 부활을 위한 준비도 하기 위해서였다. 그 당시 너는 완전하지 않았었으니까."

"으음."

"그러던 와중에 너에 대한 정보가 태륜으로 들어갔다. 대통령이 통치 자금을 조사하던 어르신의 아들 때문이었지. 통치 자금을 조사한다는 정보가 그들에게 들어갔고, 역으로 조사를 하는 와중에 너에 대한 작은 정보가 그들의 호기심을 자극했던 거다."

"으음."

"어르신은 위험을 느끼시고는 최후의 안배를 시작했다. 너무 촉박한 시간이라 아주 극단적인 선택을 하셨지. 정보가 들어간 이상 자신과 가족들은 태륜의 손아귀를 벗어날 수 없다는 것을 알고 계셨기 때문이다."

"그럼 그날의 일이 할아버지께서 계획하신 거라는 말인가?"

"그렇다. 어르신은 너를 완벽한 무신으로 만들기로 하셨다. 그리고 나는 어르신의 부탁을 받고 그들 속으로 숨어들기로 했다. 그런데 나에게 그런 명령이 내려질 줄이야. 그것은 어르신조차 예상하지 못한 일이셨다."

"나를 완벽하게 만들려고 한 방법이 가족들의 죽음이었나?"

"나중에서야 안 일이지만 가족들의 죽음만이 너를 완벽하게 만들 수 있었다. 네가 무신의 유산이라는 것은 남 씨 가문에서는 아주 오래전부터 알고 있었다. 너에 대해서는 무신이 남긴 유지가 있었고, 대대로 남씨 가문에 전해져 내려왔으니 말이다."

무신의 유지에 대해서는 할아버지의 사념을 통해 어느 정도 알고 있던 장혁은 고개를 끄덕였다.

"태륜의 시야에서도 벗어나고, 완벽하게 무신으로 부활시키는 계획은 성공했다."

"스스로는 물론이고, 가족들의 생명을 희생해 나를 무신으로 부활시키려 했다는 것인가?"

"맞다. 사서지가는 역사를 기록하고 정보를 제공하는 역할을 맡아 왔다. 그리고 남씨 가문은 그 정보를 바탕으로 상황을 만들고 민족에게 해가 되는 인물들을 제거해 왔지. 그 정도의 계획은 아무것도 아니지."

"크으."

"너무 자책하지 마라. 그것이 남씨 가문의 숙명이니 말이다. 그리고 최씨 가문도 마찬가지다. 우리 두 가문은 오

로지 세상에 다시 강림할 무신을 위해 준비된 것이니 말이
다."

"그랬었군."

사실임을 알 수 있었다.

할아버지가 남긴 사념이 미진한 감이 있었는데 이제야
알 수 있을 것 같았다.

"내 머리에 손을 얹어라."

"뭘 하려고 하는 거지?"

"너에게 해로운 것은 없을 것이다."

장혁은 사나이의 머리에 손을 얹었다.

"남씨 가문과는 다르게 우리 최씨 가문에서 내려온 것이
있다. 찾아가기 바란다. 무신의 권능을 깨웠다면 그리 어렵
지는 않을 것이다."

무엇을 말하는 것인지 알기에 장혁이 머리에 손을 얹었
다.

우우우웅!

카오스 임팩트가 시전 되는 것과 동시에 강렬한 진동이
찾아왔다. 옆에서 지켜보고 있던 유란이 잔뜩 경계하는 모
습으로 기운을 끌어 올렸다. 한동안 그렇게 있던 장혁이 머
리에 얹고 있던 손을 뗐다. 방대한 양의 정보가 머릿속으로
들어와 안착했다. 정보 속에서 한 가지 놀라운 사실도 알
수 있었다.

"유란, 밖으로 나가 줄 수 있어?"

"이야기를 나누세요."

장혁의 말에 유란은 곧바로 밖으로 나갔다. 장혁은 유란이 밖으로 나가자 집 안을 자신의 기운으로 가두었다.

"완전해졌구나."

"덕분에요."

장혁의 말투가 달라져 있었다. 기억을 읽고 난 후 정체를 알 수 있었기 때문이었다. 사나이의 정체는 바로 할아버지의 아들로 월남전에 참전했다가 전사한 것으로 알려진 남현석이었다.

그것뿐만이 아니었다. 그의 지금 신분은 최씨 가문의 당대 가주였다. 최씨 가문의 사람들이 태륜의 추적을 받아 멸문에 가까운 타격을 받았고, 아버지의 안배로 숨겨진 유산을 현석이 얻은 후 지금까지 최씨 가문을 이끌고 있었던 것이다. 장혁의 믿음직한 모습을 보면서 현석은 밝게 웃었다.

"하하, 그럴 것이라 예상은 했지만 잘된 일이다. 아버님이 뜻하신 대로 모든 것이 이루어졌으니."

"한 가지 여쭙고 싶은 것이 있습니다."

"말해 보아라."

"그 수첩이 태륜이라는 조직에 가담한 자들의 명단이었던 것인가요?"

"가문의 사람들이 모두 죽어야 할 이유를 만들어 내야했고, 거대한 태륜을 속여야 했으니 놈들의 목줄을 쥘 만한 것은 그거뿐이었다."

"할아버지는 어째서 그런 선택을 하신 겁니까?"

"가문의 정체가 어느 정도 태륜에게 노출되어 있었다. 그들이라면 얼마 걸리지 않아 전부 파악했을 것이다. 그래서 아버님도 그런 극단적인 선택을 하신 것이다. 그 당시 가족들은 날을 받아 놓은 사형수나 마찬가지였으니까 말이다. 그것이 태륜으로 인해 받아야 할 고통을 줄이는 길이 될 수도 있는 일이었다. 당시에 넌 상달의 조짐을 보이고 있었다. 상황도 극단적으로 흐르고 있는 상황이라 아버님은 가문에 남겨진 안배대로 행하신 것이다."

"처음부터 죽음을 피할 수 없으니 최후를 맡기신 거로군요. 숙부와 저만이라도 살리시기 위해서 말입니다. 감당하실 수 없는 일이셨을 텐데……."

"아버님께서도 어쩔 수 없는 선택이셨을 테지만 나에게는 가혹한 형극이었다."

"으음."

가족을 죽이는 일이니 쉬운 일이 아니었을 것이다. 그럼에도 현석은 직접했기에 마음의 고통이 심할 것이기에 장혁은 안타까운 눈으로 바라봤다.

"후후, 그것이 우리 가문이 가진 숙명인 것을 어쩔 수 없는 일이었다. 덕분에 가문 대대로 내려온 숙원이 너로 인해 이루어졌으니 말이다."

"그렇다면 미국에서도 그렇고, 일본에서도, 러시아나 아랍에서도 누군가 저를 돕고 있다는 느낌을 받았었는데 바로 숙부였군요."

"그래. 네가 다시 부활한 후 고아원에서 일어났던 일들을 지운 것도 나고, 미국에서는 장인 어르신으로 하여금 너를 돕도록 한 것도 나다. 러시아나 아랍에서도 마찬가지고."

"그럼 그분들도."

"내가 너와 인연이 이어지도록 했다. 태우도 그렇고, 짐은 앞으로 너에게 많은 도움을 줄 사람들이니 아껴 주도록 해라."

"그들은 저와 하나의 운명으로 묶여 있습니다."

"잘된 일이다."

갑작스럽게 엮어 주기는 했지만 좋은 인연으로 이어진 것 같아. 현석은 기분이 좋았다.

"가문의 비고에 들어가 보아라. 그곳에 최씨 가문의 유산이 남아 있다. 네가 떠난 후 그곳에 옮겨다 놓았다. 최씨 가문의 유산이면 앞으로 되살아날 존재들을 상대하는 데도 큰 도움이 될 거다."

"숙부님, 혹시⋯⋯."

처연해 보이는 현석에 말에 장혁이 급히 물었다. 마치 유언을 하는 사람 같아서였다.

"그래, 가족의 피를 손에 묻힌 나다. 이제 완벽하게 무신으로 거듭난 네가 있으니 이제 그만 업을 끝냈으면 한다."

현석은 고개를 끄덕이며 처연한 목소리로 대답했다.

똑같은 모습의 집을 짓고 자신을 기다린 이유가 스스로 죽음을 맞이하기 위해서였던 것이 분명했다.

"숙부님, 어쩔 수 없는 일이었습니다."

"후후, 어쩔 수 없는 일이라……."

현석은 고개를 저었다.

"숙부님, 그분들은 어떻게 할 겁니까? 작은 어머니와 장호 형은요?"

"이미 죽은 사람으로 알고 있으니 걱정할 것은 없다. 우리 가문 사람들은 피의 유산을 물려받은 사람들이었고, 너를 향한 안배가 좀 더 완벽해지기 위해서는 죽음으로 유산을 하나로 합쳐야 했다. 절대 할 수 없다고 말씀을 드렸었지만 아버지께서는 계획을 멈추지 않으셨다. 내 의식을 조작하고 계획을 진행하셨고, 지금에 이르렀다. 다른 자의 의식으로 행한 일이라 마음의 짐을 덜 수 있었지만, 내가 어떤 일을 했는지 분명히 알고 있다. 나 스스로를 용서할 수 없구나."

설득하려 했지만 이미 죽음을 각오한 터라 설득하기는 요원해 보였다.

'숙부도 피해자다. 이대로 죽게 내버려 둘 수는 없다.'

너무도 가혹한 숙명이 아닐 수 없었다. 다른 자의 의식을 가졌다지만 무신의 탄생을 위해 가족을 죽여야 했던 현석의 처지가 안타까웠다.

'할아버지도 숙부께서 죽기를 바라지는 않으실 거다. 이런!'

스스로 심맥을 끊을 생각인지 현석의 기운이 폭증하는 것이 느껴졌다. 이미 현석의 죽음을 막기로 결심을 굳히고 있던 장혁은 급히 그의 정수리에 손을 얹었다.

—아, 안 된다.

—이미 지나간 과거입니다. 어쩔 수 없는 선택이었다는 것을 압니다. 스스로 하신 선택도 아니고요. 무신의 권한으로 앞으로 남씨 가문에 지워진 업을 지울 겁니다. 저도 이제 더 이상 가족을 잃고 싶지도 않습니다.

—으음.

현석이 저항하려 했지만 소용이 없었다.

사서지가인 만큼 의식을 방어하는 뛰어난 기제가 있었지만 무신과 같은 반열에 오른 장혁을 막을 수는 없었다.

빠르게 폭주하는 기운을 눌러 앉히고 빠르게 카오스 임팩트를 걸었다. 연신 안 된다는 눈빛을 보냈지만 장혁은 애써 현석의 의사를 무시했다. 장혁은 가족을 죽인 부분에 대한 기억을 지웠다. 공백이 생긴 부분에 대해서는 최씨 가문의 유산을 얻은 일을 조작해 메워 버렸다.

기억을 조작한 장혁은 내친 김에 현석의 몸을 전부 바꾸어 버렸다. 세상을 뒤집어엎는 일에 나서야 할 현석을 위해서였다. 특급 능력자에 버금가는 능력을 소유하고 있지만 앞으로 상대해야 할 자들은 만만한 이들이 아니었기 때문이다.

'끝났군. 이제는 행복하게 사십시오. 무신을 위한 희생을 여기까지입니다.'

남씨 가문과 최씨 가문은 그동안 무신을 위해서 희생만 해 온 가문이다. 행복하게 살아야 할 권리가 있었다. 이제 가족의 죽음에 대한 진실은 오로지 자신밖에는 아는 이가 없었으니 이것으로 된 것이었다.

─유란, 들어와.

주변을 봉쇄한 기운을 거두고 유란을 불렀다.

"끝나셨어요."

안으로 들어온 유란이 조심스럽게 다가왔다. 밖으로 나가기 전에 두 사람의 대화가 심각해 보였기 때문이었다.

"그래, 끝났어."

"저분은 누구신가요?"

"숙부님이야. 현재는 태륜에 잠입해 계신 상태야. 스스로 의식을 조작하고 계시니 유란이도 당분간은 비밀을 지켜 줘. 어디에 그들의 눈과 귀가 있을지 모르니 말이야."

"태륜을 전부 없애기 전까지는 비밀을 지켜야겠네요. 알았어요, 가주."

유란도 고개를 끄덕였다. 자신의 주군이자 연인이 된 장혁의 친인이라는 사실에 현석을 보는 눈동자에는 호감이 어렸다.

무엇보다 자신을 버리고 적진에 뛰어든 점이 마음이 들었다.

"으음."

조작한 의식이 안정화되자 현석이 정신을 차렸다. 눈을 뜬 현석은 장혁을 바라보았다.

'무슨 일이 있었군.'

눈앞에 있는 자신의 의식에 뭔가를 한 것 같지만 현석은 내색하지 않고 물었다. 무신이 그렇게 하고자 했다면 그래야 할 이유가 있을 것이라 생각했기 때문이다. 무엇보다 무신이 된 장혁은 자신에게 있어 거스를 수 없는 존재였다.

"이제 숨어 있는 시간은 끝났습니다, 숙부님."

"나를 알아보는 모양이로구나."

"할아버지가 숙부님 사진을 가끔씩 보시더군요. 성형수술을 하신 것 같으신데 진면목이 조금은 남아 있습니다."

"그래, 무사히 무신의 안배를 얻은 것이냐?"

"얻었습니다. 세상에 웅비할 기반도 어느 정도 마련했고 말입니다."

"다행이다. 놈들에게 희생을 당하면서도 끝까지 안배를 베푸셨는데. 놈들을 용서하지 마라."

"놈들은 세상에서 사라질 겁니다. 지금 여기로 찾아온 놈들부터 말이죠."

"놈들이 지옥에 제 발로 걸어 들어온 모양이니 나가 보도록 하자."

현석이 몸을 일으켰고, 장혁과 유란도 뒤를 따랐다.

밖으로 나가자 은신해 있는 자들이 느껴졌다. 최씨 가문의 생존자를 쫓아온 태륜의 집법사자들이었다.

—유란, 놈들이 도주하지 못하게 결계를 펴 줘.

—예, 걱정 마세요.

보이지 않는 기운이 사방을 휘감았다.

이제는 붉은빛이 완전히 사라지고 새로운 형태로 변화된 혈후의 기운이 수십 가닥으로 퍼져 나가 숨어 있는 자들을 옭아맸다.

피피핏!

거리를 격하고 생각만으로 카오스 임팩트를 걸었다. 상대의 생각을 읽고 의식을 조작하기 위해서다. 죽어야 할 자들이지만 앞으로 되살아날 존재들을 상대하기 위해 필요한 자들이었다.

"벌써 끝난 거냐?"

"앞으로 우리를 따를 겁니다. 숙부님이 거두셔서 놈들을 압박하는 데 써 주세요."

"알았다."

현석이 고개를 끄덕였다.

—앞으로 너희들의 주인이 되실 분이다. 그동안의 죄를 이분을 모심으로써 씻어라.

장혁은 태륜의 집법사자들의 의식 속에 현석이 주인임을 각인시켰다.

"혁아, 그런데 다른 자들은 어떻게 할 거냐?"

"능력자들은 재활용해야겠지만 다른 자들은 제거할 생각

입니다. 모든 것을 빼앗아 나락으로 떨어트리면 될 겁니다."

"다른 자는 몰라도 막후에 숨어 있는 자는 제거하도록 해라. 그는 그곳에서 온 자다. 특히나 사람들의 의식 속에 불신과 타락을 심은 자니 곧바로 제거해야 한다."

"알고 있습니다. 염려 마십시오."

"그리 쉬운 자가 아니다."

대한민국의 타락을 심은 자다. 권력자들의 의식을 자신이 이용하기 편하도록 바꾸어 놓은 자니 반드시 제거해야 했다.

하지만 그는 신들의 은신처에서 온 존재다. 어느 정도 본래의 능력을 회복한 상태라 상대하기도 쉽지 않은 상황이다. 만약 그를 제거하려다가 되살아날 존재들이 자신에 대해 알아차리기라도 한다면 엄청난 희생을 치러야 했다.

쉽게 대답할 성질의 것이 아니었다.

"도움을 줄 분이 있으니 제거하기는 어렵지 않을 겁니다."

"놈들에게 알려지지 않도록 도와줄 사람이 있다는 말이냐?"

"무신을 가둔 영겁의 감옥을 만든 이의 후손이 있습니다."

"그자가 도와주려고 하겠느냐?"

"장호 형의 스승이시니 우리의 뜻을 안다면 도움을 줄 겁니다. 더군다나 놈들에게 알려지지 않도록 제가 인과율을 살짝 비틀기도 할 것이고 말입니다."

"알았다. 그러면 되겠구나."

"가시죠. 대한회라는 곳으로 말이죠."

"그래, 가자."

세 사람은 곧바로 옛집을 떠났다.

은밀가의 본거지에 도착한 장혁과 현석은 서광을 만날 수 있었다. 장혁은 인간을 노예로 부리려고 하는 신들의 음모를 서광에게 모두 알려 주었다. 숨겨져 있는 진실을 알게 된 서광은 크게 분노했다.

협조를 받아 낼 수 있었다. 신이 만든 기존의 시스템을 파괴하려던 무신을 인간을 위해 가두어 두었던 금강이다. 신의 폭주를 막는 자답게 협조를 아끼지 않기로 했다.

서광과 함께 옆에서 모든 것을 듣고 있던 장호도 분노했다. 자신을 나아 준 아버지가 죽음으로 몸을 숨기고 신과 같은 존재와, 그들이 만든 태륜을 상대하느라 가족을 저버려야 했던 것에 분노했던 것이다. 그것은 혜연 등도 마찬가지였다.

현석은 장호와 함께 하남으로 갔다. 현석의 아내인 경숙을 만가기 위해서였다. 가족들의 해후도 중요하지만 신의 잔재를 지우고 대한민국을 바꾸려면 가지고 있는 힘을 도무 합쳐야 했다. 아내가 가지고 있는 힘을 바탕으로 은밀가와 강남을 장악한 조직을 이용해 향후를 위한 대비해야 한다는 것이 현석의 생각이었다. 혜연과 도영 등도 같이 합류했다.

남아 있던 일행은 곧장 대한회의 본거지로 갔다. 대한민국을 비트는 존재를 제거하기 위해서였다. 1시간이 걸리지 않아 일행이 도착한 곳은 서광사의 흔적을 확인하고 비영대주가 헬리콥터를 타고 갔던 여의도의 커다란 빌딩이었다.

"저곳에 있다는 말이지?"

커다란 빌딩을 바라보며 서광이 노화가 치민 얼굴로 말했다.

"그렇습니다."

"저기에 있는 놈으로 인해서 하나밖에 없던 친우인 네 할아버지가 죽었고 말이야."

"놈들의 비밀에 접근한 것이 원인이었습니다."

"이제 말해 줘도 괜찮지 않나?"

오는 동안에도 대한회에 침투해 있는 존재에 대해서 알려 주지 않았기에 서광이 물었다.

"죄송합니다. 스님의 기파는 놈들의 감시 대상이라서 말이죠."

"내가 치는 결계로 가능할 것 같으냐?"

"가능합니다. 가장 강한 자이지만 놈은 그들 중 하나일 뿐입니다. 완벽하지는 않지만 영겁의 감옥이면 놈들에게 알려지지 않을 겁니다."

"후우, 알았다."

스스로 존재하는 수많은 자들 중 가장 먼저 세상에 나왔다.

제일 강한 자이기는 하지만 남아 있는 자들을 합친 것에는 비할 바가 아니었다. 반드시 제거해야 할 자이지만 알려져서는 좋을 것이 없었다.

서광은 자신에게 남겨진 비전을 이용해 빌딩 주변에 결계를 쳤다. 아지랑이 같은 기운이 빌딩을 감쌌다. 결계를 뒷받침하기 위해 특별한 방법으로 지어진 건물이 아니지만, 완전한 능력을 갖춘 것도 아니고, 무신이 아닌 이상 안에서 벌어지는 일이 새어 나갈 일은 없었다.

'여기서 결착을 낸다. 모든 것을 다시 시작하는 거다.'

서광이 결계를 완성한 후 장혁도 주변에 결계를 쳤다. 마지막 여정을 위한 준비이기도 하지만 카오스 임팩트를 이용한 결계로 신이라 불리는 존재에게 정신을 함락당한 이들을 위한 결계였다.

"이제 결계가 완성이 됐다. 이제는 그놈이 누구인지 말하도록 해라."

장혁이 손을 쓰는 것을 지켜보던 서광이 물었다.

"모두가 지사라는 자가 꾸민 일이었습니다. 말씀드렸다시피 세상에 나와 있는 존재들 중 하나가 바로 지사라는 자입니다."

"그, 그놈이!"

대한민국의 근기(根氣)를 바로 잡기 위해 만든 단체가 바로 대한회다. 금강의 진전을 잇고 난 후부터 자신의 모든 것을 다 바쳐 일구어 놓은 곳이다. 서광은 자신이 신이라 불렸던 존재의 장난감이었다니 분기가 치솟았다.

"올라가자."

"그러시죠. 유란은 바깥을 지켜 줘."

─두 분도요.

장혁은 유란과 함께 태우와 짐에게 바깥을 부탁하고는 서광을 따라 빌딩 안으로 들어갔다. 현관을 지나 엘리베이터로 가는데도 사람이 보이지 않았다.

"아무도 보이지 않다니 이상하구나."

"보통 사람들은 움직일 수 없을 겁니다. 사도들은 자신의 주변에 배치해 두었을 거구요."

"그렇겠군."

두 사람은 엘리베이터를 탔다. 총사의 집무실로 바로 밑에 층에서 내린 후 지사부로 향했다. 예상처럼 집무실 입구 복도에 로브를 입은 자들이 늘어서 있었다.

'그자의 사도들이군.'

자신을 따르지 않는다고 도시를 송두리째 없애 버리기도 했던 존재를 모시는 자들이라 결코 평범할 리 없었다.

"비켜라."

"예를 갖춰라. 유일하게 존귀하신 분을 만나러 온 자들답지 않게 경거망동하지 말고 말이다."

"웃기는군."

장혁은 손을 들어 십이 사도를 가리켰다.

"헉!"

신의 준 권능을 발휘하기도 전에 거미줄에 걸린 나방 같은 신세가 되어 버린 십이 사도가 버둥거렸다.

"너희를 필요로 하는 이는 세상에 없으니 사라져라."

언령이 담긴 말에 로브를 입은 자들의 몸이 오그라들었다.

콰지지직!

"큭!"

답답한 신음과 함께 사도들의 몸이 우그러들었다. 특별한 권능을 지녔음에도 저항할 수 없었다.

파스스스스……

십이 사도들이 한 줌의 먼지로 으스러졌다.

"안에 있을 겁니다. 들어가시죠."

"그, 그러지."

가공스러운 능력을 본 서광은 앞서 들어가고 있는 장혁을 보며 떨리는 목소리로 대답하며 뒤를 따랐다.

"후후후, 이제야 왔군."

문을 열고 들어서자 서늘한 웃음을 짓고 있는 사나이가 두 사람을 맞았다. 대한회의 머리라고 할 수 있는 지사였다.

'내가 아는 지사가 아니다.'

눈앞에 있는 이가 인간이 아님을 알 수 있었다. 신성한 광휘를 뿌리는 존재는 자신이 알고 있는 바로는 하나밖에 없었다.

'신이 세상에 강림해 인간들 틈에 파고들었다는 말인가?'

설명을 듣기는 했지만 믿지 않았는데 이제는 아니었다. 가슴에 자리한 금강의 기운이 대적을 만난 것처럼 미친 듯이 요동치는 것을 보면 인과율을 어긴 존재가 분명했다.

　"나에 대해 이미 알고 있었나 보군."

　"무신이라는 존재를 기다렸었으니까. 이제는 끝을 내야 할 것 같아서 말이야."

　장혁의 존재를 인식하고 있었던 것 같은 대답이었지만 두려움 없는 목소리였다.

　자신을 믿는 이들이 현저히 줄고 있는 세상이지만, 한국은 달랐기에 권능을 상당 부분 회복할 수 있었다. 자신들을 있게 한 존재가 있음에도 광적으로 자신을 추종하는 이들이 있었기 때문이다. 무신이 태어난 곳이라고는 하지만 자신의 존재를 받아들인 지 200여 년이 되지 않았음에도 그 누구보다 열정적으로 믿는 신자들이 넘쳐 나는 나라가 바로 대한민국이다. 그로 인해 유일신이라 자처하던 시절의 힘을 거의 회복한 지금은 모든 것이 자신이 있었다. 아무리 무신이라도 지금의 시점에서는 자신의 상대가 될 수 없는 것이다.

　"내가 할 소리로군."

　"건방진 놈."

　화아아악!

　지사가 뿜은 기세가 금강의 결계를 흔들었다지만 표정이 변하지 않는 장혁을 보며 물었다.

"하하하! 그렇게 자신 있나?"

"물론."

콰아아아아아!

"후후, 이런 나의 힘을 보고도 말이냐?"

특급 능력자와는 비교도 할 수 없는 기세를 뿜어내며 지사가 다시 물었다.

"그날! 세상을 움직이는 시스템이 바뀐 후부터 너희들은 패배했다. 아무리 나를 가두었다고는 하지만 그때부터 너희들은 망령과 같은 잔재만 남은 상태였다. 그런 내가 너를 왜 두려워해야 하지?"

"네놈이!!"

"선도 악도 아닌 너를 맹목적으로 신봉하는 어리석은 신자들을 믿는 것인가? 태초가 시작된 이곳을 장악하고 있는 것을 믿는 것인가?"

"그것을 알고 있었더냐?"

스스로 존재하는 자들이 세계를 지배하는 시스템이 완성된 곳이 이곳 한반도다.

처음 도래했던 빙하기가 끝난 후에 바다 밑으로 가라앉은 곳에 태초에 시작이 있었다.

신들의 기억 속에서도 사라진 성전!

모든 존재들의 고향이라고 일컬어지는 그곳을 자신이 장악했다는 사실을 장혁이 알고 있자 지사는 놀라지 않을 수 없었다.

자신을 이곳으로 보낸 태초의 존재들도 모르는 사실이다.

"나 혼자서 신들을 지울 수 있었다고 생각하나?"

"으음, 우리 중 배반자가 누군가 했더니 가이아로군."

초월자에 근접했다고는 하나 너무도 무력하게 권능을 잃어버렸다. 이제야 가이아의 분신들이 허망하게 소멸된 이유를 알 것 같았다. 그녀들은 어머니의 뜻에 따라 사라진 것이다. 신들이 만든 시스템을 붕괴시킬 첫 번째 파괴자로서의 역할을 맡은 것이 분명했다.

"권능을 키우기 위해 선악을 가리지 않고 추종하기를 바랐던 너로서는 모를 것이다. 그녀의 희생이 얼마나 위대한 것인지를 말이다."

"한낱 버러지만도 못한 인간들을 위해서 말이냐? 웃기는 이야기로군. 가축을 긍휼히 여기는 신이라니 말이다."

"인간에게 기생하는 존재인 주제에 뻔뻔하군."

"가이아는 어떻게 됐나? 너에게 협력했다면 말로가 비참했을 텐데 말이야."

"그녀는 사라졌지만 그녀의 뜻은 이 세상에 남았지."

"후후, 결국 소멸했군. 우리와 뜻을 같이 했더라면 새로운 세상을 지배했을 텐데 말이야."

"세상을 그렇게 지배하고 싶나? 하지만 진실한 믿음을 깨우지 않는 한 너희들은 뜻을 이룰 수 없을 것이다. 내가 막을 테니 말이다."

"큭, 웃기는 소리로군. 너 혼자서 말인가?"

지사는 장혁을 비웃었다. 비록 자신을 추종하는 네 개의 권세 중 하나가 떨어져 나가 시간이 더뎌졌지만 이렇게 훌륭하게 자신을 찾을 수 있었다. 무신이 살아온다고 해도 변해 버린 세상에서 온전한 힘을 발휘할 수 없을 터라 자신에게는 기회였다.

"과연 그럴까?"

쿠우우웅!

"헉!"

장혁의 대답이 끝난 것과 동시에 세상의 인과율이 틀어지는 소리를 들은 지사는 헛바람을 삼켰다. 간신히 기반을 잡기 시작한 시스템이 붕괴되는 소리였기 때문이다.

"서로 다른 네 가지 모습으로 인간을 현혹해 세상의 틀을 바꾸려 했던 계획은 훌륭했다만 오늘로서 그것도 끝이다."

같은 존재지만 다른 모습으로 세상의 분란을 조정했다. 서로가 같은 존재를 믿는 자들의 이기심을 부추겨 서로 반목하게 만들었다. 서로가 서로에게 칼을 겨누어 피를 흐르게 했고, 그로 인해 발생한 슬픔과 분노가 광기에 가까운 맹신으로 변할 때 권능을 키울 좋은 양식이 되어 주었는데 무신은 그것마저 알고 있었다.

"무슨 소리냐?"

"네 아집과 독선이 인간들의 타락을 초래했다는 것을 모르느냐? 스스로 존재했으면서도 자신을 믿는 존재들을 궁

흘히 여기지 않았던 너로 인해 말이다. 네가 믿고 있던 불완전한 시스템은 오늘로써 붕괴될 것이다. '

사신과 혈주를 흡수해 나가며 장혁은 카오스가 무엇을 의미하는지 깨달았다. 세상은 개벽을 준비하고 있었다. 신들마저 휩쓸릴 수밖에 없는 거대한 계획이다. 무수한 세월이 필요하겠지만 이제는 신과 인간이 하나가 될 때인 것이다.

"혼돈은 모든 것을 정화하고 새로운 세상을 만들 것이다. 그리고 그 위에는 자유와 의지를 희롱하는 존재들은 발을 붙일 수 없을 것이다. 그것이 세상을 정화하는 첫 번째 시작이다."

화르르르!

붉디붉은 기운이 장혁의 몸에서 퍼져 나왔다.

"어, 어떻게."

"이럴 수가!"

지사의 탈을 쓴 이는 경악으로, 서광은 놀라움으로 장혁을 쳐다보았다. 장혁의 몸에서 퍼져 나오는 거대한 힘은 태초라 칭해지는 혼돈이었기 때문이다.

'창조주의 힘이 나타났다.'

'으음, 세상을 지우는 힘이라니! 막아야 한다.'

서광은 금강의 철벽을 세웠다. 지사 또한 자신의 권능을 뿌려 장혁에게서 흘러나오는 힘을 막으려 했으나 혼돈의 힘은 반항을 허용하지 않았다.

"끄으윽."

"이제 끝인가?"

스스스······.

혼돈은 불완전한 권능을 깨트리던 유일신이라 자처하던 존재의 허울을 단번에 소멸시켰다. 서광도 마찬가지였다. 금강의 철벽이 깨지고 바람에 먼지가 날리듯 그의 몸도 사라졌다.

쏴아아아아!

혼돈의 힘을 점점 더 크기를 키워 나갔다. 그리고 빠르게 세상으로 퍼져 나갔다. 한반도를 넘어 대륙과 태평양으로, 급기야는 지구를 덮어 버렸다. 오직 한 곳을 제외하고는 스스로 존재하는 이들의 권능을 잃거나, 소멸되기 시작했다. 세상의 조화로워야 하기에 힘의 균형을 찾기 위한 새로운 시스템의 첫 번째 구동이었다.

'나 또한 혼돈의 심판을 받는다. 창조주에게 난 시스템을 뒤엎은 반항아니까. 그렇지만 후회는 없다. 그로 인해 인간의 자유 의지를 되찾았으니 말이다.'

스스로 존재하는 자들의 권능이 인간들 사이로 스며들었다. 이제부터는 인간을 위한 세상이 시작되었다.

인간을 위한 새로운 시스템이 장착된 이상, 스스로의 결정에 대해 책임을 져야 하지만 자신들을 위한 세상을 얻었다.

'나 또한 예전과 같지는 않겠지만 후회는 없다. 의지를 일깨우는 씨앗을 심었고, 그로 인해 나쁘지 않은 결과를 얻

을 테니 말이다.'

자신도 권능이 사라지게 되지만 장혁은 후회가 없었다. 그토록 자신이 바라던 세상이 될 것이기 때문이다.

이제부터는 인간의 시대였다.

'후우, 이제 남은 것은 그들뿐인가?'

장혁은 멀리 서쪽 하늘을 바라보았다. 자신에게 남겨진 마지막 사명이 그곳에 있었다.

11장.

에필로그

바쁜 일정으로 인해 피곤이 몰려들었던 류민혁은 잠깐 졸았던 것을 인식하며 눈을 떴다.

"으음. 피곤했던 모양이군. 그래도 끝낼 것은 끝내야겠지."

북쪽에서 전격적으로 통일을 제안한 탓에 그 어느 때보다 바쁜 시기였다. 통일을 위한 준비가 만만치 않았기 때문이다.

똑똑!

"들어오세요."

대답을 하고 서류를 손에서 떼던 류민혁은 자리에서 벌떡 일어났다. 대율사가 들어오고 있었기 때문이다.

"어이신 걸음이십니까?"

"내가 못 올 데를 온 건가?"

"아닙니다. 어서 앉으십시오."

민혁은 서광에게 자리를 권한 민혁도 마주 앉았다.

"북녘의 일로 오신 겁니까?"

"북쪽의 일보다 이곳의 일이 궁금해서 왔네."

"그러셨군요."

"준비는 끝났습니다. 이제 시작하면 될 겁니다."

"누가 하기로 했나?"

"무사에게 맡길 생각입니다."

"생각 외로 그들의 그늘이 널리 드리워져 있는데 무사의 힘만으로 할 수 있겠는가?"

"가능할 겁니다. 그분들이 지원을 해 주신다고 하니 염려할 것도 없고 말입니다."

"사서지가에서 말인가?"

"그렇습니다."

"그들이라면 안심이군. 하지만 무사의 성격이 너무 괄괄해서 말이야. 그들과 트러블이 생기지는 않을까?"

"지사가 그들 중 하나라는 것이 밝혀진 후, 너무 많은 권한을 가지게 된 무사도 하늘 밖의 하늘이 있음을 알아야 할 겁니다."

"으음, 그래서 무사에게 맡긴 것이로군."

서광은 민혁이 어째서 무사에게 중요한 사안을 맡긴 것인지 알 수 있었다. 천생 무인인 무사가 독단적으로 흐르는 것을 막기 위해서 임이 분명했다.

"그나저나 대율사님. 태륜이 일소된 것이 정말입니까?"

"믿게. 아직 완전히 없어진 것은 아니지만, 그들의 뿌리는 전부 뽑아낸 상태이니 말이야."

"대율사님께서 그렇게 말씀하시니 믿기는 하겠습니다만, 지금도 저는 믿을 수가 없습니다."

자신도 믿을 수가 없는 것은 마찬가지지만 태륜의 수괴라고 할 수 있는 지사를 단번에 소멸시키는 것을 직접 눈으로 봤으니 믿지 않을 수도 없었다.

"총사, 지금은 태륜을 생각할 때가 아니네. 민족의 앞날을 가로막던 암덩어리가 제거되었네. 그러니 이제부터는 다른 자들을 상대하는 데 만전을 기해야 하네. 첫 번째 단추가 남북통일이니, 대통령과 긴밀하게 협조해 민족의 숙원을 이루시게."

"염려 마십시오. 자국의 이익 때문에 미국과 중국이 방해를 할 가능성도 없지는 않지만, 러시아와 일본이 적극적으로 협조를 한다고 약속했으니 말입니다."

그동안 자국의 이익에 따라 행도해 온 러시아와 일본이 적극적으로 협력을 약속해 왔다. 이면의 힘을 가진 자들의 약속이지만 공식적인 약속보다 신뢰가 가는 것이라 민혁은 걱정이 없었다. 미국과 중국이 견제를 해 오더라도 충분히 타개할 수 있는 자신감이 있었기 때문이다.

"그런데 대율사님. 그분은 만날 수 없는 겁니까?"

1년 전, 태륜의 그늘을 모두 지우고 본래의 자리에 바로 설 수 있게 해 준 사람에 대해 물었다. 대율사인 서광이 굳게 입을 다물고 있었기에 정확한 사정을 알 수 없었기 때문이었다. 장혁의 요청으로 서광이 비밀로 하고 있었던 것이다.

"아직은 그를 만날 수 없을 거네. 따로 할 일이 있어 마지막 여정을 떠났으니 말이야."

"도대체 어디로 가셨기에 만날 수 없는 겁니까?"

"아무나 갈 수 없는 길을 가고 있네. 그 일이 끝나면 아마도 볼 수 있겠지."

세계의 인과율을 바꾸고, 유일신이라 불렸던 존재를 지운 장혁의 행보는 아무나 할 수 있는 것이 아니었다. 신들의 대지로 가 그들의 기운을 지우는 일은 오직 그만이 할 수 있는 일이기 때문이다. 남아 있는 자들은 그가 준비한 기반으로 새로운 세상을 준비해야 했다. 능력자들과의 싸움이 남아 있기는 하지만 그들에게서 신들의 그늘이 지워진 이상 인간 대 인간의 싸움이다.

대한회의 총사인 류민혁이 알고 있는 것은 조족지혈에 지나지 않을 만큼 장혁이 남긴 기반은 세상을 뒤흔들 정도다. 남겨진 기반을 잘만 활용한다면 하나 된 민족의 기상을 세계의 떨칠 수 있을 터였다.

'그가 아니면 할 수 없는 일이었지. 무신이 아니라면 말이야.'

신의 지배를 벗어난 세상을 만들어 준 장혁의 고마우면서도 그리워지는 서광이었다.

“얼마나 더 가야 하는 거예요?”

‘기어코 따라온다고 하더니…….’

한 발만 잘못 디디면 바로 천 길 절벽인 비탈길이다. 권능을 사용하지 못한 채 내리 사흘 째 걸어서 오르고 있으니 심신이 지칠 만도 했다.

“이제 얼마 남지 않았으니 힘내. 하루 정도면 그곳에 도착할 거야, 유란.”

“휴우, 정말 깊은 오지에 숨었군요.”

“권능을 대부분 잃어버리고 난 뒤에 무력해진 그들이 숨을 수 있는 곳은 그리 많지 않았지. 이런 오지를 택할 수밖에 없었을 거야. 그들이 버러지처럼 여기던 인간들조차도 상대할 수 없을 정도로 약해졌었으니까.”

“어찌 보면 인간이나 다름없군요.”

“맞아.”

“그런데 그들이 어떻게 나올까요?”

“윤회를 거부하고, 잃어버린 힘을 되찾으려 한 자들이라서 순순히 따르지는 않을 거야.”

“그럴 거예요. 절대로 포기하지 않을 테니까요.”

신이라 불린 존재들이다. 그들이 인간의 시대를 순순히 맞으리라는 생각은 들지 않았다.

"그런데 어째서 샴발라라는 이름을 붙였을까요. 이상향이라는 뜻이라고 하던데 말이죠."

"그들만을 위한 이상향이겠지. 꿈을 꾸는 곳이라는 의미도 있을 것이고. 자들이 꾸는 꿈은 헛된 것인지도 모르고 말이야."

"그러게요. 이제는 그들도 인간의 시대가 됐다는 것을 알아야 할 텐데요."

"모르고 있다면 알려 줘야겠지. 이제는 세상이 바뀌었다는 것을 말이야."

"그런데 자신 있어요?"

"하하하, 자신? 걱정하지 마. 비록 무신의 권능을 모두 잃었다고는 하지만 호락호락 당하지는 않을 테니까 말이야."

세상을 정화하며 신의 잔재를 지웠다. 덕분에 사신과 혈주로 얻은 힘을 대부분 소진해야 했지만 걱정이 되지는 않았다. 태초를 만들어 낸 혼돈을 다룰 수 있게 되었기 때문이었다.

"그럼, 어서 가요. 아연 언니가 빨리 끝내고 돌아오라고 하셨으니 말이에요."

"누나가?"

"그래요. 돌아오시면 좋은 소식을 들려주신다고 했어요."

"좋은 소식?"

"미국으로 오시면 말씀해 주신다고 했어요."

"무슨 일일지 궁금하군. 도대체 무슨 일이지?"

"호호호, 언니에게 직접 들으세요."

좋은 소식이 무엇인지 알고 있는 것 같은데 유란은 미소만 지을 뿐이라 궁금하지 않을 수 없었다.

'무슨 소식인지 알기 위해서라도 빨리 끝내야겠군.'

영겁의 감옥은 이미 지나쳐 왔다. 오래전에 부셔져 폐허만 남았지만 쉽게 알아볼 수 있었다.

'영겁의 감옥에서 무신의 계획의 종장을 찍을 샴발라까지는 이제는 하루 거리다. 완전한 인간의 시대를 만들기 위한 일이지만 아마겟돈은 없을 것이다. 이미 그들은 신이 아니니까.'

샴발라를 열면 지난날의 신들도 인간을 위한 시스템에 적응해야 한다. 모든 인과율로부터 비껴 나갈 수 있는 결계가 해제되면 제일 먼저 권능이 상실될 것이기 때문이다.

'앞으로의 선택은 그들의 몫이다. 인간으로 살 것인지 계속해서 헛된 꿈을 꿀 것인지.'

인간이냐? 신이냐?

패배한 이들에게서 항복문서를 받아내는 일이나 마찬가지다. 모든 것이 바뀌고 고립되었다. 샴발라는 더 이상 이상향이 아니고 감옥일 뿐이다. 무엇을 선택은 그들의 몫이고, 선택한 이후의 일은 스스로 책임을 져야 한다. 자신은 그들의 선택을 도울 뿐이었다. 걸어가는 앞길에 신들의 마지막을 알리는 듯 황혼의 짙은 노을이 내려앉았다.

다음 날, 특별한 존재들만의 이상향이 무너지고, 두 명의 인간이 세상으로 나온 후 진정한 인간의 시대가 열렸음을 알렸다.

인간의 시대가 시작된 후, 세계는 격변으로 치달았다. 이데올로기를 포기하고 독자 노선을 걷기 시작한 러시아는 유럽의 패권국으로 떠올라 미국과 대척점에 섰다. 중국도 거대한 땅덩어리와 인구로 세계의 중심축으로 다가섰다.

가장 격렬한 변화가 일어난 곳은 대한민국이었다. 북한과 전격적인 통일을 이루고 나더니 눈부신 발전을 이룬 것이다.

논의가 시작되고 난 뒤 북한의 주석이 사망하고, 미국과 중국이 강하게 반대하는 바람에 위기를 맞기도 했지만, 러시아와 일본의 도움으로 무사히 통일을 이루었다.

변화는 거기에서 그치지 않았다. 일본과는 오랜 구원을 청산하고 전격적으로 군사, 외교, 경제 등 모든 분야에서 협력 연방에 가까운 조약을 체결하고, 러시아로부터 연해주를 할양 받아 동아시아의 최대 세력으로 떠올랐다.

이로 인해 위기를 느낀 중국과의 직접적인 마찰이 계속되더니 마침내 전쟁이 벌어졌다. 세계인의 예상과는 달리 중국과의 100일 전쟁은 통일 대한민국의 승리로 막을 내렸다. 러시아와 일본이 전격적으로 연합전선을 편 결과였다.

전쟁이 끝난 후 청일 전쟁으로 인해 빼앗긴 만주와 간도를 되찾을 수 있었고, 강대국으로서의 면모를 다졌다.

세계사를 연구하는 학자들은 이런 대한민국의 도약이 내

부 개혁에서 시작되었음을 주목했다.

통일을 이루면서 기득권의 부패를 일소하면서 누구나 법 앞에 평등하다는 원칙의 확립과 노력하면 성공할 수 있는 기반을 닦은 결과에서 비롯되었다고 생각했기 때문이다.

전쟁에서 지기는 했지만 막강한 국력을 자랑하는 중국이 어째서 재차 한국과 전쟁을 하지 않는지에 대해서 의문이기 했지만, 세상 사람들은 대부분 이런 역사학자들의 의견에 동조했다. 나라가 부강할 수 있는 기반은 원칙과 노력이라는 평범한 진리에서 비롯된다는 것에 공감한 것이다.

그러나 일반적인 사람들의 생각과는 달리 이면의 세계를 알고 있는 자들은 달랐다. 그들이 파악하고 있는 이면 세계의 능력으로 볼 때 대한민국의 성장은 당연한 것이었던 것이다.

러시아와 일본이 한국에 지나치게 협조적인 것과 세계 최강 대국이라고 할 수 있는 미국이 침묵하고 있는 이유가 대한민국의 이면 세계를 지배하는 한 존재에 의한 것임을……

〈『카오스 오션』完〉

카오스
오션

1판 1쇄 찍음 2014년 1월 28일
1판 1쇄 펴냄 2014년 2월 4일

지은이 | 미르영
펴낸이 | 정 필
펴낸곳 | 도서출판 뿔미디어

편집장 | 이재권
기획 · 편집 | 윤영상
편집디자인 | 이진선

출판등록 | 2002년 9월 11일 (제1081-1-132호)
주소 | 경기도 부천시 원미구 상동로 117번길 49(상동) 503호 (우)420-861
전화 | (032)651-6513 / 팩스 032)651-6094
E-mail | bbulmedia@hanmail.net
홈페이지 | http://bbulmedia.com

값 8,000원

ISBN 978-89-6775-997-1 04810
ISBN 978-89-6775-294-1 04810 (세트)